茅盾文学奖
获奖作品全集
典藏版
The Mao Dun Literature Prize

南渡记

野葫芦引 第一卷

宗璞 著

人民文学出版社

图书在版编目(CIP)数据

野葫芦引：全四卷/宗璞著.—北京：人民文学出版社，2023（2024.11重印）
(茅盾文学奖获奖作品全集：典藏版)
ISBN 978-7-02-017679-3

Ⅰ.①野… Ⅱ.①宗… Ⅲ.①长篇小说—中国—当代 Ⅳ.①I247.5

中国版本图书馆 CIP 数据核字(2022)第 252143 号

选题策划　杨　柳
责任编辑　薛子俊
责任印制　张　娜

出版发行　人民文学出版社
社　　址　北京市朝内大街 166 号
邮政编码　100705

印　　刷　河北环京美印刷有限公司
经　　销　全国新华书店等

字　　数　1030 千字
开　　本　890 毫米×1290 毫米　1/32
印　　张　44
印　　数　9001—12000
版　　次　2019 年 2 月北京第 1 版
印　　次　2024 年 11 月第 3 次印刷

书　　号　978-7-02-017679-3
定　　价　179.00 元（全四册）

如有印装质量问题，请与本社图书销售中心调换。电话：010-65233595

出版说明

一九八一年三月十四日,病中的中国作家协会主席茅盾致信作协书记处:"亲爱的同志们,为了繁荣长篇小说的创作,我将我的稿费二十五万元捐献给作协,作为设立一个长篇小说文艺奖金的基金,以奖励每年最优秀的长篇小说。我自知病将不起,我衷心地祝愿我国社会主义文学事业繁荣昌盛!"

茅盾文学奖遂成为中国当代文学的最高奖项。自一九八二年起,基本为四年一届。获奖作品反映了一九七七年以后长篇小说创作发展的轨迹和取得的成就,是卷帙浩繁的当代长篇小说文库中的翘楚之作,在读者中产生了广泛的、持续的影响。

人民文学出版社曾于一九九八年起出版"茅盾文学奖获奖书系",先后收入本社出版的获奖作品。二〇〇四年,在读者、作者、作者亲属和有关出版社的建议、推动与大力支持下,我们编辑出版了"茅盾文学奖获奖作品全集"。此后,伴随着茅盾文学奖评选的进程,我们陆续增补新获奖作品,力求完整呈现中国当代文学最高奖项的成果,使其持续成为读者心目中"茅奖"获奖作品的权威版本。现在,我们又推出"茅盾文学奖获奖作品全集(典藏版)",以满足广大读者和图书爱好者阅读、收藏的需求。

在"茅盾文学奖获奖作品全集(典藏版)"的编辑过程中,我社对所有作品进行了版式统一以及文字校勘;一些以部分卷册获奖的多卷本作品,则将整部作品收入。

感谢获奖作者、作者亲属和有关出版社,让我们共同努力,为当代长篇小说创作和出版做出自己的贡献,为广大读者提供更多的优秀作品。

人民文学出版社编辑部

序曲

【风雷引】百年耻,多少和约羞成。烽火连迭,无夜无明。小命儿似飞蓬,报国心逼云行。不见那长城内外金甲逼,早听得卢沟桥上炮声隆!

【泪洒方壶】多少人血泪飞,向黄泉红雨凝。飘零!多少人离乡背井。枪口上挂头颅,刀丛里争性命。就死辞生!一腔浩气吁苍穹。说什么抛了文书,洒了香墨,别了琴馆,碎了玉筝。珠泪倾!又何叹点点流萤?

【春城会】到此暂驻文旌,痛残山剩水好叮咛。逃不完急煎煎警报红灯,嚼不烂软塌塌苦菜蔓菁,咽不下弯曲曲米虫是荤腥。却不误山茶童子面,腊梅髯翁情。一灯如豆寒窗暖,众说似潮壁报兴。见一代学人志士,青史彪名。东流水浩荡绕山去,岂止是断肠声!

【招魂云圕】纷争里渐现奇形。前线是好男儿尸骨纸样轻,后方是不义钱财积山峰;画堂里蟹螯菊朵来云外,村野间水旱饥荒抓壮丁!强敌压境失边城!五彩笔换了回日戈,壮也书生!把招魂两字写天庭。孤魂万里,怎破得瘴疠雾浓。摧心肝舍了青春景,明月芦花无影踪。莽天涯何处是归程?

【归梦残】八年寒暑,夜夜归梦难成。蓦地里一声归去,心惊!怎忍见旧时园亭。把河山还我,光灿灿拖云霞,气昂昂傲日星。却不料伯劳飞燕各西东,又添了刻骨相思痛。斩不断,理不清,解不开,磨不平,恨今生!又几经水深火热,绕数番陷人深井。奈何桥上积冤孽,一件件等,一搭搭迎。

【望太平】看红日东升。实指望春暖晴空,乐融融。又怎知是真?是幻?是辱?是荣?是热?是冷?是吉?是凶?难收纵,自品评——且不说葫芦里迷踪,原都是梦中阴晴。

主要人物

孟樾(弗之)　　　明仑大学历史系教授
吕清非　　　　　孟樾岳父
吕碧初　　　　　孟樾妻、吕清非三女
峨(孟离己)　　　孟樾长女
嵋(孟灵己)　　　孟樾次女
小娃(孟合己)　　孟樾子
吕绛初　　　　　吕清非次女
澹台勉　　　　　绛初丈夫
玹子(澹台玹)　　绛初女
玮玮(澹台玮)　　绛初子
赵莲秀　　　　　吕清非续弦夫人
吕贵堂　　　　　吕清非本家侄孙
吕香阁　　　　　吕贵堂女
卫葑　　　　　　孟樾外甥、明仑大学教师
凌雪妍　　　　　卫葑妻
李宇明　　　　　明仑大学教师，卫、凌好友
凌京尧　　　　　凌雪妍父
岳蘅芬　　　　　凌雪妍母
缪东惠　　　　　岳蘅芬舅父
掌心雷(仉欣雷)　峨同学

麦保罗	美国外交官、玹子好友
庄卣辰	明仑大学物理系教授
玳 拉	庄卣辰妻
庄无因	庄卣辰子
庄无采	庄卣辰女
李 涟	明仑大学历史系教师
金士珍	李涟妻
之芹、之薇	李涟女

第 一 章

一

　　这一年夏天,北平城里格外闷热。尚未入伏,华氏表已在百度左右。从清晨,人就觉得汗腻。黑夜的调节没有让人轻松,露水很快不见踪影,花草都蔫蔫的。到中午,骄阳更像个大火盆,没遮拦地炙烤着大地,哪儿也吹不来一丝凉风。满是绿树的景山,也显得白亮亮的刺眼。北海和中南海水面积着阳光,也积着一层水汽,准知道水也不会清凉。空气经过暑热的熬煎,吸进去热辣辣的。在热气中似乎隐藏着什么令人惊恐的东西,使人惴惴不安。

　　说不出这种惴惴不安究竟是怎样一回事。它却是二十世纪三十年代的北平人所熟悉的一种心情。自从东北沦陷之后,华北形势之危,全国形势之危,一天比一天明显。《塘沽停战协定》实际承认长城为中日边界。《何梅协定》又撤驻河北的中国军队,停止河北省的反日活动。日本与汉奸们鼓噪的"华北自治运动"更是要使华北投入日军怀抱。几年下来,北平人对好些事都"惯"了。报纸上"百灵庙一带日有怪机侦察"的消息人们不以为奇,对街上趾高气扬的外国兵也能光着眼看上几分钟。三教九流、各行各业各自忙着生计时,还不失北平人的悠闲。晚上上戏园子听两口马派或谭派。摆香烟摊儿的在左近树杈上挂着个鸟笼子。学生们上学时兴兴头头把车骑得飞快。太阳每天从东四牌楼东转到西四牌楼西,几座牌楼在骄阳中暴晒过多少年,并未发生火灾。什刹海绿堤上夏天的鲜碗儿里,鲜藕、鲜菱角和鲜鸡头米没有少了一样。就在这平淡中,掺杂着惴惴不安。像是一家人迫于强邻,决定让人家住进自己院子里,虽然渐渐习惯,却总觉得还是把他们请出去安心。

人们过日子之余,还是谈论天气居多。"今年这天可真邪乎!"其实去年可能也一样热,只是人们不记得罢了。

不过明天或下一分钟要发生的事,黎民百姓谁也难于预料。

这天下午两点多钟,西直门过高亮桥往西往北的石子路隔着薄底鞋都发烫。这路有北平街道的特点,直来直去,尽管距离不近,拐弯不多。出西直门经过路旁一些低矮民房,便是田野了。青纱帐初起,远望绿色一片。西山在炽烈的阳光下太分明了,几乎又消失在阳光中。路旁高高的树木也热得垂着头,路上车辆很少。一辆马车慢吞吞地走着,几辆人力车吃力地跑。只有一辆黑色小汽车开得飞快,向北驶去。

车上坐着两位四十上下年纪的先生。他们是明仑大学历史系教授孟樾孟弗之和物理系教授庄卣辰。

孟樾深色面皮,戴着黑框架眼镜,镜片很厚,着一件藏青色纺绸大褂。庄卣辰面色白净,着一件浅灰色绸大褂。他们刚在城里参加过一个聚餐会。孟先生闷闷不乐。庄先生却兴致勃勃。

"蒋的这次庐山谈话会规模不小。"庄卣辰说。他每次参加这种聚会都觉得很新鲜。其实庐山谈话会的消息,报上已登了许多天。谈话会分三期进行,邀请许多名流学者参加,中心议题是对时局的分析和对策。

孟樾看着前面白亮亮的迅速缩短着的路,心不在焉地说:"可真能解决什么问题!"

"邀请你参加第三期,你要去的了?"卣辰头小,眼睛长而清澈,脸上总有一种天真的神情。

孟樾转过脸,对卣辰笑了一下:"去是要去,只是我怀疑有什么作用。杨、秦两校长已经到了南京。现在大概已经在庐山上了。"

"谈谈总有好处。"卣辰好心地说。

"我们国家积贫积弱,需要彻底的改变。"孟樾说,"你听见那民谣吗?"

他一面说话一面回想着聚餐会上听说的民谣,那是他的连襟澹台勉说的。澹台勉是华北电力公司副总经理,留学德国,是工商界一位重要人物。他最近到下花园煤矿视察回来,说那里流行一首民谣:"往南往南再往南,从来不见北人还,腥风血雨艳阳天。"当时大家说这像是一首"浣溪沙"的上半阕。孟樾说,民谣素来反映人心,也有一定预言作用。他反复念了两次"腥风血雨艳阳天",餐桌上的空气渐渐沉重。有两位先生正举箸夹菜,那乌木箸也在半空中停了片刻。

"民谣其实都是人故意编出来的。"卣辰说,"譬如李渊要做皇帝,就编一个十八子怎样怎样,忠义堂前地下的石碣当然是事先着人埋好的。"

"这几句话什么意思呢?"孟樾一半是问自己,"我们的国家已经经过快一百年的腥风血雨了——其实逃不过的。"

"打仗吗?"庄卣辰坐直了身子。

孟樾沉默了半晌,才说:"政府现在的对策仍是能忍则忍。今天大家谈话虽大都表示要立足于战,却较谨慎,你看出来了吗?"

卣辰睁大眼睛,认真地想自己看出来没有。

白闪闪的路继续缩短着。他们斜穿过一个小镇,很快看到明仑大学的大门。

车子驶过校门,穿着制服的校警向他们肃立致敬。孟樾摆一摆手。校园里别是一番天地。茂密的树木把骄阳隔在空中,把尘嚣隔在园外。满园绿意沉沉,一进校门顿觉得暑意大减。

"先送庄先生。"孟樾吩咐车夫老宋。

车子绕过一条小河,很快停在一座中式房屋前。庄卣辰下车前郑重地说:"我看出来了,也有人不谨慎,你看出来没有?"

还没有等回答,他就说:"那就是你。"

两人各自抬抬手臂,算是分手的礼节。

车子复又绕过小河,往校园深处驶去。

"我说了些什么?"弗之想。他素来是个谨慎的人,常常把做过的事回想一遍。他曾说,吾日三省吾身,太费时间。一省还是做得到的。

他很快想起来,午饭间他说:"国家到得这个地步,远因是满清政府的腐败,近因就得考察一下。中华民族有的是仁人志士,为什么许多事办不成?主要是不团结。"接着说到以北平为国际性的文化城的不可行处。这种设想几年前便有,要把北平变为不设防城市,要将华北作为特殊地区。他说,华北特殊化实在是日本操纵的"华北自治运动"的延续,"自治来自治去,都自治到别人名下去了。"下面的话大概有不谨慎的嫌疑,他说的是:"苏联革命有其成功之经验。是不是社会主义更尊重人才,能发挥每个人的作用,也能更使人团结?"当时中文系讲师钱明经咳了一声,似乎不以为然。生物系教授萧澂马上岔开了话,一般地说了几点目前形势。

"子蔚谨慎有过于我啊。"弗之暗想。他知道萧澂岔开话是免得多谈主义。可是大家虽都谨慎,没有慷慨激昂的言语,却于沉重之间感到腥风血雨之必来,而且不该躲避。

"我辈书生,为先觉者。"弗之想着,望着秀丽的校园。车子经过一处新修整的假山,在玲珑剔透的孔穴间留有一窄块平石,说好等他题字的。

车子经过槐阴夹道的路,经过小山和几座古式建筑,停在孟宅门前。他下了车,对老宋说:"明天下午三点,到欧美同学会。"

老宋恭敬地应了一声,看着孟樾进了门,才把车开走。

屋内很静。悬着浅黄色纱窗帘的小门厅十分舒适宜人。通过道的门楣悬着一个精致小匾,用古拙的大篆书写"方壶"二字,据考证,这是这座房屋原址的名字。不远处的校长住宅,名为圆甄。孟樾每次回家,一跨进大门,便有一种安全感。他知道,总有一张娴静温柔的笑脸和天真的、稚气的叫"爹爹"的声音在等着他。他们该都睡过午觉了?他走进过道,过道拐弯处有一个向外凸出的弧形的窗,正对花园。凸窗下有一个嵌在墙上的长木椅,是孩子们爬上爬下的地方。这时一个男孩正垂头坐在那里。

"小娃!你怎么没睡觉?"孟樾诧异地问。

小娃没有像往常一样扑上来迎接爹爹。他慢慢放下手里正玩着的东西,抬起头来,脸上带着专注沉思的表情,和一个六岁的孩子很不相称。停了一下,他还是跑过来牵住爹爹的手,一面仰着脸儿,问:"爹爹,耶稣是哪一年生的?"

孟樾每天和孩子谈话的时间很少,而每次小娃都提出不止一个问题,使他颇失为父的尊严。这次倒还好,他不必思索就答出来:"今天是一九三七年,七月七日。耶稣是一千九百三十七年以前出生的。我们的公元纪年就是从耶稣出生那年开始算的。"

"为什么从耶稣开始算?为什么不从你生出来或者娘生出来或者姐姐或者嵋生出来开始算?"

"耶稣是个伟大的人物。"孟樾说,觉得一时很难讲清耶稣究竟怎样伟大,"他爱人,愿意为别人牺牲——小娃刚刚玩的什么?"

他们走到凸窗前,小娃从椅上拿起一个木制十字架递给孟樾。这十字架上有耶稣受难像,雕镂精细。无怪乎孩子提出这样的问题。

"这是嵋从姐姐房间里拿来的。"

姐姐孟离己小字峨,今年从一个教会中学毕业,正准备考大学。

"耶稣爱人,愿意牺牲,别人就把他钉在十字架上吗?"小娃仍仰着小脸问。

"那些人当然是坏人。"孟樾忽然有些烦躁,把木像还给小娃。小娃体谅爹爹可能累了,便握住木像不说话,跟着孟樾走进内室。

室中色彩缤纷,床上地下都拖着亮光纸环的链子,像到处流淌着鲜艳颜色的小溪。孟夫人吕碧初和十岁的小女儿嵋正高兴地裁纸涂糨糊。"小心!别踩了!"她们笑着警告。

小娃拉起一条金黄的纸链,又拉一条鲜红的,"我也来,我会涂糨糊!"

"得了,得了,就快完了。"吕碧初说。

"这是为明天卫葑的婚礼吧?"孟樾脱下长衫,嵋抢着接了放在椅子上。

碧初笑盈盈地站起,从椅上拿起长衫挂好,转身从浴室里取出凉手巾,让弗之擦汗,一面说:"婚礼我们不用操心。新房布置得虽不错,可太素净了,拉几条颜色链子就热闹多了。已经够了。"说着把小娃手中的木像拿过看了一眼,说:"这是峨的。你怎么拿出来?一会儿姐姐要生气。"

"是我拿的。"嵋忙说,"我们放回去。"姐姐是家中最爱生气的人,谁也不愿意惹她。

"先收拾这里。"碧初说。小娃也帮忙,一面说着笑着,也不知道说的什么,笑的什么。满室温馨的气氛,让人心里熨帖。

弗之坐在藤椅上看着,忽然自语道:"覆巢之下,岂有完卵!"

"你说什么?"碧初把那彩色河流束拢了,放进杂品柜里,转脸又问:"时局怎样了?外面有什么消息?"

"那蚕食政策是明摆着的。狼子野心,无法餍足。一味忍让,终有国破家亡的时候。"他说,见大小三张极相似的脸儿都望着他,自己笑了。"也不至于马上就打到北平来。"说着起身往书房去了。

书房在孟家是禁地,孩子们是不准进的。一排排书柜占据了大半间房。靠窗处摆着一张大写字台,堆满了书稿。这桌面是禁地中的禁地,连碧初也不动的。弗之自己说是"乱得有章法",别人一动就真乱了。在弗之坐的转椅后面墙上,挂着大字对联,每个字有一尺见方,是从泰山经石峪拓下来的,这几个字是"无人我相,见天地心"。桌上在乱堆着的书稿中有一个六面绿色玻璃铜框台灯。灯身上镌满了篆字,细看可以辨出是五千字道德经。

转椅内侧有一个小长桌,摆着五六方砚台,有的有漆匣或红木匣。有一个"墨海",是在一块长方形石上雕出四座小桥,簇拥着当中的圆形砚池,这里聚墨最多。还有一块朴素的汉砖砚,看去直如一块大砖,磨来很温润滑腻,这些都是弗之心爱之物。他这时不看一眼,只在转椅上转过身面对大字对联,默默坐了半晌,忽又转回来,把桌上的文稿推开,也不管它们压着扭着,自己低头写他的著作《中国史探》。

峨和小娃在碧初房间里玩了一会儿,赵妈来说大师傅问太太,从秦家花园里挖来的十几株荷包牡丹是不是种在花坛边上。这位大师傅名叫柴发利,除做饭以外兼做园丁,于饭食和花木倒都有些审美趣味。碧初说自己去看看。

"老阳儿还高着呢,地下火烤的一样,您等晚饭过了再去不行?"赵妈笑着说。

"就种在花坛边上罢。"碧初想了想说,"你交代过了,还来帮我收拾衣服。嵋的准备好了,小娃的短裤扣子得重钉。"

"大小姐不去?"赵妈随手整理着什物。

"忙着呢,"碧初说,"毕业考试完了,还一样忙。"她皱眉。转脸看着嵋和弟弟在热心地读格林童话,两个小头凑在一起,黑发真像缎子一样,不觉嘴角漾起一线笑意。

"外老太爷起来没有?"她转向赵妈。

"刚起来,坐着写字呢。"赵妈赔笑道,"我跟大师傅说一声就来。"说着退出房外。

"我们看公公去。"小娃抬头说。吕老太爷平常在城里住,和二女儿绛初"做邻居",也时常到孟家住上十天半月。这里的一双粉妆玉琢的小儿女吸引着他,尤其是小娃。

"我等会儿去。"嵋仍埋头看书。她看的是《铜鼓》,正为书中少年的命运把心悬着,简直想跳进书去帮助他。

"公公说我们可以到他房间去,每天下午都可以去。"小娃跑过来倚着碧初。

碧初抚着他的头:"冰箱里有剥好的荔枝,你自己去拿。公公累了,就快出来。"

"嵋,你要吗?"小娃问。嵋仍不抬头,小娃跑过去捂住她的书。

嵋不耐烦地推开他,说:"不要!不要!"小娃笑着走了。

碧初在镜台上拿起一副铜镇尺看着,两个镇尺上分别写着"明月松间照""清泉石上流",另一面是松鹤花纹,很是古雅。她把它们装进一个有衬垫的花硬纸盒。这是用吕老太爷名义送给卫葑新夫妇的礼物。卫葑是弗之嫡堂姐的儿子,也是近亲。他平素对吕清非老人很敬重,再三请老人出席他的婚礼。老人自七十岁后,对任何邀请都是礼到人不到。其实人看去很是矍铄,不觉衰老,他却说:"老态可恼,不必让别人看着难受。"

过道里电话铃响,嵋一手捧着书跑去接。

"二姨妈!是嵋呀!我看格林童话呢,娘就来。"

碧初过来接过话筒:"二姐吗?明天爹回城住几天,我们送去。子勤兄来接?这边有事吗?好的。放了暑假孩子们一直闹着要进城。明天可不行。卫葑婚礼完了我得回来招呼一下。新房在倚云厅,那里是单身宿舍,都收拾好了。过几天一定去。玮玮要和嵋说话?好。"

嵋并未走开,靠在小桌边看书,一手接过话筒,眼睛还在书上,"玮玮哥,你干什么呢?"

那边的玮玮说:"我画了一张全国地图,很像秋海棠叶子,可是我不想涂绿颜色。"

"我画过的,涂红颜色。像红叶。"嵋说。

"我也不涂红的,不相衬。有好些虫子爬在上头。"玮玮说得像真事一样。

嵋吃惊地放下了书,"那是外国兵,我知道。玮玮哥,你看过《铜鼓》吗?一敲就出来一大批军队。"

玮玮在那边笑,"哪里有那么便宜的事!我把那些虫子的据点画出来,等你来看。"他像是自问自答,"干脆画个分省图吧,涂多种颜色。"

"你明天去吗?葑哥结婚。"

"妈和爸不去,他们有事。妈说我和玹子可以去。"玮玮总是叫他姐姐的名字,好像小娃对嵋那样。

"嵋,明天你拉纱,不能随便跑。"碧初在房里说,"玮玮愿意的话,可以和我们一起回来住几天。"

玮玮知道明天嵋和庄家的无采一起拉纱,因问:"庄无因进城吗?"

"不知道。这两天没看见他。"嵋说。

无因、无采是庄卣辰的一双儿女。无因和玮玮上同一个中学,他们兄妹也是嵋和小娃的好朋友。

他们又交谈几句,商量好明天晚上玮玮到孟家来,那边二姨妈也同意了。

"喂,喂!再说一句。萤火虫飞起来了吗?"玮玮忽然大叫。每到夏夜,孟宅旁边小溪上都飞着许多萤火虫,孩子们可以让想象随着一起飞舞。

"玮玮哥,你真好,也想着萤火虫。"嵋说。

"问一问玹子姐来不来。"碧初又叮嘱。

玮玮说玹子不在家。"我明天来看萤火虫。"他郑重地说,挂了电话。

嵋放下电话,走到凸窗处接着看书,那是最近的座位。

小娃这时在公公屋里,祖孙二人都很开心。先是一人一颗轮流吃荔枝,吃完后照例写大字,也是一人一行轮着写,好像做游戏。写完后便在肥皂上刻图章,再讨论哪个字好,哪个字差。

吕老太爷每天上午诵经看报,二者交叉进行,到哪儿都是同样节目。随身必带一只小宣德香炉,有五斤重,每天点一炉好香,一上午让这炉香陪着。老人生活俭朴,只有每天这炉香要求苛刻,必定要云南产的鸡舌香,别的香一点就头晕,如果不点也头晕。念诵的经是般若波罗蜜多心经。从"观自在菩萨行深般若波罗蜜多时照见五蕴皆空"念到"菩提萨婆诃",大声念十遍,再小声念别的。念一会儿就看报,如果报还没有来就要问报来了没有,怎么不送进来。下午午睡很长,起床后的时间如果可能,就是说如果外孙可以奉陪的话,就把它都交给外孙。在城里和玮玮玩,在乡间和小娃玩。老人自己只有三个女儿,晚年能有外孙谈谈,觉得是人生第一乐事。

祖孙二人对今天的肥皂头都很满意。小娃已经刻了一个"嵋"字,现在正刻"孟合己"三个字,那是他自己的名字。老人用一块书本大的肥皂,是肥皂头煮化后做成的,刻的是"还我河山"四字。刻了一次不满意,又刻一次,第三次刻完,印在纸上左看右看,又命小娃看哪儿不好。小娃看不出来,说:"反正比我刻得好。"

"'还'字里的这个走之不好,这一笔顶难写,'我'字这一撇不好。你看,'我'字的右边是个'戈'字,必须有保卫自己的能力,才算得一个'我'。"

小娃似懂非懂地望着公公。

"现在看你的。"

纸上印出了孟合己三个红字,小娃高兴得拍手大叫:"我是孟合己!"

"你是小娃!"老人笑道,"孟字刻得不好。"他很快把两块肥皂都切去一层,"再来一遍,我的朋友。""我的朋友"是老人的一句口头语,只称呼他所喜爱的人。

两人又专心地摆弄刻刀了。

吕清非老人出身于安徽世家,少年时中过举人。青年时参加同盟会,曾经为营救一位被捕的同志劫过县狱,因此被革去了功名。民国初年曾当选为国会议员,中年丧妻以后,眼见国是日非,逐渐觉得万事皆空,变卖了家乡田产,到北平挨着两个女儿居住。

"外老太爷,开晚饭了。"赵妈在房门口恭敬地大声说。老人早中饭都在房里吃,只有晚饭和大家一起坐坐谈谈。

小娃从矮凳上一跃而起,祖孙一起到饭厅。孟樾夫妇已在等候。老人居中上坐,弗之与碧初坐在两旁,峨在碧初肩下,弗之肩下的位子空着。

"大小姐呢?"碧初皱眉问。

话音未落,孟峨走进来了。她正当妙年,身材窈窕,着一件月白竹布旗袍,白鞋白袜,完全是一九三七年北平女学生装束。笑盈盈一张脸,只是下巴过于尖削,好像盛不住那笑容似的。

"你一天上哪儿去了?"碧初和蔼地问。

"同学家。"

"复习功课吧?"弗之也和蔼地问。

"复习一点儿。"

小娃的座位是一个高椅,前面一块横板放餐具。他多次要求上桌吃饭,照说他这个暑假后上小学,早该上桌了。他今晚在峨和嵋的座位之间磨蹭,想坐下来。"我都会刻图章了。"他摆出自己的优越条件。

"今天没有交代摆你的座位。"碧初温和地说,"明天吧,好不好?"

"那就后天吧,后天开始。"小娃想,明天下午进城,晚饭不在家,头一天上桌少一次有点吃亏。"等玮玮哥来了,我们挨着坐。"小娃说着自己上了高椅子坐好。

老人有一只特制的宜兴紫砂小锅,像个大碗,但有盖有柄。碧初揭去盖子,满屋一阵甜香。这是百合、红枣、糯米和青海特产长寿果一起煨煮的粥。老人舀起一匙粥,全家开始用饭。

"明天晚上玮玮哥来了,我们到荷花池去看萤火虫。今天玮玮哥问来着。"嵋一面嚼饭一面说。

"吃饭别说话。"峨瞪她一眼。

嵋转着乌黑的眼睛,把全桌人看了一遍,决定对着公公继续说:"荷花池的萤火虫和后门外头小溪上的也差不多——"

"告诉你吃饭别说话!"峨严厉地说。

"那你还说呢。"嵋顶嘴。

峨立刻放下筷子。

"姐姐说得对。你们都专心吃饭。"碧初温和地说,看着两个女儿。孟家从来是长幼有序的。

峨、嵋两人的脸都很秀气,轮廓很像,眼睛都是黑沉沉的。只是姐姐的满含少女的迷惑朦胧,妹妹的还盛着儿童的澄澈无邪。最不同的是两人脸上的神气,这和年龄无关。卫葑曾形容姐姐是酸中微有些辣,妹妹是甜中略带些涩。"那我呢?"小娃曾问。卫葑一时想不出,把他抱起来举得高高的。"你是五味俱全。"卫葑说。大家哈哈大笑。

"这几天这样热,舅父何必明天回城?"弗之说。这时一只小狮子猫跳到他怀里转了两圈就坐下来,抬头望着大家吃饭。这猫全身雪白,只尾巴梢儿和头顶有一点黑,猫谱中名为鞭打绣球。

老人正夹了一箸他面前的菜吃着,那都是单用小碟装的,几片鲜红的火腿,一撮雪白的豆芽,还有一小碗炒成糊状的西红柿鸡蛋。菜很简单,但整治精细。

"爹说进城住几天再过来。"碧初代答。

"时局怎么样?"过一会儿老人停了勺和筷子,郑重地问。他每天都要这样问的。

"今天有一个聚餐会,有人说日本向丰台运兵呢。"弗之说。

"丰台离北平不过五十里,日本人硬要驻兵,已经三年了。"老人向峨与嵋说,"他们想把北平变成沈阳第二。我从十八岁奔走革命,满清政府倒了,国事还是一团糟。劳碌一生,没有成绩!"老人舀了一匙粥,又放下了,自言自语道:"有愧呀有愧!"

"先天下之忧而忧。"峨说,听起来有点讽刺的味道。

"这么些年也过来了,爹已经尽了力了,别再操心。"碧初对峨看了一眼,说。

"听说下星期有昆曲名角来学校礼堂演出——好像是几位票友,难得演的。"弗之说,"舅父来看看才好,到时候,荷花也盛开了。"

他因说话,手里夹着一箸菜。小狮子盯着筷子看,忽然跳起身,一掌把菜打落在地,跳下去嗅。大家先愣了一下,都笑起来。赵妈赶紧过来打扫。

"小狮子它们没吃饭吗?"碧初问,孟家对猫和狗要比对孩子宽容得多。

"早拌了食了,一群猫吃不了,还剩着呢。"赵妈笑着把小狮子抱走了。

一时饭毕,大家吃西瓜。这时门铃响,嵋跑得快,打开大门,见一个高瘦青年站在门前。

"对不起,孟离已小姐在家吗?"青年彬彬有礼,用手指托一下眼镜。

"姐姐,有人找你。"嵋认得这青年名叫掌心雷,是本校经济系二年级学生,便让他进客厅,叫了姐姐出来。孟家规矩,有客人说话,小孩不准凑在旁边。只听见姐姐说:"掌心雷,你来了?"口气是问他有什么事。

嵋回到饭厅,见公公和爹爹谈得热闹,小娃已从高椅上下来了。

"咱们出去玩?"小娃问嵋。

"娘,我们出去玩?"嵋问碧初。碧初在放食品的纱橱前整理东西。"萤火虫要飞起来了。"嵋又说。

"别跑远了,只能看,不能追。"碧初叮嘱。两个孩子应了一声,高兴地跑出去了。

孟宅后门外是一条小溪,溪水从玉泉山来,在校园里弯绕,分出这一小股,十分清澈,两岸长满野蒿,比小娃都高。蒿草间一条小路接着青石板桥,对岸是一座小山,山那边是女生宿舍。这时夕阳已沉在女生宿舍楼后,楼顶显出一片红光。远处西山的霞绮正燃烧着一天最后的光亮。

两个孩子在老地方坐下了。那是桥头斜放的一条石头,据说是从圆明园搬来的。他们坐了一会儿,远天霞绮渐暗,暮色垂到蒿草之间。两人仔细看着草丛,浓密的草丛混入薄薄的黑暗中了。

"那边一个!"小娃兴奋地站起来,峨连忙拉住他。他们俩为追萤火虫不止一次掉进小溪,弄湿了衣衫。

"这边一个!"峨也叫道。草丛上有一点亮光从岸那边忽地掠过来,这边一点亮光轻盈地飘过去。

在这幻想色彩浓重的景色中,对岸小山上忽然出现一个人影。他骑着车,飞快地冲过石板桥,停在他们身边。

"庄哥哥!"峨和小娃笑着叫起来。庄无因双腿撑地,坐在车上。他身材修长,眉和眼睛都是长长的,很像父亲,只是眉宇间有一种和年龄不相称的忧郁,好像总在思索什么,就凭这一点,在千百人丛中也能很快让人认出。

"你们这一对幻想家!又在这儿了。"无因说,"萤火虫都说了些什么?"

"玮玮问你明天进不进城。"峨说。

"婚礼吗?我才不去呢。那是你们女孩子的事。"无因心不在焉地说。他也沉浸在萤火虫的幻想世界了。

从草丛间飞出的亮光愈来愈多了。草丛间露出发亮的水波,水波上飞动着亮点儿,这些亮光和六只发亮的眸子点缀着夏夜。

他们专心地看,都不说话。

"妹妹,"赵妈走过来了,她受命叫嵋的名字,但她总是叫成妹妹。"庄少爷也在这儿!太太叫你们回去呢。"

"大批的还没出来。"嵋说。

"那边一个大的!"小娃指着小溪上游,果然一个特大的亮点儿在飘。那是小仙子的灯,还是小仙子自己?

"明天来吧,明天玮少爷来了,一块儿玩。"

"澹台玮明天来?我也来!"无因说。

"叫庄姐姐也来!"小娃说。

"好吧,好吧。"赵妈替回答。

无因轻快地一踩车蹬,车在薄薄的黑暗中滑走了。

"明天见!"两个孩子听话地站起身向那特大的亮点儿招招手,跑回家去。

嵋在过道里听见姐姐对娘说,她不参加卫表哥的婚礼。她要和她的同学吴家馨还有掌心雷一同去听邻近教会大学的音乐会,她要骑车去。

"明天我们有舞蹈会。"嵋说,不无几分骄傲。参加舞蹈的是萤火虫和白荷花,观众是玮玮哥、庄家兄妹、小娃和嵋自己。

多么宁静芬芳的夜!孟宅里每个人怀着对明天的美好的期望,和整个北平城一起,安稳地入睡了。

二

清晨,随着夏日的朝阳最先来到孟宅的,是送冰人。冰块取自冬天的河湖,在冰窖里贮存到夏,再一块块送到用户家中。冰车是驴拉的,用油布和棉被捂得严严实实,可还从缝里直冒水气,小驴就这么腾云驾雾似的走了一家又一家。送冰人用铁夹子和草绳把冰从车上搬到室外,最后抱到冰箱里。然后在已经很湿的围裙上擦着手,笑嘻嘻和柴师傅或李妈说几句闲话,跨上车扬鞭而去。接踵而来的是送牛奶的。再往下是一家名叫如意馆菜店的伙计。他们包揽了校园里大部分人家用菜。就是蔬菜青黄不接的时候,他们也能送来鲜红的西红柿,碧绿的豆角,白里泛青的洋白菜。还经常有南方的新鲜绿菜像芥菜、油菜薹等。嵋和小娃过家家玩时,也会学着吩咐,让如意馆送点什么来。

直到吃过早饭,一切都很正常。碧初带着嵋和小娃还有年轻的李妈到倚云厅去装饰新房。倚云厅是一座旧式房屋,大院小院前后有上百间房,是单身教职员宿舍。卫葑的一间在月洞门里花木深处,已经收拾得花团锦簇。因卫葑这几天在城里,晚上婚礼后要偕新娘凌雪妍一起回来,碧初怕有疏漏,特地来检查。

"可别动,什么都别动。"碧初嘱咐两个孩子。开了房门,见一切整齐。床是凌雪妍的母亲凌太太前天来铺的,绣花床单没有一丝皱纹,妃色丝窗帘让绿阴衬着,显得喜气洋洋。两个孩子蹑手蹑脚跟在母亲身后,这里似乎是个神圣的所在。

在碧初指点下,那些彩色链条很快悬在房中,果然更增加了热闹气氛。"这新房多好!"李妈赞叹。

碧初环视一周,见窗下玻璃面小圆桌上没有摆设,心想要让赵妈送个点心盘子来。等到觉得无懈可击时,便叫扒在窗上向外看的两个孩子:"看好了,咱们回家。"遂走出房,锁门转身,却见卫葑急匆匆跨过月洞门走来。

"葑哥!"两个孩子欢呼。

卫葑是个英俊青年,风度翩翩,眼睛明亮,穿着白绸衬衫,浅灰西服裤,一件银灰色纱大褂拿在手里。

"你怎么回来了?"碧初有些奇怪。

"昨天夜里日本兵寻衅攻打宛平城。"

碧初没有言语,在考虑这消息的分量。小娃牵住母亲的衣襟,嵋本能地站在小娃面前,以御敌侮。

"二十九军守城十分英勇。"卫葑心里很激动,但话说得很平静。"我还有点事。"说着要走。

"下午的婚礼呢?"碧初不得不问。

"一切照常。我会赶进城去。"卫葑一面说话已进了屋。

"你可别把东西弄乱了。"碧初忙嘱咐。

"知道。"

卫葑不知在做什么,碧初想,他肯定看不见那些恰到好处的陈设。她轻轻叹息,领着孩子走了。

她们到家时,弗之在接电话,好几次说起卢沟桥。一会儿,弗之走进房来说:"驻卢沟桥的日军寻衅,说是走失了一个兵,要进宛平城找,已经打起来了。萧先生来的电话。"

"刚刚卫葑说了,"碧初说,"他回来了,说有点事。还说婚礼照常举行。"

"我们当然希望能照常。"

"去和爹说一声。"碧初说。

老人先没有听清,"啊啊"了几声。等到听清楚了,先愣了片刻,才说:"打了,好! 不知能打多久。"

"总还是边打边谈的。"弗之说。

"只有牺牲,才能保存。"老人说,"不管怎样是已经打了,不至于像东三省,十万大军,一枪不发,把大好河山,拱手让人。"

"要是真打起来,战乱年月,我担心爹怎么受得了。"碧初说。

老人看着她,目光很严厉。"可担心的事多着呢。"

"学校倒是有准备。"弗之说,"在长沙准备了分校,图书仪器也运了些去。"

这时忽然听见两个孩子在后院叽叽喳喳说着笑着,他询问地望望碧初。

碧初说:"广东挑来了。"她走到院子里,果然见两个孩子在一个货担前,和挑担的高兴地说话。

广东挑的主人是地道老北京,和广东毫无关系,可能因为担上货物大都是南味食品,因而得名。这种货挑很讲究,一头是圆的,如同多层的大食盒,一格格装着各样好吃的点心。一头是长方的,有一排排小玻璃匣,装着稻香村的各种小食品,糟蛋、龙虱都有。嵋和小娃最喜欢的是一种烤成赭黄色的鸡蛋饼,每一块都是弯的,他们叫它做瓦片。每次广东挑来了,碧初都得买这种点心。

"太太出来了。今儿个的点心真新鲜,汽车刚到,我收拾收拾,头一个就给您送来了。"广东挑笑嘻嘻地说。他刚剃过头,光光的头皮白里泛青,左眉边有一道紫红色的胎记,一条雪白的手巾搭在肩上,一副干净利落的样子。他也听说打仗了,可他觉得那是很遥远的事,只要他挑着这副货担,他就拥有世界。

"让孩子们挑吧,自己看喜欢什么。"碧初微笑道,走下台阶看着摆开的一盒盒吃食,替嵋挑了两样。看见有吕老人喜欢的核桃云片糕,想到下午老人要走,可以等下次再买。随即心上震了一下:"下次不知时局会怎样变化?"她不由得想,"也许再等几年,等小娃大一点再打才好。"但马上自责:"真是妇人之见。"

嵋和小弟正商量给玮玮预备什么。讨论了一会儿,还是认为瓦片最好。广东挑笑嘻嘻地把东西拣出来,收了钱。柴师傅让他到下房喝茶,像莳园做饭都有审美趣味那样,柴师傅让茶倒不是为多拿回扣,北平话叫底子钱,那有一定比例;而是他喜欢这广东挑,觉得它有超出只是吃饱的趣味。有时候他也买两块枣泥馅的绿豆糕,给他想象中的儿子。

两个孩子回到自己房间。嵋立即抱起坐在桌上的一个破旧的洋囡囡,那是峨传下来的"小可怜",很得嵋的关心。嵋安慰它:"你别怕,有我呢。"她想想,说的仍是这两句:"你别怕,有我呢。"

"打仗是怎么回事?"小娃沉思地问。

嵋抱着洋囡囡站在窗前,看着花园的一片浓绿。一个花圃里种着一片波斯菊,这种花的茎细而长,头上顶着一朵花,显得很单薄,合成一片却很丰富,好像长荒了,给人不羁不拘的感觉。

必须多看两眼,嵋想。接着向小娃说:"这就是打仗。"见小娃不懂,又说:"打了仗,这些花都没有了,所以得多看两眼。"

"我不喜欢打仗。"小娃仍沉思地说。

"我也不喜欢。"嵋把洋囡囡放在窗台上,让她帮着多看两眼。

整个中午孟家的电话频繁,客人不断。中午二时许澹台勉来接吕老太爷,说日方要我方上午十一时撤离卢沟桥,我方当然不答应,又打起来了。他很兴奋,说只要打,就有希望,怕的是不打。

老人说,过几天虽然还要来,那"还我河山"大图章必须带着,好不时修改。他上了车,忽然又下车,要到花园看看。

"爹,这会儿正热,等再来,傍晚到园子里坐。"碧初说。

老人似乎听不见,只管走,大家只好跟着,一同来到花园。

花园里骄阳当头,照得花草都没有精神。老人扶杖在柳阴下站定,眯着眼打量眼前的一切。

学校对老人来说,是个美好的地方。他半生奔走革命,深知事在人为,人材最为重要。从花园望过去,在绿阴掩映间,可见一排排的教室和两座楼。老人曾多次站在这儿,看学生夹着书来来去去,心中总升起模糊的希望。这时因值暑假,校园里静悄悄的。炮火还没有引起动静。众人把眼光落在那五颜六色的波斯菊上,心里都不平静。

"这花开得好盛。"澹台勉叹道。

"公公也多看两眼。"小娃忽然仰头说。

"是要多看两眼。"老人轻抚小娃的头。

大家不由得都多看两眼。柳阴遮住阳光,遮不住地下的热气。说话间,老人已是汗涔涔了。

碧初说道:"爹,上车吧。子勤兄进城还有事。"

"我不忙。下午有一处邀去讲讲华北供电情况。今天不知道还讲不讲。"子勤在老人耳边大声说。

老人默然,摆摆手,上车走了。

碧初进屋,安排吩咐了几件事,就去梳妆。赵妈给孩子们换了衣服。小娃的是一套淡蓝色海军服,他穿好了立即在房间里来来去去正步走。嵋换上一件白纱衣,领口袖边都是荷叶绉边,秀美的头衬在绉边中,真像挺立的花朵。脚下是红白相间薄皮编结的凉鞋。

赵妈把她一提,放在梳妆台镜前,"看看我们二小姐,多么俊!"

嵋立刻挤着碧初坐下了,"娘,给我擦点什么。"她靠着母亲笑。

一面椭圆形大镜子嵌在硬木流云雕框中,镜中映出依偎着的母女,眉儿都弯弯的,眼睛充满笑意。

碧初给嵋系上一条鲜红的发带,一面说:"小孩子以自然为好,不用擦东西。擦上反显得做作。"

嵋不说话了,只看着碧初梳头。碧初的头发很多很黑,全都拢到后面,梳了一个圆形的髻,是照吕老太太的样式梳的。老太太的发髻在阜阳县城里很有名,有吕家髻之称。吕家三姊妹都不剪发,婚后都梳头。北平是大地方,无人注意了。

这时碧初在髻上插了一朵红绒喜字,又带上一对翡翠耳坠儿,衣领上别了同样的别针,都是椭圆形的。她天生肌肤雪白,并不需怎样修饰,一会儿便停当。母女两个对镜微笑,忽然从镜子里看见峨走进房来。

"娘,你们都去,就我一个人在家。"峨不高兴地说。

"你不是要参加音乐会吗?是不是不开了?一起进城吧。"碧初耐心地说。

"怎么不开?我还得去收门票呢。"

"掌心雷来吗?"峘好奇地问。

"关你什么事!"姐姐怒目而视。

"真的,今晚上能不去也好。"碧初想想很不放心。但是峨的脾气执拗,很难管她。"有同学一块儿去吗?"

"当然了。"峨看了看一双弟妹,转身走了。

老宋车到门前时,弗之四人已在门厅里了。他们很少让车等。碧初又叮嘱赵妈好生招呼峨。赵妈笑说:"您走您的,大小姐在家有我们,我们都是管干什么的!"

两个孩子上了车,照老规矩坐倒座。弗之夫妇面对这一双粉妆玉琢的小儿女,不觉对看了一下。他们没有说话,可是彼此了解心中所想:不知在人生道路上,峘和小娃会有怎样的遭遇。

"咱们让玮玮哥把他的捕虫网带来。"小娃悄悄对峘说。

他们两个也会心地对望了一下。有一次玮玮来,捕了好些萤火虫放在屋里,三个人开萤火大会,挨了碧初好一顿训斥。可他们并无改过之意。

"孟先生,您瞧这回怎么样啊?"老宋是个极规矩的车夫,坐车的先生们谈话,他从不插嘴,也绝不传话。今天情况实在不同一般,他觉得有必要问一问。

"除了抵抗,咱们没有别的生路。"弗之平静地说。

"这北平城,这么多好东西,真打到城里头,可怎么办?"

弗之知道故宫博物院从前年就在收拾宝物,运往南京,这也许是个办法吧。他轻轻叹息道:"要是真到了亡国灭种的地步,北平城为谁保存?"

"我想着也是。"

车子出了校门,那一段槐阴夹道的平坦的路很快向后退去。峫在倒座上看得清楚,她似乎闻见槐花的甜香,不觉向退去的校门招呼。"再见!"她说。

碧初笑了:"晚上就回来,倒像告别似的。"说着她心上又震了一下。

大家心上都震了一下。巍峨的校门越来越小,车子转弯,看不见了。

城里店铺照常开业,表面上很平静。"人少了,街上人少了。"老宋自言自语。

峫和小娃好奇地望着窗外,和放假期间的校园相比,街上人够多了。顺着西直门大街向前,两边店铺的招挑儿往后退。

忽然,一个大铜壶吸引了小娃的注意。他用小手指着,哈哈大笑:"这么大的壶!"

"那是卖茶汤的店。"碧初微笑。

"二姨妈家不远就有一个茶汤店。"峫忙道。

弗之笑说:"校园里长大的孩子都是假北平人,没有地方色彩,可见我们这样阶层的人脱离民众。"

两个孩子并不在乎假北平人的头衔,只顾向外看。车过西单,牌楼下的铺子有的已在上门板,提早关门。

"卫葑会按时到吧?"碧初有点担心。

"他总是有办法,就是今天耽误了,也算不得什么。和战争比起来,一次婚礼真不足道。"

车子很快开到南河沿欧美同学会,进了大门。停车场上车并不多,和大厅前张挂的灯彩比较,有些寥落。大厅中人还不太少,热闹中有一种兴奋的气氛。

卫葑的岳丈凌京尧走过来。他是益仁大学法国文学教授,还是最早的话剧运动参加者,父亲在清朝末年做过尚书。他身材不高,有些发胖,但自有风度。

"弗之,我这儿已经有一个话剧腹稿了,卫葑说我们可以去劳军。"他笑眯眯地说。

满屋子人热心议论的不是婚事,而是战争。卫葑说可以去劳军的话比他的新郎身份更引人注意。

"卫葑已经来了?"弗之四面看。

"刚到,在里头换衣服呢。"凌京尧说着,又和碧初打招呼,"内人和雪妍在东厅。"

正说着,凌太太岳薰芬急匆匆走过来,先和弗之夫妇见礼,眼光敏捷地从碧初微笑的脸上落到她墨绿色起黄红圆点的绸旗袍上,又在那一副翡翠饰物上停留了几秒钟,随即对京尧说:"去接伴娘的车回来,说她不能来了,家里不让出来。你看怎么办?也不早说!"伴娘是凌雪妍的同学,住在南城。岳薰芬继续说:"照说不让出来也有道理,打仗呢。我们家赶上了,有什么办法。"

"要是真能打退日本人的挑衅,这可是喜事。"弗之说,"不用伴娘行不行?"

"雪妍要不高兴。再说衣服全预备好了,多不吉利。"

这时碧初早已打量过蘅芬的穿着,一件暗红起金灰花纹的纱旗袍,里面的衬裙也是暗红的。饰物是金丝镶的红玛瑙,光泽极好,自是上品。她不再研究,帮着出主意说:"找个人代,行不行?"

"三姨妈！三姨父！"清脆的声音引得大家都扭头看,只见澹台玹和澹台玮已经站在碧初身旁。玹子是益仁大学外文系学生,暑假后二年级。她是那种一眼看去就是美人的人,眉目极端正,皮肤极白细,到哪儿都引人注意。

玮玮也腼腆地含混地叫了一声,亲热地望着碧初。他是一个俊雅少年,目朗眉长,神清骨秀。他见过长辈便只顾和嵋、小娃说话。

"你们来了。"碧初眼睛一亮,轻轻抚着玹子的肩,询问地望着蘅芬。

蘅芬笑了,忙不迭地说:"澹台小姐我们见过,知道。"

说着便拥着碧初和玹子往东厅走,走了几步想起还有一个角色,便由碧初回来找嵋。嵋和玮玮、小娃已经跑到大厅的东头,和庄先生、庄太太还有几家的孩子们在一起。

庄太太是英国人,是卣辰的继室,不是无因的母亲。她身材修长窈窕,自认为很有资格穿旗袍。这时穿一件银灰色织锦缎镶本色边旗袍,高领上三副小蟠桃盘花扣子,没有戴首饰,只在腕上戴一只手镯式小表。

她正笑吟吟地对嵋说什么,抬眼见碧初过来,便迎了两步,伸出手来说:"孟太太,你都给孩子们吃什么,怎么长得这么好！我也学学。"她高兴地打量着嵋和小娃。

"你看,我们已经借了无采了,还要带嵋过去一下。"碧初含笑道。

"那就去吧,这次婚礼真难得,无采和嵋一起拉纱,一辈子都记得。"

"今天最大的事是卢沟桥的炮声,"卤辰说,"这是中国人的骄傲。"他的高个儿太太垂下眼睛看他,眼光充满敬意,她总是这样看丈夫的。卤辰受了鼓舞,又说:"只要我们打,就能打赢,怕的是不打。"

"这话未必尽然。"中文系讲师钱明经正好在旁边。"打有打的道理,不打有不打的道理。国家现在的状况经得起打吗?一百年来,也打了几次,结果都是更大的灾难。"

"那你说该怎么办?"卤辰有点迷惑。

"只好谈判,也是不得已。"钱明经叹息道,"你那实验怎样了?这时停下,岂不可惜。"

他滔滔说起实验来,倒是卤辰在用心听。碧初忙点头微笑,又嘱咐小娃好好跟着玮玮,便带嵋穿过人群,到东厅去了。

东厅里面的更衣室比外面更热闹,人并不太多,却是香气氤氲,笑语回荡,到处挂着衣物,显得很满。理发椅上坐着庄无采,完全是个混血儿的模样。她正吹风,不停地扭来扭去。转过一座纱屏,只见凌雪妍盛妆端坐,白纱拥在身旁。她在家里穿戴妥当,早来等候。

"凌姐姐像仙女!"嵋高兴地叫出来,"有云雾托着。"

玹子站在当地,凌太太和凌家的老孙妈正张罗她。

"我们就算及格了吧?"碧初轻轻把嵋推在身前。

"吹吹头吧。无采就完了。"凌太太把伴娘衣服在玹子身上比了比,放心地交给老孙妈。玹子对嵋做了个鬼脸。

"啊,我不!不喜欢吹。"嵋抗议。有一次雪妍到理发店做头发,带了她去,吹风机热烘烘在头上转,真是可怕的经验。

碧初知道凌太太的脾气,知道凌家的一切都是极讲究的。虽然今天大家都有点心烦意乱,这到底是雪妍的婚礼,能做到的总得做到。她沉着脸望了嵋一眼,嵋不响了。

无采吹好下来,蓬松的有些发红的黑发衬着一双碧眼,对着嵋笑。嵋不待再说,自己爬上椅子。"这位小姐勇敢。"理发师夸她。

屏风里边,玹子抗议了:"太紧了! 要勒死了!"她格格笑,"凌姐姐,都是为你!"

"得啦,得啦!"老孙妈哄着,"差不多,稍微小一点。"

"怎么挑这么热的天结婚!"玹子又加一句。

有人传话说客人都到礼堂了,问新娘子准备得如何。凌京尧也在外面等着了,由他把女儿送交夫婿。在凌、孟两位太太导演下,雪妍站好了,玹子、嵋和无采都各就各位。纱屏风撤了。嵋小心地捧着手里一段轻纱,忽然要打喷嚏,她的鼻子有点毛病,这里的香气让她不舒服。她忍了一阵,还是啊嚏一声打出来。凌太太瞪了她一眼。

"我做新娘的时候,可千万打不得。"嵋想。她觉得做新娘是很美好的事。

门开了,卫葑和伴郎走进来。伴郎李宇明,是卫葑的同学。他们都穿黑礼服,十分神气,嵋简直不好意思看。她和主角雪妍都半低着头,玹子和无采却都抬头睁大眼睛。卫葑握住雪妍带着半臂无指手套的手,却望着玹子笑。他没想到玹子做伴娘。他觉得雪妍和玹子都很美,雪妍的美是他熟悉的,虽然今天也很新鲜,而玹子的美使他惊奇。雪妍娇嗔地捏他的手,他才忙转眼对雪妍笑。

"先走吧,我们随后就来。"蕙芬指挥着。

卫葑和伴郎听话地走了。凌京尧过来把手臂递给雪妍。一行人缓步来到礼堂,一个小乐队奏起婚礼进行曲。嵋和无采遵照嘱咐郑重地走着,注意保持距离,以免把纱拉得太紧或太松。

这场婚礼的安排是煞费各方苦心的。本来凌雪妍主张到教堂结婚。她喜欢那庄严气氛,很想听牧师问那句话:"你愿以你身旁这个人为夫吗?终身爱他,服从他?"然后全心地回答:"我愿意。"但卫葑声称自己是无神论者,不进教堂。凌太太主张请她的舅父、北平副市长缪东惠证婚。卫葑又坚决反对,因为他不喜欢官。后来几经讨论,大家同意庄卣辰做证婚人。他是卫葑的老师,学术地位很高,没有任何政治色彩。婚礼上除了各种致词外,还安排了交换戒指、向家长鞠躬。卫葑后来总带了一种温柔痛惜的心情回想这婚礼,觉得它像自己的一生一样不伦不类。

乐曲停了。新人队伍走过了来宾的一行行座位,在许多鲜花中面对庄卣辰站好了。来宾席中有不少座位空着,但还是充满了喜气。碧初和蘅芬分左右随孟、凌两先生站在主婚席上,不放心地看着大厅里,看一切是否就绪。

庄先生讲话了。

"今天是个了不起的日子。何以说是了不起?因为在今天解决了我素来不懂的两个问题。一个是我素来不懂为什么中国人总是挨别人打。听说是孔孟之道造成中华民族许多劣根性。一个中国人能办的事,三个中国人势必办不成。这就叫三个和尚没水吃。从今天起,我看见中国人在办一件事了,这是一件大事——把强敌打出去!若说是近百年我们的抵抗都失败了,我们就该等着失败,我看不出这里的必然联系。抵抗,还有希望。投降,只有灭亡!"卣辰的声音不高,可是全场全神贯注,这个问题显然比两个人结婚更让人关心。说到投降这两个字时,厅里缓缓掠过一阵叹息。

"至于第二个问题,就简单得多了。卫葑和凌小姐,众人皆以为是天造地设的一对,我一直不懂他们怎么还不结婚,今天我懂了,他们是等着这伟大的时刻!要在伟大的时刻中——"

似乎为了证明伟大时刻的到来,一声沉闷的炮响打断了他的话,接着是一阵隆隆的声音。一下午都只有稀疏的几下炮声,人们还镇定,这时的炮声虽还在远处,却响得足以使妇女惊惶失色。有人站了起来,左右看了一番又坐下去。

"这就是伟大时刻的证明了。"卤辰继续发挥,"等到我们中华民族真的站起来了,等到我们真能平平安安兴高采烈,心在胸腔里,不用悬着;脑子全在脑壳里,不用分一部分挂在外边考虑怎样躲避灾难了,我们决不要忘记这时刻。这时刻已经延续了一百年了——希望未来的小宝宝长大成人结婚时,只有亲人的温暖,花朵的芳馨和音乐的悠扬。可是今天,我们少不了大炮!我们需要大炮!"

全场沉默,司仪也忘记宣布下一项节目。蘅芬和碧初互望了一眼,忙示意嵋和无采放下披纱各自端过一个小盘,由嵋端给卫葑,无采端给雪妍。两盘里红绒上各摆一只纯金绞丝戒指,做工精细非常。卫葑取了戒指给雪妍戴,他看着那莹白瘦削露一点青筋的手指,手背让无指手套的花边束着,心里十分感动。她是他的妻子了,他该怎样爱她,照顾她,保护她?不知道时局能允许他有多少时间当好丈夫的角色。

弗之讲了些吉利话。京尧却讲了一篇爱情的崇高意义,还用法文背诵缪塞的诗《五月之夜》中的几句,从这首诗忽然扯到《罗密欧和朱丽叶》中的诗句。那是朱丽叶说的:"我的慷慨像海一样浩渺,我的爱情像海一样深沉;给你的越多,自己也越富有,因为这两者都没有穷尽。"婚礼中引朱丽叶的话怎么想都有点不吉利。凌太太直瞪他,可是他看不见。

座中有一些骚动,是缪东惠进来了。他除了纺绸长衫外,还罩一件团花纱褂,以示郑重。他连连摆手,在后面坐下。有几位客人凑过去问消息,他指指新人,微笑不语。

司仪终于宣布礼成,新人队伍在乐声中退场。知客们招呼客人到宴会厅入席。蘅芬先赶过去:"七舅,还当您来不了,没等您。"

"按钟点办事,不用等我。"缪东惠看上去很疲惫。

"是在谈判吗?"弗之过来问。

"是的,中午又打一阵,现在又在谈,争取双方都从卢沟桥撤退。"

缪东惠当年学铁路工程,曾留学日本,做过一任交通部次长。因为家里有万贯家财,一度没有做事,倒是热心公益,为北平市政建设捐过款操过心,后来安排成一位副市长。他的政治态度很暧昧,是各方都团结的人物。

"吕清老没有来?上一次大悲法师讲金刚经,他也没有去。"他四下看看。

"若是放下屠刀立地成佛,也没有人会自动放下屠刀的。"弗之苦笑。

"在谈判,在谈判。"缪东惠对弗之点点头,又对各样熟人打招呼。"看样子一下子谈不成,刚才又打了一阵。不过,日本首相前几天还声明,目前没有蹂躏国民生活、强迫彼等牺牲之必要。"

"走这边,七舅。"蘅芬招呼着,"昨天我带雪妍去请安,您听经去了。"

"我可不是投降派。"缪东惠没有接话,还是对弗之说,"事情太大,四亿生灵的大事!你我凭一腔热血,报效国家,死而后已,当局考虑问题可就得仔细掂量了。"

"考虑问题第一得顺乎民心。"卤辰说。

"那是当然。"

大家说着,走进宴会厅。只见十几张圆桌都围着水红绣花桌围,每张桌上都摆有鲜花,厅顶两排镏金大吊灯,照得满厅通明雪亮。穿着制服的仆役垂手侍立。缪东惠点点头,在当中一桌坐了,大家也纷纷就座。

一会儿,卫葑夫妇换了衣服出来了。峨和玹子等人都集到最边上两桌。李宇明走来,和小娃等小孩子坐在一起,立刻说得很热闹。峨觉得凌姐姐漂亮极了,穿礼服时像仙女,现在穿上正红镂空纱旗袍,于尊重中有几分学生气。她看着他们走到缪东惠身旁,正要敬酒,忽然觉得眼前一暗。

"灯灭了。"玹子无所谓地说。

她们都无所谓。厅当中却有些骚乱,其实天还未全黑。仆役很快送上烛台,一台五支烛,倒别有一种情调。

大家心里都有些不安,这一席菜不知有几个人真尝出滋味。孩子们这桌很热闹,都把面前排着的酒杯斟满,学着大人碰杯。

玮玮为峨和无采斟了酒,别的男孩也为峨和无采斟酒。

玹子说:"怎么没人管我?我莫非已经老了?"

李宇明大概听见,走过这桌来和玹子说话。他说:"早知道有一位澹台小姐,不知是这样的爽快人物。"

"你就是那打网球的?"玹子笑说,双颊晕红,映着杯中的红酒。

"宇明是北平市大学网球赛冠军,你说人家是打网球的。"卫葑说。他和雪妍走来道谢,玹子高兴地把酒一饮而尽,还照一照杯。

"真喜欢你这样无忧无虑。"卫葑又说。

雪妍温柔地微笑着,望着玹子和李宇明。这时碧初走来,正要说话,厅中忽然一阵骚动,像是波浪一样,传过来,是这样一句话:

"城门关了!"

城门关了,是缪东惠的秘书来报告的。可能中国人在观念中有某种封闭的东西,对于门很重视。城门一关,不管哪一阶层都觉得事情格外严重。

最受影响的是卫葑夫妇,他们不能用各方精心布置的新房了。好在凌家已经预备了回门用的房间,精致富丽自不待言,卫葑原不肯在岳家成婚,这时也无法了。客人中不少是从明仑大学来的,都在算计住处。一般在城里都有亲戚朋友,平日进城时也经常下榻,这时知道出不了城,似乎忽然无家可归了。

碧初在人丛中,唇边仍堆着笑,眼睛却焦虑地寻找弗之,他们看见了,走近了,目光习惯地在对话:"开始了吗?"

"开始了。我们要忍受一切。"

"我会的。"说出来的却是:"住爹那里吧?"

"当然。"

峘和小娃也对望了一下,两人又遗憾地看着玮玮。玮玮却很高兴,说:"萤火晚会延期举行。咱们可以一起在城里玩,城里好玩的多着呢。"

众人中只有他真高兴,他希望峘和小娃在城里住,愈久愈好。他和玹子上了车,还扒在窗上,看峘的车是否真和他一路。

三

什刹海旁边香粟斜街三号是一座可以称得上是宅第的房屋。和二号四号并排三座大门,都是深门洞,高房脊,檐上有狮、虎、麒麟等兽,气象威严。这原是清末重臣张之洞的产业。三号是正院,门前有个大影壁。影壁四周用青瓦砌成富贵花纹,即蝙蝠和龟的图样。当中粉壁,原仿什刹海的景,画了大幅荷花。十几年前吕老太爷买下这房子时,把那花里胡哨的东西涂去,只留一墙雪白。大门旁两尊不大的石狮子,挪到后花园去了。现在大门上有一副神气的红漆对联"守独务同别微见显;辞高居下知易就难",是翁同龢的字。商务印书馆有印就的各种对联出售,这是弗之去挑的。吕老先生很喜欢这副对联,出来进去总要念一念。

老人买这座大房子,一来因为要和女儿住在一起,而又不愿住女婿家,索性房子大些,三个女儿都照顾到,二来认为把土地变成房子,比变成纸币好一些。大女儿素初远嫁云南,这里也留着她的住处。二女儿绛初和澹台勉应酬多,住了过厅和第三进院。三女儿碧初一家平常不住城里,只用一个小院,作为进城时休息之用。老人自己住了第四进正房。前院南屋是客房,经常住着各式各样的客人。十几年来,时局动荡不安,这里大门一关,日子却还逍遥。

这里虽然有孟家人的行馆,现在弗之车到门前,心里却有一种投奔他人之感——本不打算来而不得不来,和计划中的行动不一样。一路上碧初还想到西直门看看,万一能出城就好了,她真不放心峨。弗之说肯定没有用,老宋也说最好不要在街上转,车子才和澹台家的车同时到。

整个胡同静悄悄的,时间并不晚,家家关门闭户,没有人在街上乘凉。大影壁森然露着那一片白。车一停,玮玮先跳下来,赶过去给弗之夫妇开车门。宅子的黑漆大门刚开一条缝,他就飞跑进去报告三姨妈一家来了。绛初和澹台勉晚上有应酬,在同和居吃饭。饭间公司里的人把澹台勉请走,只有绛初一人回来,正和伺候上房的刘妈说着城门关了,孟太太一家大概会来。这时忙迎出来,刚走过院子进了过厅,碧初和弗之已进了垂花门。大家相见,都想不出话说。

绛初比碧初大两岁，两人相貌酷似。一次她到明仑大学，在孟宅花园外面，有好几位不认识的先生向她打招呼。她好生奇怪，后来知道他们都以为她是孟太太。其实两姊妹气质很不一样。绛初精明，碧初娴静，绛初有富贵气，碧初有林下风。这是多年不同的生活使然。

　　过厅是澹台家的外客厅，布置很富丽。碧初等并不在这里坐，向里走时，玮玮的狼狗亨利迎上来，摇头摆尾表示欢迎。它很清楚来人的亲疏关系，很少弄错。

　　大家到上房外间起居室坐下。碧初忙打电话，电话通了，可是没人接。

　　"想必是峨听音乐会还没有回来。"弗之说。

　　碧初只好放下，等等再打。"爹睡了吧？"她问。

　　"刘妈往后院去看了，大概睡了。"绛初答。

　　说话间帘栊响处，进来一位身材矮小的中年妇人，小而圆的眼睛像两粒发亮的扣子，着一件灰绸旗袍。这是老人的续弦赵莲秀。老人中年丧妻后，内助无人，生活诸般琐事别人怎么照管也是不方便，大家都劝他找个身边人伺候，那时这样实行的人不少，不过不再用纳妾这样的说法。反正中国的语言和智慧可以为同一件事找出各种不同的，甚至是褒贬截然相反的说法。吕老先生别具一格，坚持明媒正娶，续了这一房。虽说是续娶，实际上赵莲秀在吕家地位不高，人们从未把她和碧初等的母亲张夫人同等看待，绛初姊妹只以婶称之。一来因出身，她是云南路南小县上一个木匠女儿，是滇军严亮祖师长夫人吕素初游石林时发现的。二来因年纪，她比碧初还小两岁。本来吕素初找这个人只是为侍奉老父，没有想要正式嫁娶。及至吕老先生要以平等待人，她和碧初都觉得无甚不可，只有绛初坚决反对，后来反对不成，一种轻视怠慢的气氛总在。赵莲秀倒是一位贤德本分之人,服侍老人很尽心。

这时她笑着招呼过大家,带着小心讨好的神气,用报告的口吻说:"老太爷已经睡了。他原说要等你们回来问问外头的事,天晚了,就睡了。"

说着去拉嵋的手,她很喜欢嵋。嵋见到她,也很亲热,不见面时却很少想到。孟家人在一起时也绝少提到她,就像没这个人似的。所以嵋每次见到她,总觉得又熟悉又陌生。

"盼着你们,盼不来。这下子倒好,可以多在城里住几天。"她一手拉着嵋,又去拉小娃,说:"公公不管这些,说只要炸弹没掉到头上,一切照常。"

"玮玮,你们孩子上你屋里玩一会儿,西小院收拾好了,就该睡了。"绛初说。

三个孩子巴不得这声命令,连忙往外走。莲秀缩回手,微笑着在靠门的椅子上坐了。她一般都是招呼一下,坐几分钟,就退走。玹子已经回自己屋去了。

玮玮的房间是正房西头一个小套间。这一排正房后面有一个进深很浅的院子,院中布满藤萝,称为藤萝院。一枝藤萝悬在玮玮后窗上,嵋很喜欢那样子。

"关灯,关灯。"玮玮进门刚开灯,嵋就叫起来。

"嵋要看那藤萝。"小娃解释。关了灯,果然看见婆娑的叶影,一枝粗如小儿臂的枝条斜过窗棂。"怎么城里没有萤火虫?"小娃说,"萤火虫会动会冲。咱们明天能回去不能?"

"明天开了城门,就能回去。"嵋说。

"那可不见得。来,看我画的地图——藤萝看够没有?"

嵋颔首表示同意开灯。灯一亮,只见房中间吊着一架漂亮的飞机模型,漆成淡蓝色,这是玮玮暑假的手工。一张大地图摊在桌上,是暑假作业。玮玮的书桌很大,比澹台勉的办公桌还大。桌上划分了各种区域,有数学区、历史区、地理区、航空区等。嵋走过去看地图,小娃缠着玮玮让把航模取下来。飞机取下来了,两人就蹲在地上研究。

"我想你们长大都要开飞机。"嵋说,抛开地图也蹲下去看。

"我是要造飞机。"玮玮说,"人应该飞起来,不然太可怜了。鸟看我们人,大概就像我们看蛇一类的东西一样。"

"我也要造飞机,"小娃学舌,"像萤火虫一样飞。"他看看嵋,"嵋不会造,我们造了给你坐。"

"我可以负责把飞机收拾干净。"嵋说,她对造飞机毫无兴趣,但她相信飞机里也像家一样。

"要是玹子,一定说,我才不坐呢,我怕摔死。"玮玮笑着说。

"今天玹子姐真好看,和凌姐姐一样好看。"嵋认为只要是新娘,就应是最好看的。

三人看一阵飞机,又研究地图。玮玮的地图把驻外国军队的地方都标出来了。

"这么多!"嵋吃一惊。"卢沟桥在哪儿?"

"我这图没有那么详细。要不要画上一个?"玮说着拿起笔来。

这时刘妈走进来要领嵋二人去睡。玮玮也要跟着。刘妈说:"太太说了,你也该睡了。太太一会儿就过来呢。"

"那我们明天到什刹海去。"

"明天能让你们出大门?得了吧,我的少爷。"

"那就到后园去挖运河。"玮玮说。

后园对孩子们来说,是个神秘的所在。因为人少,园子成了荒草的世界,荒草中有一座古旧的二层小楼,仆人间传说楼上住着狐仙,晚上有小红灯挂出来。当然谁也没有看见过。

三人又嘀咕了几句才分手。孟家姐弟从东头夹道到正院。正院中正房十四间,是钩连搭的样式,房子高大宽敞。院中两棵海棠、两株槐树都是叶茂根深的大树,当中一个大鱼缸,种着荷花,有两朵不经意地开着。这时院里静悄悄的,只廊上亮着灯,廊下晚香玉浓香袭人。孩子们放轻脚步。

"跑你们的,这么大的院子,惊动不了老太爷。"刘妈说。

他们进了西侧月洞门,这是一个小跨院,想来原是书斋琴室一类,规模小,却很精致。院中沿墙遍植丁香,南墙有一座玲珑假山,旁边花圃中全是芍药。灯光静静地透过帘栊,照见扶疏的花木。掀帘只见弗之坐在桌旁,碧初在收拾什么。刘妈帮着张罗两姊弟洗浴上床,才自去了。

一会儿,门外有人叫:"三姑,安歇了没有?"碧初知道这是老太爷的本家侄孙吕贵堂,答应着让进来。老人自己没有儿子,可是一县凡姓吕的都说是他的本家。这吕贵堂认得几个字,在乡下教过几年私塾。前年妻子病逝,负债太多,过不下去,去年带着女儿香阁投奔老太爷来,想找点事做,把债还了。在来来往往川流不息的南房客人中,他显得头脑清楚,且极忠厚本分,老人因让他常到正院谈谈讲讲,帮着照料家事。他的地位介乎亲戚与仆人之间,只是上上下下对他没有个称呼,一律直呼其名,成为习惯。吕家人本想让香阁上学,贵堂说北平不是他们留的地方,先还清债务再说。父女俩揽了些文稿来抄,大半年来,陆续还了些债,过得很平静。

"来给三姑、孟姑父请安。"吕贵堂掀帘进来,后面跟着十六岁的香阁。碧初每次见她,都觉得她又长大了,更惹眼了,每次也更感到她伶俐有余浑厚不足,却不知为什么。她穿着旧月白竹布衫裤,松宽的裤腿,随着行走飘动,虽是农村装束,自有一种韵致。

"小姑姑睡了吧?"她问的是嵋。

"没有,没有!你来!"嵋和小娃在里间正睡不着。

香阁先看碧初脸色,觉得没有阻拦之意,方从衣袋里拿出两个彩线角儿来,带着亮晃晃的长穗子,笑说:"还是端午节给小姑姑缠的。"往里间去了。嵋和小娃立刻欢呼,他们见了什么都欢呼的。

因给峨的电话还未打通,碧初又往前面去打电话。外间弗之和吕贵堂说了几句时局。贵堂不敢耽搁,弗之留着问农村情况,才说:"有个族弟来信说,乡下日子更不好过了。一个乡的人都得了一种病,先是害眼,再发烧,然后右腿动不得。本来要吃没吃要穿没穿,奄拉着一口气,还有不生病的!日本人再打进来,更没有活路。不知道这次日本人要怎样?"

"先要吞并华北,再要吞并全中国。"弗之说,"就看这一次我们中国人有没有骨气坚持抵抗。要是再让了华北,以后更难打了。"

"孟姑父!不瞒您说,"吕贵堂忍不住说,"我常觉得自己是个残废人,文的虽识几个字,算不得知识分子,武的虽生长农村,可用锄头镐把也不精通。我这样的人每天是混日子罢了。如果抗日的大事上有用得着我的,我没有什么挂牵!"传来一阵清脆的笑声,他往里间看一眼,"香阁嘛,三姑二姑会照应的。"

弗之很感动。在这民族存亡的关头,绝大部分中国人都会毁家纾难的。可是该怎样把这样的精神集结起来,他不知道。他沉默片刻,说:"明天我们要回学校去,这里还要你多照料。"

"能在老太爷身边,这是我的造化。"贵堂说,随即站起叫出香阁。香阁一边走,一边答应明天教嵋用碎布做玩偶,随着贵堂告辞。

一时碧初回来,已经打通电话,和弗之说过,进里间看两个孩子。

"姐姐在家,没事,音乐会照常举行。"碧初抚着小娃的头,"明天娘和爹爹先回去,你们两个先住在这儿。这儿不是很好玩吗?"

城里的世界丰富而新奇,两个孩子平常总是住不够的。这时一听爹爹和娘要走,嵋立时把那彩色角子扔得远远的。她多么想跟着回家。

"娘,我们不能回去吗?"

"我也想回家!"小娃响应。

"住几天,看看时局变化,就来接你们。"

弗之从外间走过来。"公公会讲很多很多过去的事,玮玮会带你们玩——"

他没有说下去。四个人一时都觉得方壶是世界上最可爱的地方,无论怎样他们也不愿离开的。

"我们还能回去吗?"嵋把被子拉到脸上,只露出一双水汪汪的眼睛。

"应该可以。"弗之只能这样回答。

"很久吗?"

"不过几天。睡吧。"碧初安慰地说。

两个孩子没有想到,需要那么长的时间才能回去。那时他们已经长大,美好的童年永远消逝,只能变为记忆藏在心底。飞翔的萤火虫则成为遥远的梦,不复存在了。

野葫芦的心

亲爱的孩子,我竟从没有见过你们穿着宽大睡衣的样儿,也从没有给你们讲过故事。现在可以讲一个,虽然你们已经睡着了。

我真愿意和娘在一起,就这样坐在床边,守着你们天真的梦,心里为你们默默念诵。

这是大山里的传说,一个原始的,毫无现代色彩的传说。

故事开头,照例是古时候。古时候,很远的地方,有一个村庄。村庄边上有一片野生的葫芦地,好像从开天辟地,就生在那儿。春夏枝蔓缠绕,一片绿阴凉;秋来结很多金黄的葫芦,高高低低悬挂着,像许多没有点燃的小灯笼。全村人都喜爱这葫芦。每有新生小儿,便去认一个,把小儿名字剪纸贴在上面。等葫芦长成,把小头切开,就成为一个天然的容器。认葫芦成为这村庄的一个习俗,像洗三、过百岁、抓周一样。每个小儿都有一个可爱的葫芦,挂在床头。女孩子的更有五彩丝线的网络套着,装着心爱的零碎儿。

一年秋天,敌人打进山里,究竟是什么敌人,从没有人说清过。这些人身披皮衣手持利器,烧杀抢掠,无所不为。村人侥幸逃生,也沦入做苦工的境地。敌人到处搜刮,看见这一片金灿灿的葫芦,不少葫芦上有名字。知道原委后,登时哈哈大笑,把所有小儿集中,一刀一个全都杀了。

然后摘下葫芦,也要砍开来用。谁知一刀砍去,迸出火花,葫芦纹丝不动。无论怎样砍、切、砸、磨,连个裂纹也没有。敌人发狠,架起火烧,只见火光中一片金灿灿,金光比火光还亮。烧了一天一夜,仍是葫芦原样。敌人发慌,把它们扔进山溪,随水漂去。

水流很急,葫芦不时沉入水底,一会儿又浮上来。溪面一时布满葫芦,转着圈,打着旋。据当时看见的人说,水上忽然响起一阵愤怒的哭声,撼山震谷,只觉得那漂在水中的,不是葫芦,而是小儿的头颅。

葫芦带着哭声漂远了。

来年野葫芦地里仍然枝蔓缠绕,一片绿阴凉。秋天,仍结了金黄的葫芦,高高低低悬挂着,像许多没有点燃的小灯笼。

嵋皱起脸,像要哭。她是不是在想,每个葫芦里,装着什么样的梦?

小娃伸伸脚。你们真像两个小玩偶,不知战争会怎样扭乱命运的提线。我很不安,为你们该得到却不可测的明天,为千千万万在战火中燃烧的青春,为关系到我们祖国的一切。

许多事让人糊涂,但祖国这至高无上的词,是明白贴在人心上的。很难形容它究竟包含什么。它不是政府,不是制度,那都是可以更换的。它包括亲人、故乡,包括你们所依恋的方壶,我倾注了半生心血的学校,包括民族拼搏繁衍的历史,美丽丰饶的土地,古老辉煌的文化和沸腾着的现在。它不可更换,不可替代。它令人哽咽,令人觉得流在自己心中的血是滚烫的。

我其实是个懦弱的人,从不敢任性,总希望自己有益于家庭、社会,有益于他人,虽然我不一定做到。我永远不能洒脱,所以十分敬佩那坚贞执着的秉性,如那些野葫芦。

夜,静极了。传来沉重的炮声。娘走来说,不知明天会怎样。

亲爱的孩子,明天会怎样?

第 二 章

一

　　日子掀过一页,七月九日。

　　峨从睡梦中蓦地惊醒了。四周十分安静。她猛然跳下床,拉开粉红与深灰相间的窗帘,看着外面刚刚发白的天色。草地依旧深绿,小溪依旧闪亮。这看过十多年的景色,正从黑夜中缓缓苏醒,几声清脆的麻雀的欢叫使得清晨活动起来。一切都没有变化。

　　可是峨觉得自己很不一样了。似乎多了什么,又少了什么。她拉上窗帘回到床上,环顾室内简单又舒适的陈设,需要的东西一样不缺,没有一样多余之物。一面墙上挂着大玻璃镜框,里面摆着一行行植物标本。镜框旁挂着那耶稣受难像,从悬挂的地位看来,主人显然不是教徒。主人的目光在这像上停留了一下,下意识地抬起手腕,腕上的表没有了,光滑的皮肤上露出浅浅的印痕。

　　昨晚的音乐会,那不同寻常的音乐会!

　　峨常参加音乐会,据说是个音乐爱好者。按照她的情况,完全可以学一种乐器或声乐,在圣诞节前后来一段四重唱,像有些名媛那样。但她很怯场,情愿在门口收票。许多非正式演出要靠热心人做各种事。峨从来算不得热心人,在收门票上倒很认真。一套白衫黑裙,成了她的工作服。认真地把守着门,晚来的人在节目进行中一律不得进入。

昨晚音乐会在明仑大学附近一所私立大学举行。峨和同学吴家馨,还有家馨的表哥仉欣雷,被峎称作掌心雷的,一起骑车去。吴家馨的哥哥家毂也是明仑学生,因此她在女生宿舍借住,准备功课。音乐会的组织者是一个团契,教会学校都有这种小社团,时常举办活动吸引学生参加。这时来的人不多,负责人见他们来了很高兴。他们到了以后,峨立刻站在门口。开演后还有人来,因为估计晚来的人都有特殊原因,破例放进。

峨坐下时已演过几个节目。她听音乐素来不是很专心,倒也不像有些人喜欢在音乐声中遐想。她不是喜欢幻想的人,甚至讨厌峎那样常常耽于幻想。音乐给了她一个生活的空白,她可以理直气壮地呆坐着,不受任何干涉。今天她更心不在焉,台上演唱什么,简直记不清了。直到著名女高音柳夫人上台,她才猛然想到这是音乐会。

柳夫人本名郑惠杭,一直冠用夫姓,称柳郑惠杭,是国立北平艺术专科学校教授,也是能开独唱会的很少数歌唱家之一。她唱的第一支歌是《阳关三叠》,声音高而较宽厚,不像当时一般歌者唱到高处总有逼窄之感。等到唱完最后一句"西出阳关无故人",她垂下头,一任掌声回荡,并不鞠躬。

过了一会儿,伴奏伸长了脖子朝她望,她也不示意开始,却忽然抬头,讲起话来:"大家都知道,卢沟桥今天有一场战争,一场伟大的战争。我一辈子唱的歌也比不上前方战士的一颗子弹!我刚刚决定说这几句话,非说不可!我们应该慰劳前方战士,鼓励他们继续打,努力打,奋勇打!我们都是后盾,坚强的后盾。若是没有他们,哪儿能容我们唱歌听歌!"

大家热烈地鼓掌,她沉默片刻,唱第二支歌。油印节目单的下一个节目是《圣母颂》,但她唱的是《松花江上》。"爹娘啊,爹娘啊,什么时候才能欢聚在一堂?"

歌声一落,台下人纷纷站起。有人喊口号:"坚决保卫华北!""北平不是沈阳!"有人跑到台前扔纸币、铜板。一个中等身材的壮实青年走上台,举起两臂让大家安静下来,大声说,明天准备慰劳二十九军,原没有想到在这里捐款。感谢柳夫人这样协助,现在可以捐款作为劳军之用。这时有人拿出两个大纸箱,伴奏跑进后台找出几个木盒。听众向台前拥过去,向盒、箱里放东西,有的就扔在台上。

峨很尴尬,她身上没有一个钱,也没有饰物。吴家馨站起来,一面走出座位一面取下手表。峨很感谢她的提醒,忙也摘下手表。掌心雷迟疑片刻,也跟着拥到台前。盒子已经装满,台上有一堆堆的钞票和铜子儿。首饰不多,表不少,因为听众大都是青年学生。还有一副假牙,带着亮晃晃的钩子,峨看了很难受。

两手曲在脑后,靠在枕上的峨又抬起手腕看看,细细的手腕有些发红,表没有了。那是父母亲给她的十五岁生日礼物。峨想,要是娘再给一个,一定不能要。那样才真是自己捐的。她把日历推开,把一个精致的方形小闹钟拉到面前,准备以后与它为伴。

"大小姐,醒了吗?"因为上房只有峨一人,赵妈临时在走廊凸窗处搭床睡。孟家人从来起得早,她走进来自作主张拉开窗帘。"昨晚上太太打了几次电话,不放心呀。下回还是跟着太太,别另外跑,又不是太平年月。"这话她昨晚已经说了不止一遍。

峨不答,把脚后的鹅黄绸夹被拉上来,翻身装睡。

赵妈又说:"时间倒是还早,再睡一会儿。什么时辰开早点?我告诉柴师傅。"

"我不吃,什么也不吃,不用开饭。"峨索性用被蒙着头。

赵妈知道大小姐脾气各色,不再多话,自去收拾房间。

峨又回到昨天晚上。散场后,团契负责人特地叮嘱大家结伴回家,注意安全。她和吴家馨、掌心雷还有明仑大学几个同学一起骑车。他们不止一次骑车走这条路,一边是一个小村庄,一边是一溪潺潺流水。常常是一路说笑,兴高采烈,一致认为这普通的乡间景色十分美好。昨晚还是这条路,这溪水,这村庄,有淡淡的月光笼罩着,安谧而明净,感觉却全不同了。他们意识到生活就要发生巨大变化,不可想象的变化。他们兴奋,又有些忐忑不安。

"我想了一整天,"掌心雷说,"我们也许不能念书了。"

"我愿意上前线,应该上前线。"吴家馨说。

"我也愿意!"好几个人热情地说。

"孟离己,你呢?"掌心雷的声音。

峨平常不爱说话,常常等人问。她仍然感到会场的气氛,觉得上前线,把侵略者打出去是青年人的使命。想了想,却说:"不知道上学怎么办。"

路边村庄里一声狗叫使他们沉默下来。一只狗开了头,别的狗都跟上来,此起彼落。好像不只是守夜,还有什么伤心事要大喊一通。声音在黑夜里传得很远,远处似有回声。

"这些狗!它们也闻到战事了。"谁在对狗叫加以评价。

几个人到学校大门,门已关了。校警盘查了几句,开门时说:"都什么日子了!还有心思乱跑!"

真是的!什么日子?峨想着。这是民族危亡,国难当头的日子。她看着静静垂着的已遮不住晨曦的窗帘,不知窗外在经历什么变化。

这时赵妈又推门进来:"有人送来一封信,还打听卫少爷什么时候回校。信放在高几上。"

书房门口有一个红木高几,凡有来信书报等都放在上面,等弗之自己拆看。赵妈本不用说的,所以来说,是因太太不在家,要加倍小心。

娘昨天电话里说了,城门一开就回来。卫表哥什么时候回来我们怎么知道?这样的日子,我该做什么?看来还应该复习功课,大学总是要考的。

峨想着,翻身下床,胡乱梳洗了,拿起生物书读。她要投考明仑大学生物系。读了一会儿,觉得这样时刻根本不该自己一个人在家的。"娘和爹爹就是不关心我。"她有些愤愤,有些委屈,书上的字变成一串花纹,她用手一行行指着,大声念:"种子——胚胎——花粉——"

念了几行,她扔了书凭窗而望。忽见庄无因在草地那边双手捧着书,骑在自行车上,一面骑车,一面看书,缓缓行进。

峨素来不喜欢孩子,少年也包括在内,但对庄无因却另眼相看。不只因他学业优异,不只因他能骑在自行车上看书,还可以自如地拐来拐去,主要因他的性情与众不同。他很有礼,礼貌下透露着冷漠,冷漠下似乎还蕴藏着奥妙。峨隐约地觉得与她有相通之处。

"喂!你怎么能在炮火声中这样专心?"峨说,其实四周很安静,"你知道打仗了吗?"

无因俊秀的脸上还是那种冷淡,战争尚未影响他的生活。他下了车,弯腰在草地上折了一朵小黄花。

"要是你,考大学吗?"

"当然。"无因望着那朵小花。

"你看什么书?"峨问。

无因把书一举,答道:"解析几何。"遂又把小花一举,"有一次嵋采了这种花说给你做标本。"

"大概是你帮嵋采的?"峨微笑。

"不是我,是她自己。"无因认真地回答。

峨还想说什么,但只冷淡地点点头。无因也点点头,上车继续看书。峨看他走远了,自己到前门张望。

方壶前有一个圆形矮花坛,当中是一株罗汉松,还有些花草之类围着。光洁的路从柳树间弯过一座假山,通往校门。

峨站了一会儿,侧耳听有没有汽车声音,不经心地望着假山,正见一个人从假山后转出来。峨一见来人,顿觉太阳亮了许多,花草也格外美丽。她很是高兴。

来人生物系萧澂是教授中最年轻的一位,不过三十五岁左右,白面长身,风神疏朗。他向方壶走来,先给人一种潇洒脱尘之感。生物系学生都很崇拜他,认为他的学问、办事能力甚至于外表都臻上乘,可谓"完人"。

"萧先生,爹爹还没有回来。城门不知开了没有?"峨向前迎了几步,"您请里面坐。"

"听说是一早就开了,我还以为他已经回来了。"萧澂微笑道,"我这有个东西请你爹爹看。"他在门口有些踌躇,不知是否要等一下。"你怎么没有进城?不去看婚礼?"

"我去听音乐会,昨晚有柳夫人唱歌。"

"郑惠杭吗?"萧先生很有兴趣地问。

"您认识她?"峨直觉地问。

萧先生未答。这时传来汽车声。"来了。"峨高兴地说,她似乎已很久没有见到家里人了。

车到门前,孟樾夫妇相继下车,峨走过去拉住母亲的手。碧初望着她,觉得这一晚女儿不知受了多少委屈,心头酸热,挽着她到内室去了。孟、萧两人在客厅坐定,萧澂拿出一张类似传单的纸。

"刚有学生送来的。这样就好了。"

纸上油印的字迹不大清楚,弗之却看得明白。那是中国共产党为日军进攻卢沟桥而发的通电:"平津危急! 华北危急! 中华民族危急! 只有全民族实行抗战,才是我们的出路。"通电最后呼吁:"武装保卫平津华北! 为保卫国土流最后一滴血! 全中国人民、政府和军队团结起来,筑成民族统一战线的坚固的长城,抵抗日寇侵略! 国共两党亲密合作抵抗日寇的新进攻! 驱逐日寇出中国!"

"这是符合全体中国人的心愿的。"弗之说,他平静地将通电放在一旁。

"我也这样觉得。国共合作共御民族之敌是我们唯一的出路。"萧澂睁大黑白分明的眼睛,"我认为你看了会大为高兴,你这个 Sincere Leftist。"

弗之一笑:"正因为我 sincere,我是比较客观的。现政府如同家庭之长子,负担着实际责任,考虑问题要全面,且有多方掣肘。在我们这多年积贫积弱的情况下,制定决策是不容易的。共产党如同家庭之幼子,包袱少,常常是目光敏锐的。他们应该这样做。"

"这也是事实,大学中人,看来没有主张议和的。"萧澂说。

"在城里听说卢沟桥已经停战。大概有这样几项办法:双方部队撤回原防;中国方面驻守军换防,由河北保安队驻守。你想日本人会守信约吗? 不过是拖延几天时间,哄一哄人罢了。"

弗之说着,站起身踱来踱去,随手翻看红木高几上的信、报,抽出一张油印纸,和萧澂带来的通电完全一样。"这儿也有一份。"他们对望微笑,都猜到是谁安排送来,只是心照不宣。

"卤辰处一定也有。"弗之说。

"我今天下午去南京,到庐山去。全面抗战是不可避免的,还要反对把北平作为文化城的谬论。"萧澂说，"缪东惠的那个提案是四六骈文，听起来倒是音调铿锵。"

"以前有这种幻想还可谅，现在就不可谅了。估计政府不会这样做。前市长的做法还可以说是幻想，现在就是纯粹的投降。"

弗之说起前市长，两人都想起那次告别的场面。前市长袁某人对文化城的设想颇有兴趣，曾大力修缮东、西四牌楼，把木架换为洋灰结构，又修建通往颐和园的路，还出了一本装帧精美的《故都文物略》。可是对日本人不肯全面逢迎，终于卸任，被限期离开北京。他临行时在北京饭店举行告别宴会，邀请了各界名流，弗之和子蔚都参加了。席间袁市长手持空酒杯，到几个主要桌面，把酒杯一举，同外一照，并不说话。菜未上完，市府秘书走过来对他说，时间已到。他默然片刻，说："这一点时间也不给吗！"随即站起身，向四方拱手，离席去了。当时满场肃静，无一人再举箸。

这是几年前的事了，想起来还很沉重。子蔚道："谁能想象这是在中国领土上！我走后，局势不知会怎样发展，寓所有系里同人照应，可不必费心。"

弗之颔首道："如果时局可能，我大概在二十五日左右动身往庐山。"

这时孟峨出现在客厅门口："爹爹，校长办公室来电话。"

弗之去接电话。她走过来靠着一个高背藤椅站住，向子蔚微笑："学校是不是要搬家？"

"还不知道。我想这是迟早的事。"

"我还考不考大学呢？"峨一半像问自己。

"当然应该考，唯其国家有难，更要在艰难中培养人才。不然国家谁来支撑？"子蔚一向觉得峨有些古怪，矫情，不像嵋那样天真自然，当然嵋还是个孩子。

峨又问了："生物系呢？该学生物吗？"她似乎很困惑。

"我当初选定这门学科，是从对哲学的兴趣开始的。人生太奇怪了，生命也太奇怪了。我想学生物有几点好处：它不像数学物理那样，如果天分不够，会学不下去。也不像文科那样，若不到最出色，就似乎很平庸。一般来说，总可以成为专门人才。"

这是说我很平庸，才应该上生物系吗？峨脸红了："其实我也觉得生命很奇怪。"

弗之进来，对峨一挥手，要她退去，一面对子蔚说："秦校长从南京来电话，要我代召开一次校务会议，要大家坚守待命。他今天动身到庐山，参加第一期座谈会，迟到了。"

"好。那我下午走了。不知何时再见。"子蔚站起身说。伸手去拿那份传单。

"这个就放在这里一并处理好了。"弗之忙说。心想，子蔚幸无家室之累。不过这话不能说，说出来会有些嘲笑意味。

他看着子蔚骑车走了。峨又出来叫他接庄伯伯的电话，见萧澂已走，怅怅地说："娘还说让留他吃饭呢。"

弗之说："咱们商量一下，乘这两天城门还开，你和娘最好进城。你要好好复习功课。"

"那爹爹呢？"

"我留在学校。"弗之回答，拿起高几上的东西，先进书房，才去接电话。

"我在实验室。"卣辰在那边说。

"我刚到方壶，你真快。"

"卫葑不在我这里。"

"有人找他吗？"

"凌太太打电话，说他一早就不见了。"

"登个寻人启事?"

"怎么登?走失爱婿一名?"卣辰幽默地说,"要是看见他,说实验室也等他。现在还能正常工作,做一分钟是一分钟。"

两边都放下电话,去抢那一分钟。

二

果不出弗之所料,休战的第三天,日军违约向宛平县大举进攻。战事持续,到七月十三日中午,在永定门外发生激战,北平南城一带听得很清楚。一阵阵枪炮声,让人不时激灵灵打个冷战,虽然天气还是热得闷人。北城听不见枪声,但炮声隆隆,不时传来。人们也惊惶,也兴奋。街谈巷议,是咱们的队伍打到哪里了,好像我们拥有一支所向披靡的军队。报纸空前畅销,尚未普及的收音机更成了稀罕物儿,凡有的就常开着听新闻。

香粟斜街三号大门内和整个北平城一样,气氛非常。吕老太爷这天诵经已毕,着急地等报纸,催问过多次。有时他弄不清到底是炮声还是雷声,快到中午忽问是不是要下雨。赵莲秀高声解释那是愈来愈紧的炮声。遇到任何情况绝不隐瞒,这是她在老太爷身边多年受的训练。

"这么说,是越打离城越近了。"老人自言自语,一面在宽敞的客厅里踱步。客厅是旧式方砖墁地,只在一组主要的座椅间铺了块旧地毯。他总是沿着房间当中一行方砖走,从不踩错行。赵莲秀就坐在靠窗处一张格外旧的高背椅上。椅背上的花呢破了,用颜色近似的碎布缀补得很谐调,却仍看出旧来。她以为坐这样的椅子才合自己身份。平常她手里总拿着活计,有时缝有时织,因为没有什么实际用途,常常是缝好织好又拆了重做。这时因为心里乱,一个绣花绷子放在椅旁几上,半天没有动。

"这么说,是越打离城越近了?"老人踱过来时,转脸向莲秀说。

"听她二姐说,得商量商量往哪儿避一避呢。"莲秀声音依旧很高,这是习惯,但声音有些怯怯的。这是因为几次时局紧张时,亲朋中有的往南方,有的往天津租界,老太爷都反对。

"避什么?"老人站在客厅中间,停住了。

"爹起来了。"绛初掀帘子进来,随着她是一阵炮响。"时局不好呢。大炮打过来,不知落在哪儿,德国医院有房间,好些朋友上那儿去避着。子勤的意思让伺候爹去住两天呢。"

老人仍站着,好像不大懂。绛初又说:"爹和孩子们一起,他们准得高兴得了不得。"

"孩子们是要找个安全的地方。"老人沉吟地说,"去德国医院——"

"缪府一家,凌先生一家,还有好几家亲戚都去。子勤他们公司几个副经理的家眷也要去,可还没有房间。咱们的房间已订下了。"绛初忙说。

"孩子未尝不可以去。"老人说,"你安排吧,我是不去的。你三妹什么时候进城?"

"今早上电话又不通。现在打起来,谅必进不了城了。峫和小娃都在玮玮屋里写大字。"绛初停了一会儿,忍不住问:"那就吩咐开午饭,爹吃点什么就去吧。"

"我不去!"老人说了就继续踱步,意思是不要再打扰他。

"爹不去,我们怎么放心?把爹撇在家,也不成个道理。"

"你们只管去。"老人一面走一面温和地说,"我今年七十六岁,能亲眼看见中国兵抵抗外侮,死也瞑目。只莲秀陪着就行了。"

"那里什么都方便,爹不过就是上车下车——"

老人仍一面走一面摆一摆手,示意不要说了。

绛初知道劝也无用,只好说:"那只好随爹的意思。"转身要走。

莲秀忙走过来,轻声问:"她二姐,要不然请老太爷往后面楼下住两天?"

"我早就想着了。你先劝劝,我还有事料理。"

绛初说着走出门。

外面已近正午,因为廊前搭着卷棚,院子里已经按规矩洒了两次水,压了些酷热。绛初到自己屋里,先吩咐刘妈打点衣物,又按铃叫了听差刘凤才来,交代收拾后楼。

"后楼避避流弹倒可以,街上几家邻居刚刚来问能不能遮蔽他们几天。"刘凤才小心地说。

"全是心理作用。"绛初不耐烦地说,"收拾好了再说。"

这时电话响了,是岳蘅芬打来。先说她和雪妍已经在德国医院,一家一个房间,打仗的时候也就可以了。问澹台家什么时候去,又说秦校长眷属也在那里。问碧初进城没有,接着才问有无卫葑的消息。

"卫葑不在家吗?"绛初倒有些诧异。

"第二天就出城去了,说是有要紧事。"凌太太抱怨地说,"这已经快一个星期了,前几天有电话来,说今天进城,看来也来不了。"

绛初安慰了几句,挂了电话。略一定神,往玹子屋里来。玹子住前院西首小跨院,三间小北房,两明一暗。院子没有正经的门,只从廊上的门进去,大家就称之为廊门院。房子全像绛初上房那样装修过,棕色地板绿色纱窗,中西合璧的布置。最突出的是满屋摆满了洋囡囡,实际也不全是娃娃,还有各种各样的玩偶,几乎世界各地区的都有。有的碧眼金发花边帽短纱裙,有的云鬟高耸长裙曳地，还有穿着花格制服头戴高帽的苏格兰士兵。玹子大言不惭地说自己是送子娘娘，刘妈听了说："我们小姐说话也太那个了。"绛初说自己年轻时就够惊人了，现在玹子更胜一筹。为夫为父的子勤就说这是有其母必有其女。这句话他是常说的。

这时玹子正在里间挑衣服，五颜六色各样纱绸衣服堆满一床，她身上正穿着一件水红巴利绸连衫裙，上身嵌了两条白缎带，好像背带的样子。她站在穿衣镜前，左顾右盼，点着脚滑了几个舞步，裙子飘飘然撒了开来。

"你没听见炮响？怎么全像没事人似的，还有这份闲心！不怕日本打进来！"绛初嗔怪地说。虽说嗔怪，看见女儿的娇痴模样，沉重的心情稍觉轻松。

"我们不是上德国医院吗？我们不用怕日本人。"玹子把"我们"说得重，似乎他们这样的人什么也不用怕。"今天下午六国饭店有舞会，保罗来带我去，"她随便看看案头小钟，小钟上有个小人儿拿着槌子，按钟点敲响一面小锣，"三点半来。我从西交民巷往医院去找你们，不回家了。别忘了带着她。"

玹子的眼光落在靠在床头的一个大娃娃上，这娃娃一身白缎童衣裙，突出的额头，大大的蓝眼睛，它名叫秀兰，是照当时好莱坞红童星秀兰·邓波儿的名字起的。

保罗的请帖是前十天送来的，那时候还没有打仗。绛初望着玹子说："舞会可能取消了。"

"才不会呢。"玹子习惯地把头一扬，稍稍侧着头说："美国人，才不怕小日本呢！"

绛初也很相信美国的力量，想了一下，觉得在六国饭店总是安全的，遂起身要走。这时听见刘凤才在门口咳了一声："美国领事馆麦先生来了，是不是请在外客厅？"

"请进来。"玹子抢在绛初面前吩咐。保罗有一次说过要看看她的众多玩偶,而她身上衣服正好见见客,以免埋没。下午还不知选定哪一件。

绛初不以为然。且不走开,到外间坐定。一面说,这是通知舞会取消了。

玹子说:"他是来 confirm 一下,催请。准的!"一时院子里皮鞋响。

刘凤才打起帘子,一位身材高而匀称的美国青年出现在门口,他流利地讲着汉语:"这是澹台夫人?我看出来您和小姐很像。我的意思是说,小姐很像您。"

"欢迎你来舍下。随便坐。"绛初站起来。

玹子从里间出来了,颜色娇艳的衣服配着冰雪般的肌肤,真使人像花朵一般。

麦保罗目光闪亮,上去躬身握手。仍向绛初有礼貌地说:"卢沟桥的炮声,使你们受惊了吧?"

"这些年时局从来没有稳定过,炮也响过不止一次了。这次不知能打多久。"

寒暄几句后,保罗仍没有提舞会的事。玹子忍不住问:"今天的舞会怎样?没有影响吧?"

保罗微笑:"我正要请问,你以为你能参加吗?"

"怎么不参加?"玹子好像对这个问题很感诧异,"什么事也妨碍不了我们的计划。"这跳舞的计划似乎很神圣。

保罗没有说话,只看着玹子,蓝眼睛里那点惊羡赞叹的光辉消失了,只是干干地看着。

绛初微感不悦,提高了声音说:"麦先生是要去的了?我们刚刚还在说,以为这次舞会取消了呢。"

麦保罗转眼对绛初说:"舞会照常举行,我们没有和日本打仗。我来是想解决我心里的一个问题,我坦率地说吧。"他向玹子欠了欠身说,"希望澹台小姐不怪罪。这次卢沟桥事件,对中国是了不起的大事,我以为,中国要觉醒了。我就想,像你这样上等人家的小姐,怎样对待?你兴奋吗?为自己的国家着急担心吗?我想,你至少不会参加今天的舞会。"

"明白麦先生的意思了。"绛初站起身说,"麦先生很忙吧?"

"我以为,你没有兴趣参加,你的内心才符合外表。你如果有兴趣,我三点半还是来接你。"麦保罗不顾一切地把话全说出来,便也站起身。

玹子听了这一番话,先想的是这外国人真可笑!然后不觉满脸通红,超过了身上的水红衣裙。她看了一眼身边案上一个雕花厚玻璃盆,简直想抄起扔在麦保罗头上。但她很快恢复了正常态度,嘴角浮出淡淡的不屑的微笑,缓缓站起,说:"为了维护你心目中的美好形象,我看还是不必了。"

"我想你没有生气吧?"麦保罗有点惶恐,诚恳地说,"我们是朋友,朋友要坦白。"

"每个中国人都是爱国的,不用别人指教。"玹子说,"除了汉奸。"她忽然想到,汉奸的定义不知究竟是什么。

麦保罗默然,约有半分钟,告辞走了。母女两人也默然良久。玹子回到里间,脱了新衣服,只穿着白绸衬裙,把床上的衣服全撸在地下。

"妈妈在这儿吗?"是玮玮的声音,接着人冲进来,抱住愣在那儿的绛初。

绛初看见玹子感觉轻松,看见玮玮,便简直是心花怒放。她带着笑容,抚着玮玮的肩,那头已经摸不着了。"什么事?"

"峎让我问问,我们不去德国医院成吗?公公不去,我们陪他。"

"你就听峎的主意!"绛初心里嗔着,面上仍堆着笑,"大家都去,公公说不定晚一天去呢。"

"我才不去!"玹子在里间说,口气斩钉截铁。

"这群小祖宗,你们还要怎么样?我还不够烦,不够乱吗?"绛初放重语气,沉下脸看着里外屋姐弟两个。

这时刘妈掀帘进来说:"公司黄秘书来了,说老爷中午不能回家,让黄秘书帮着料理送您上德国医院。"

"请黄秘书上房坐,就开饭,我就来。"她又看了两姐弟一眼,没有说话。一会儿,刘妈又在帘外说凌太太电话,绛初便到上房去了。

电话里岳蘅芬催绛初快去。"看你们的房间空着,好几家打听想住,京尧给挡住了。"

"凌先生也在医院?"绛初没想到。

"这儿总得有位先生,全是妇孺之辈怎么行。"蘅芬回答。

绛初沉吟了一下,说:"房间麻烦你们给留着,我们就去。万一不去,我打电话来。"

"怎么万一不来?多少人要一个房间要不到手呢。大人孩子坐上车不就来了?不光是躲不长眼睛的炮弹子儿,万一有流散的乱兵——这都很难说!"

"我这儿政出多门,不像你,一声号令,先生小姐立刻服从。"绛初说。

"哎呀,说起来,我们雪妍还没喝橘子水呢,我去张罗去。"对于蘅芬这样的人,四时从来什么都出产。

绛初挂了电话,和黄秘书说了几句。黄秘书身材瘦小,一说话眼睛鼻子都挤在一起，只是唯唯诺诺。绛初知道和他商量不出什么，遂给子勤打电话。子勤匆匆地说既是孩子们要陪老太爷，怕是不好勉强。其实影响大局的是玹子忽然不肯去，绛初不好说。

"要不然就上后楼，那儿还有地窨子。"子勤出主意。

"这还用你说！你什么时候回来？"绛初说。

"总得到晚上。"电话里传来有人在问他什么。"我尽量早回来。"

绛初不等他说完，先挂了电话。

又是接连的沉重的炮声，催着绛初立刻往后院走。刘妈问是不是先吃饭，绛初说让黄秘书和孩子们先吃。三个孩子要跟着她上后院。玹子关紧了房门。好在黄秘书不是客人，见帮不上忙，自去了。绛初等人走过夹道到正院，又穿过上房东头平常总关着门的小夹道。现在门开着，刘凤才带人刚收拾过了，还没有来得及换那坏了的电灯泡。夹道里很黑，小娃紧紧抓住嵋的手，玮玮拉着她另一只手臂。

一出夹道小门，虽然是红日高照，却有一种阴冷气象。蒿草和玮玮差不多高，几棵柳树歪歪斜斜，两棵槐树上吊着绿莹莹一弯一曲的槐树虫，在这些植物和动物中间耸立着一座三开间小楼。楼下是一个高台，为砖石建筑，高台上建起小楼，颇为古色古香。油漆俱已剥落，却还可看出飞檐雕甍的模样。一个槐树虫在绛初面前悬着，玮玮立刻勇敢地向前开路。"妈妈，慢点走。"他不时叮嘱，似乎碎石小径上有什么惊险障碍。他们弯过几块乱放的大石，到得楼前，见楼门大开，刘凤才和另一个听差，还有两位南房客人正在擦拭门窗和桌椅。三个孩子叽叽喳喳往楼上跑，绛初忙喝住。

刘凤才过来问："太太下地窨子看看？那儿最安全，就是太窄逼了。"说着上前带路。

地窨子入口在楼后廊子上,入口处木板已经打开,里面刚刚清扫过。这是冬天为赏雪取暖烧地炕的地方。整个宅院只有这座小楼有此设备,赏雪要是觉得冷,就太煞风景了。绛初往下走了几步,见这小块地方勉强可以放两张床,就吩咐把老太爷帐褥安放在这里,让玮玮和小娃陪着,女眷们在楼下。玮玮等三人早跑到廊下草丛中,那里有一条小渠,原是从什刹海引来活水,现在早已干涸,只有白闪闪的碎石头在沟底。

小娃跑去抓了一把,"好烫!"他叫着把石头扔了。玮玮和峨高兴地拍手。

绛初又喝道:"这么大太阳,晒着怕不中暑,快上廊子来!"

峨忙牵了小娃的手走上廊子,玮玮却钻入草丛中不见了。

"看有蛇,别乱钻!"绛初着急地说。

刘妈忙拿起一根竹竿,跟着钻进草丛。

"街坊们来躲两天的事,太太看着怎样?"刘凤才提醒道。

绛初看着这房间很像石洞,前后有几扇窗已经脱榫。心里盘算着在房当中放两架屏风,可以隔出内外。她知道邻居是不能得罪的,尤其在这种时候,可心里总不情愿。

"已经够乱了,还添乱!"她想着,一面吩咐,"把这儿隔开,两个门出入,让他们从后门进来。"

这时孩子们高兴地叫起来,"公公,公公来了!"果见吕老人拄着拐杖,莲秀在旁边搀扶,在烈日下走过来。

"爹怎么来了?还没有收拾好呢。"绛初忙迎下来,"早点过来也好。"

老人慢慢上了台阶,坐在室中,莲秀提着一个平底浅边竹篮,从里面拿出湿手巾递过去,老人没有接,眼光环视周围,"有两年没有来这里了。这里住上十来个人没问题。"

绛初此时还没有吃午饭,有些烦躁,心想老人只知关心别人,也不问自己家里人,便不搭话。

刘凤才赔笑说:"太太已经吩咐,这就抬屏风去。开后门很方便。"

老人往后墙看去,那后门是钉死了的,门外就是什刹海了。心知不让走正门穿过几层院子是绛初的主意,轻轻叹道:"邻居们怎么方便怎么走吧。谁知道能走几天!"

他起身走到楼梯口,想上楼看看,绛初拦道:"刚刚玮玮他们要上我就没让上,这楼梯年久失修,爹走更不方便了。"

老人温和地看着她说:"你也够累了。我到这里,就是安全地带了。"又对围在身边的孩子说:"赵婆婆说你们都没吃饭,随大人吃饭去吧。"

绛初又前后察看了一番,领着孩子们去了。

老人让莲秀扶着,缓步登楼,刘凤才要先上去扫,他也不听。刘凤才也跟着上来,开窗户,擦椅子。窗子一开,一阵风过,确比下面凉快。

老人凭窗而立,见什刹海如在院中,半湖荷花开得正盛,笑对莲秀说:"想不到咱们让大炮撵着来赏荷花了。"

莲秀说:"这里风大,站一会儿还是下去吧。"

湖上没有一点风,荷花荷叶纹丝不动。左边一带长堤,搭着凉棚,棚下原有各种吃食玩物摊子,今天可稀稀落落。右边湖外房屋栉比,还有耸立在蓝天下的鼓楼。虽然炮声隆隆,这里还是很安静。对一个城市来说,是太安静了。

老人轻敲窗台,自语道:"把吴钩看了,栏杆拍遍,无人会,登临意。"莲秀不敢接话。老人转脸对她说:"这时候,人人都该效命沙场,而老朽无用。你我登临于此,不知还有几回!"

莲秀赔笑道:"什么时候想上来,不就上来了。眼下楼上不安全,还是下楼为好。"

老人不答,反坐在一张旧椅上,望着半湖荷花出神。

荷花在骄阳下有些发蔫,但那颜色对一双昏花老眼已足够鲜艳了。渐渐地,鼓楼后面的钟楼也浮出了轮廓,两楼参照,线条十分和谐。

"要是这些建筑一旦毁于兵火,何以对祖先!我们这些不肖子孙,就不能御敌于国门之外!"老人想着,脑海中出现了划北平为文化城的建议。那意思就是说,强盗来抢劫时,主人说,不要抢了,这东西你也不要,我也不要,算是共同所有,还不行吗?难道强盗会满足于此?这是天真,还是愚蠢,还是怯懦?我吕清非生于天地之间,国难临头竟没有一点用处!

"怎么?上楼了?应该下地窖子呀!"楼下传来绛初的声音,声音很大。

刘凤才又格登登上楼来,赔笑说:"太太请老太爷下去呢。"像是证明下去的必要,接连几声重炮震得窗格子嘎嘎响。

老人起身下楼,绛初迎着,神色很不高兴。那潜台词是,我够烦够乱了,还添乱!她板着脸说:"庄太太打电话来,说他们在东交民巷一位外国朋友家。问三妹她们在哪儿,说让嵋和小娃去住几天。爹说怎么样?"

"我看弗之未必愿意,庄家虽是通家之好,可连庄家也是住在别人家呢。"

绛初沉吟了一下,说:"那就看看局势再说。"

这时楼下已用屏风隔开,屏风那边,不少人轻轻走动说话,是邻居们往这里来了,他们生怕打扰了主人。

"预备点茶水点心什么的,哪能全都随身带来。"老人说。

"爹下地窨子躺一会儿吧，别操心了。中午还没休息，看累着。"绛初说。

老人点点头说："按说跑反我也算是有经验了。"遂下到地窨子，躺下休息。莲秀把纱帐放好，退了出去。

地窨子里很阴凉，四壁砖墙，涂抹着些许青苔。老人觉得这地方有些像监狱。

"三女在学校里不知怎样？我至少不要再给二女添麻烦。"老人想。渐渐有些睡意，迷糊中仿佛在少年时躲土匪。

那时土匪在河南安徽交界处称为杆子。百姓因为没有生活出路，拉杆的数百年就没有断过。吕老人在他家这一房是独子，每有匪来，父母都先把他藏在一个偏院的夹壁中。有几次因为土匪人多，家中主要人物都转移到寨外小山上，只留下护院家丁。有一次他们又来到山上，山中林木清幽，像个好玩的去处。清非觉得有趣，乘家里人忙着收拾坐卧处，跳上一块大石往山下望。忽见浓烟滚滚，不少人喊起来："起火了！起火了！尚书府起火了！"因吕家在嘉庆到同治年间出了四位尚书，后来虽家道不甚兴旺，当地百姓仍称为尚书府。当时四周人有跑的有喊的，十分慌乱。远处浓烟中蹿出白中泛红的火苗，一蹿丈把高，看得很清楚。清非愣在那里，吕家人早在一迭连声找他，有人抱他下来，送到母亲身边。不多时有护院家丁来报，说土匪攻进寨墙，把吕氏祠堂烧了。

祠堂对一个人实在可有可无。和清非更有切身关系的，是在这次骚扰中，土匪抢去十几个地主家的人作人质，其中有他新近下了红定的未婚妻，邻县的一位抚台孙小姐张梦佳。张家立即托人联系，两天后便赎还，可在吕家这边已有物议。只因张家也是大族，当时在政治、经济方面情况都超过吕家，无人敢提出退婚，但说闲话的不少。少年清非却觉得对方更增加了神秘色彩，有时简直把她想象为一位侠女。他没有想到过在他推翻满清政府数十年的革命道路上,梦佳可以算得是启蒙者。

梦佳当时多么年轻!"一袭轻纱惊窈窕,翠鬟香冷花枝绕",这是新婚后清非赠她的词句。她简直轻得像个肥皂泡,透明的,彩色缤纷的,又总不是实在的。那时候肥皂还是少见的东西。她的声音也很轻,像是从远处飘来的。

"土匪里也有好人,礼数周全得很。"梦佳轻轻在枕边说起那次经历,"也是不得已,人若有出路,谁愿意铤而走险啊!"

那是清非第一次从另一个角度看社会问题。清非在光绪年间中了举,若照当时的人生公式,以后该考进士,做大官,为清朝效命。但在当时进步思想影响下,不少人都已看清政府腐败,民不聊生,要寻找国家民族的出路。

"老太爷睡醒了?"是莲秀平板的声音。紧接着是绛初加重语气的声音:"缪七爷差人送来一封信,写着亲启。"

吕老人从历史中醒过来,意识到中华民族现在正值生死存亡的关头。抗战救亡,就是中华民族的出路。人老了,真奇怪,总是往几十年前退回去。他接过信和莲秀递过来的放大镜,认真地读。看着看着,忽然坐直了身子,哧哧几下把信撕作几片,用力摔在地下。

"爹这是何必!"绛初说,"究竟什么事,也得有个对策。"

莲秀捡起纸片,拼着给绛初看。信的大意是说,若北平成为战场,稀世文物毁于一旦,则吾人纵有数千身命也难抵偿!不见英法联军和八国联军吗!他建议立即劝说停火,请老人签名。

"炮声震耳,忧心如焚,凡所陈闻,皆思有以上报祖宗,下安后代,区区此衷,诸希垂察。"

绛初看到最后几句,心里有些糊涂,只说:"缪家听差的还等着呢。"

"用蓝笺回。"老人平板地说。

蓝笺是老人不回信的通知,纸上有淡蓝色花纹,只印"吕清非拜"四字,接到的人便知不愿联系。老人六十多岁退出政治舞台,用这蓝笺打发过多少麻烦。

"只用蓝笺,不合适。"绛初总想周全些,"附几句话吧?"

"我是要写几句,写给看得懂的人看!"老人笑笑说。

莲秀这时已在一个小几上摆满老太爷经常用的笔墨纸砚,还有那一部《心经》,一部郭象注《庄子》。

蓝笺在一个小提匣里,绛初拿了一张退出,想着自己还得有个附笔解释一下,心里默默措词。到前边写了几句客气话,打发缪家听差去了。

这时玹子开门出来要吃饭,后面跟着玮玮等三人。

"娘吃过没有?"玹子问,笑盈盈地,像什么事也没有发生。"我饿了。"说着去翻起居室的吃食柜子。

刘妈笑说:"刚刚问大小姐,说是不想吃东西,才收了饭桌。"

"下碗面吧,好不好?"绛初对玹子用商量的口气,向刘妈一点头,就变成命令:"快着点儿!让他们吃完就上后楼去。"

一会儿刘妈端了一碗虾仁面来,面上摆着粉红的虾仁和鲜嫩的绿菜。玹子说好吃,玮玮等原没有好好吃饭,也要吃,于是又要了一碗。三个人分,都觉得格外有味。

他们还以为战争就是这样热闹好玩,像吃虾仁面一样轻轻易易。

三

　　城门几天来都是关的时间长,开的时间短,也无定时,就像战事忽然激烈,忽然平静。报上有充满爱国热情的社论和学生请缨的志愿书,也不断出现和谈的消息。弗之要碧初带峨进城,碧初想送峨去,自己还回来陪弗之。本来学校每天有校车进城,但这些天都不开。

　　一天碧初携峨坐老宋的车进城,车到西直门外,城门关着,等了一阵,不知什么时候开。碧初第一次觉得北平的城墙这样有用。"也能挡住敌人就好。"她想。下了车,仰望巍峨的城楼,上面的茅草刺向天空。峨坐在车里一言不发。老宋去打听消息,一会儿小跑着回来,说这儿不能多留,还是快回去。只好又回学校。好在电话除十三日那天不通,后来每天总有几小时可以通话,可和绛初联系。只是嵋和小娃从未离过自己身边,好几天不见,又在战时,真是牵挂。

　　这天,卫葑到方壶来,说仗打得好,士气很高,几个大学要联合劳军。他自结婚次日回学校后一直没有进城,岳蘅芬多次打电话给碧初抱怨,责怪卫葑,还带上庄先生。可卫葑实在是忙,一面忙着和庄先生做实验,他们很怕实验半途而废,希望快些做出来,一面还忙着各种活动。他的活动也实在是多,现在要组织劳军,只是其中一项。

　　"前几天音乐会上,柳夫人还募捐劳军来着。"峨说。

　　"那次是去了。没有办好通行证,到军队驻地没让进,只是交了慰问信和慰问品。"卫葑说,"这次先联系好了,明天就去。"

"我也去!"峨忽然说。

弗之夫妇一愣,互相望了一眼。因为峨素来不喜热闹,不喜活动,所以诧异。

峨并不注意父母的神色,只询问地望着卫葑:"不添麻烦吧?"

卫葑不好回答,也询问地看弗之和碧初。

"当然可以。"弗之说,"峨是代表,代表我们全家。"

"应该去的。"碧初也说,"只是一切要听葑哥的话。"

"跟着大家走就是。要唱几个歌,你反正会的。"卫葑笑笑说。

"看你很累的样子。"碧初对卫葑说,"能进城时,还得抽空看看雪妍。"

"事情还是好办的。不当亡国奴是人同此心,要不当亡国奴就得把敌人打出去,这是心同此理。"卫葑说,"雪妍要到学校来和我在一起,岳母不让。"

卫葑在结婚前就称岳薇芬为岳母,在他有些调侃意味,因为他心里想的是姓氏而不是称谓。

"那间新房五婶娘布置得这么好,怪我们无福。"他因新房没有派上用场,心里一直歉然。

弗之笑说:"这该日本人来道歉。有几位教授要写公开信给南京,我要签名的。"

卫葑兴奋地说:"我想得到。"

碧初也说:"我们送点什么慰劳品?绣几个字完全来得及,我来约几位太太赶一赶。"站起身就去找材料。

卫葑知道在去年冬天百灵庙大捷时,这位表婶曾和十几位太太一起为前方将士捐制棉衣,通宵达旦。"明天派峨带来吧。"说着便走,不肯留下来吃午饭。

次日一早,峨骑车到学校大门口,见停着三辆大卡车,有好些人已聚集在车旁。峨放车时,听见有人叫"孟离己",抬头见是吴家穀和吴家馨两兄妹,三人都很高兴。

家馨说:"我们以为你不会来,要预备功课。"

"你不也要预备吗?"峨说。

"本来家馨不能来,要来的人太多,她是硬挤进来的。"家穀说。

"这都是为了尽自己一份心。"谁在旁边接话道。

大家站着说话,卫葑在卡车前和几个人商量什么,向峨招招手,问:"你们小姐谁坐司机台?"小姐们都不肯坐。

峨把带来的布包交给卫葑,那是碧初等赶制的横标。不多时人来齐了,大家爬上卡车。峨和家馨的旗袍都撕开了叉,谁也不注意这点尴尬,都很兴奋。似乎他们去见一见拿枪打仗的人,就能保证胜利,就能保证他们不做亡国奴。

峨和吴家兄妹坐了最后一辆车,前面车带起大团滚动飞扬的尘土,不多时,大家都成了土人。清晨的凉爽很快在阳光的逼迫下消逝了,虽然大多数人都戴了草帽,有的女同学打起阳伞,还是很闷热。汗水在人们脸上冲开几条沟,到目的地时,人人都成了大花脸。幸好路旁有条小溪,大家胡乱洗了脸,排成三列纵队走进营房。

一小队士兵整齐地站在场地上。峨和家馨都觉得人太少,她们以为可以看见千军万马,漫山遍野的英雄,精良整齐的装备。眼前这一小队兵显得孤零零的,看上去也不怎么雄壮。"这是哪儿?"她们不约而同互相问。后来弄清楚这是南苑营房。有两个军官走上来和几位带头的代表握手,表示欢迎。

这时又有车开来,是城里的学生们到了。场地上民多于兵,各种服色簇拥着一小队黄军装,兵士不再是孤零零了,有一种热腾腾的气象。

峨不认识代表学生讲话的人,他很激昂慷慨,但稍有些官样文章。卫葑代表大家赠送慰劳品,有毛巾、罐头等物,摆在一排方桌上。他打开峨带来的布包,让三个同学把那横幅拉直。那是一条花布,上面用红布剪贴"国之干城"四个大字。

卫葑站在这横幅前讲了几句话:"将士们有抗敌重任,只能有少数人来接受慰劳。我们来的人也不多,可不只代表北平学生,每个学生还代表他们的家庭。可以说,我们代表的人可多呢,我们代表广大的人民群众,支援你们,拥护你们,永远是你们的坚强后盾!你们以血肉之躯做国家的钢铁长城,靠了你们,中华民族才能免遭灭亡!"

大家都很激动,七手八脚把那横幅挂在房檐下。一个军官向队伍走了两步,还没有讲话,沉重的炮声响了,一声紧似一声。

大家沉默了一会儿,那军官喊口令道:"一——二!"兵士们立即大声唱起歌来。嗓音是沙哑的,调子也不大准,可是歌声这样雄壮而悲凉,以后许多年,峨总不能忘。

歌词的最后两句是"宁愿死,不投降",先唱一遍,又放在高音唱,两个军官也跟着唱,后来学生们也一起唱起来。在轰隆的炮声伴奏下,"宁愿死,不投降"的歌声越过田野,在万里无云的晴空里飘荡。

学生们带去的节目取消了,他们应该立刻离开营房。峨和吴家馨不约而同地跑过去把自己的草帽送到兵士手上。峨的草帽有讲究的花纹,送给了一个稚气十足圆圆脸的小兵。吴家馨的草帽朴素得多,送给一个表情呆板的中年人。他们很快爬上卡车,开回学校。路上没有一个人说一句话,只不时有人起头唱那首歌:"宁愿死,不投降!宁愿死,不投降!"他们好像是和兵士们一起发过一个重誓,用生命做代价的重誓。"宁愿死!不投降!"这是我们中国人的重誓啊!

回到家,峨觉得不舒服,饭也不吃,晚上就发起烧来。校医院有一位祝医生是他们的家庭医生,这几天阻在城中,没有到校。只好请了在校的医生来,说是中暑,开了药。峨服过后,夜里忽然吐泻不止,碧初一夜起来好几次照看。次日停了吐泻,温度仍很高。又拖了一天,听说西直门每天上下午各开一次,决定进城治疗。

学校因值假期,并没有很多具体事务,弗之觉得和碧初进一次城未为不可。于是叫人通知卫葑,问他是否愿搭他们的车,可是卫葑不在倚云厅,说是劳军回来便不知何处去了。到实验室看时,只有庄先生在,说前两天卫葑都住在实验室,现在轮到他了。弗之便和碧初携峨进城,赵妈也随来。

他们顺利地到达香粟斜街。嵋和小娃高声笑着直扑上来,玮玮也不落后。因后楼照顾病人诸多不便,弗之夫妇和峨仍安顿在西院。很快请了祝医生来,说是急性扁桃腺炎,休息服药会好的。三个孩子在后楼玩了几天,不大新鲜了,也挤在峨屋里,争着拿东西。玹子听说峨去劳军得了病,也来看望。

"你怎么想得起来到兵营去!"玹子睁大眼睛,神情活像那个玩偶莎丽,"你去一趟,就能打胜仗吗!"

"莫非你认为我们打不了胜仗?"峨有气无力地说。

"谁这么说来?"玹子只管笑,"我说你不值得,去一趟,生一场病。"

"千千万万值得的!"玮玮大声说。

玹、玮姊弟性情不同,但感情很好,玮玮对姐姐的谬论大都是以男子汉的大度一笑置之,很少像今天这样。峨、嵋姊妹性情不同,感情也不好,两人常常故意顶撞,这时嵋对姐姐却十分羡慕并同情。羡慕她到过英雄的兵营,同情她生了病,心里也很不以玹子的话为然,一双灵活的眸子在玹子身上打转。

"你们都反对我?"玹子还是笑着,"这几天时运不佳,净碰上些爱好战争的分子。我可不管,无论什么时候,我爱怎么着就怎么着,别想让战争影响我。"

"你不是还上后楼躲炮弹吗?"玮玮说。他本来还想提麦保罗,怕话太重,没有说。

玹子觉得自己犯不着陪在这儿,人家舒服地躺着,自己还得和小孩子拌嘴。

"得了得了,我没话跟你说。"她对玮玮说,也就等于向峨等告辞,径往碧初房里问安。见碧初和赵妈在整理嵋和小娃的衣物,弗之不在屋里,略说几句,自去了。

弗之此时在吕老太爷屋里,谈着刚到的报纸。报上发表了蒋介石委员长在庐山关于时局的谈话,阐明中央政府的最低立场是希望和平,准备应战,对内求共存,对外求生存,措词比较强硬。

老人已先让莲秀念了一遍,又用放大镜仔细看过。他对弗之说:"我前半生反对满清,后半生反蒋,老来退居什刹海,不问世事。要是蒋能够团结全国人民打这场仗,我拥护。"

弗之说:"现在最主要的是国共合作,团结抗日。我们前几天看见过共产党为抗日发的宣言。"遂讲了宣言大意。

吕老人很高兴地说:"中国的希望在此。也许这一次抗日战争,是我们国家的转机。"又说,"令表侄卫公子是个出色人物。我印象中一般理科的人不关心政治,他似乎不只关心,还很起作用。"

弗之知道老人从宣言想到卫葑,因说:"我们也不了解他的身份。他以前念书很专心,是卣辰的得意弟子。这一年课外活动多,学习似乎退步了。他能力很强,爱国心热,只是以后学问上要受影响。"

老人沉吟说:"不过总得有人把精力花在政治上,不然国家民族的命运谁来掌握?老实说,我年轻时,是耻于做一个潜心研究的学者的。这话和你说不合适,你们学校绝大部分都是踏实的学者。无论国家怎样危难,这份宝贵的力量在,国家就有希望。我现在是没有报效之力了。前几天缪东惠遣人来要我签名,惹我很想写篇反签名的激昂慷慨的文字,结果只写了两首歪诗。我说要给懂得的人看。"遂命莲秀取出一张诗笺,递给弗之说,"本来觉得胸中有千万句话,写出来却是这样平淡,拿回去看吧。"

弗之将诗笺接在手中,又说些学校情况。回到西院,和碧初同看那诗,只见写的是:

感 怀 二 首

其 一
忧深我欲礼瞿昙,痛哭唐衢百不堪。
宵焰蛾迷偏伏昼,北溟鲲化竟图南。
齐竽竟许逐群滥,卞璞何曾刖足惭。
谁使热心翻冷静,偷闲惯觅老僧谈。

其 二
众生次第现优昙,受侮强邻国不堪。
自应一心如手足,岂能半壁剩东南。
时危再奋请缨志,骥老犹怀伏枥惭。
见说卢沟桥上事,救亡至计戒空谈。

老人目力不好,手也颤抖,但字迹大体周正,有几处笔画重叠仍可辨认。两人读诗后默然半晌。弗之说:"以后的子孙或贤或不肖,不知能不能体会我们的心,体会有一个不受欺侮的祖国多么重要。"

"爹这样的热心人也少见,还说'热心翻冷静'呢,谁见他冷静过。"

"从长远看,学校必是南迁,爹也应离开北平。他虽久已屏迹政坛,仍然是一个目标。"

"离开北平?"碧初一怔,"我们不打了吗?"

"抗战是一定的。不过今后北平局势不会平稳,学校办不下去。不知道最高决策如何,我只是这么说说。"

经过几天调理,峨的病渐痊可。弗之和几位教授商定写给南京的信稿,即准备出城。怎奈从二十日起战事又紧,城门几天不开。二十六日日军侵占廊坊,次日大举进攻南苑,枪炮声飞机声终日不绝,到晚才稍安静。人们不清楚战局究竟怎样,却都在一种振奋的状态中。街上不时传来消息:东单设了工事,长安街上堆了沙包。只是奋勇抗敌本身就让人高兴。

二十八日黄昏,吕贵堂喘吁吁地跑到后院,一路大嚷:"打赢了!打赢了!"大家围住他,说是刚从街上听说我军攻占了通州和丰台。吕老太爷也扶杖到阶前,整个宅院洋溢着喜庆气氛。

半个多月来,人们不敢在院中乘凉,窗户上挂了黑幔子以防空袭。这天因为有胜利消息,虽然战事激烈,反有一种平安之感。刘凤才又从外头听说西交民巷一带挖了战壕筑了工事,几个人在垂花门前讨论,玮玮等三个孩子也凑了过来。

刘凤才说:"咱们中国军队不是不能打,二十九军大刀队英雄无比!刀光一闪,鬼子连逃也来不及。"

澹台家的孙厨子说:"要当兵,我也去!我给他们做好吃的!"

吕贵堂说:"二哥说得对!咱们军队不是不能打!照说每个人

都能干,敢干。只有联合好了——"照北平习惯,对人开口都该称爷,吕贵堂却依家乡规矩,称听差为二哥。

刘凤才不与这外乡人一般见识,对孙厨子笑笑说:"军队做饭可没那些个材料,你能做出什么来!"

孙厨子说:"越没东西才越显本事。"

刘凤才故意问贵堂:"您怎么打算?"

贵堂抬头看看融着幽幽月光的天空说:"国家有难,万死不辞。"

刘凤才和孙厨子都笑起来说:"转文的劲儿不小啊!现在可是要真刀真枪!"

玮玮很感兴趣地看着这几个成年人说:"我也愿意去打仗!"大家听了都笑。

刘凤才说:"打仗哪有少爷们的份儿?再说你还小。"

玮玮说:"还小?也许是。没有少爷的份儿这话不通,都是中国人,都有保卫国家的义务和权利。"

刘凤才笑笑说:"少爷的志气大,可我总不信能让你去打仗,太太也不能让你去。"

吕贵堂说:"我看也不见得。老太爷就能让去。"

说话间赵妈来找嵋和小娃。嵋拉拉玮玮的袖子,玮玮不理,他还要在这里谈论打仗的事。

赵妈带两个孩子走了,走过了藤萝院,对嵋说:"小姐家的可不能凑到听差一堆儿,他们说的有什么好听!"

小娃说:"吕贵堂要去打仗,玮玮哥也要去呢。"

嵋忙说:"那是说等长大了。"

"我看怎么打也和你们关系不大,少不了你们吃喝。"

赵妈不由得叹气道,"乡下人可就难了,出捐出税再加上出兵,足够一折腾！"

这几天战局紧张,来后楼避难的邻居多,屏风往东移了两次,绛初为自家人留的地盘缩小了。弗之不去,碧初要陪他,峨也不去,只两个孩子照旧去,那里热闹好玩。今天赵妈领他们到西院盥洗,小娃说不去后楼了,要挨碧初近些。嵋也不愿意离开。五人一起坐在外间,并没有多的话语,只一种和谐的安宁的气氛,使他们都感到像在方壶一样,战争似乎暂时变得遥远了。

"孟太太没歇着？"刘妈先在帘外问了一句,遂掀帘进来。是绛初遣来报信,说缪府电话:保安队起来抗日,攻占了通州和丰台,给日军重创。这话刘妈说起来是这样:"缪太爷知照我们太太,保安队把日本鬼子打垮了,得了通州丰台,赶明儿还要往回夺廊坊呢！"

胜利的消息确实了,大家十分高兴。"赶明儿还要往回夺廊坊呢！"小娃学着说,大家都笑。弗之的兴奋又不同于众人,兴奋中有些不安。也许靠我们的民族正气,真能击退敌人,保住疆土？他见大家高兴,不觉念道:"万姓馨香钦国土,通州已下又丰台。"

孩子们睡了以后,弗之夫妇在院中小立。月光如水,花丛上浮着一层银光,两株垂柳如同精工雕刻,静静地垂着。四周没有一点声音。

"怎么这样静？"弗之轻声说。和这几天枪炮声比起来,这时真静得奇怪。"也许准备明天大战。"

碧初说:"前两天晚上也很安静,只有零碎枪声。"

"现在是零碎的也没有了。"

大家在寂静中进入梦乡,夜已深了。不知何时出现了一阵嘈杂的声音。弗之在睡梦中觉得有什么把他推向睡梦的边缘,推了几次,他忽然醒了。定了定神,分辨出是车马和脚步声,从南面传来。他起身出房到西墙下细听,沉重的脚步声似乎就在墙外,但他知道,其实是在地安门往北海后门一带。脚步声整齐而有节奏,每一下都像是重槌敲在北平的土地上。他听了一会儿,回身到廊上。

碧初也出房来了,轻声说:"像是过队伍?"

"从东向西!"弗之迟疑地说。这样整齐的脚步声,怎么从东向西?他思索着,忽然想到自己的诗,"通州已下又丰台",好像是一种嘲弄。

月光溶溶地流泻,花丛中什么东西扑拉一下。在沉重的脚步声中,忽然响起一阵孩子的哭声,声嘶力竭的任性的哭声,尖锐地刺着黑夜。

弗之夫妇不安地互相望着。一时哭声渐弱,远处辚辚车声和脚步声越来越急促,像潮水像雷声,汹涌轰鸣,在拥抱着人们入睡的寂静的黑夜里散开来,震动着凝聚着中华文化的北平的土地,也震动着这一对中年夫妇的沉重的心。

四

弗之永不会忘七月二十九日清晨北平城内的凄凉。好像眼看着一头振鬣张鬃、猛毅髟髻、紧张到神经末梢的巨兽正要奋勇迎战,忽然瘫倒在地,每一个活生生的细胞都冷了僵了,等人任意宰割。弗之自己也是这细胞中的一个。

他因半夜未睡,早上起身晚了,正在穿衣,碧初已到孩子们房里去了。

"三姑父!"吕贵堂在外间叫,接着冲进内室,扑通一声跪在地下,抱住弗之双腿。

"怎么?什么事?"弗之一手穿袖,一手去扶。

"完了！全完了！"吕贵堂抬起头，满脸泪痕，"咱们的兵撤了！北平丢了！"

昨夜兵车之声果然是撤退！弗之长叹，扶起吕贵堂来。

贵堂问："您说告诉老太爷吗？"

碧初闻声走过来，一手扶住床栏，定定地望着弗之，一面眼泪扑簌簌落下来。

"晚一会儿，让太太们去说。"弗之略一沉吟道。

"南边的工事都拆了。昨天还严严整整，今天躺在那儿，死了一样。三姑父，您说怎么办哪？！"吕贵堂呜咽着说，不等回答，掩面跑了出去。

"我出去看看。"弗之扶住碧初的肩，让她坐下。不等她说话，便匆匆往街上来。

这些天虽有战事，北城一带铺面大都照常开。而这时所有的铺面都上着门板，街心空荡荡，没有人出来洒扫。绚丽的朝阳照着这一片寂静，给人非常奇怪的感觉。地安门依旧站着，显得老实而无能，三个门洞，如同大张着嘴，但它们什么也说不出。它们无法描绘昨夜退兵的愤恨，更无法诉说古老北平的创伤。它们如同哑巴一样，不会呼喊，只有沉默。

地安门南有一个巡警阁子，阁子里没有人。再往南有一个修自行车小铺，门开着。弗之走过去，见一个人蹲着摆弄自行车。

站了一会儿，这人抬头说："我打门缝里瞧着了，难道咱们真不能打！"过了一会儿又说："前面的沙包都搬走了，您自个儿往前看看。"

他们并不认识，可在这空荡荡的街上，他们觉得很贴近。因为他们的命运是共同的，他们就要有同一的身份——在日本胜利者掌心中苟且偷生的亡国奴！

弗之摇摇手,转身回去。太阳已经很高,有些人家开门出来取水,人们的表情都很沉重。弗之觉得腿都抬不起来了。快到斜街口,就见刘凤才在那儿张望。一眼瞥见,跑上来拉住说,孟太太着急,叫他出来看看。

到家后,碧初泪盈盈地说了一句:"往后日子怎么过啊!"弗之没有应声。

近午时分,绛、碧二人去到上房。莲秀出来说:"睡着呢,说了不愿意见人。"

绛初立刻放下脸来,说:"谁告诉了?"

"迟早要知道的。"碧初忙道。

莲秀低着头,半晌才说:"吕贵堂进来,颜色不对,老太爷问出来了。"

绛初叹了一声,碧初红了眼圈。二人下了台阶,见院中鱼缸里荷叶零落,两只莲蓬烂了半边,觉得十分凄惨。

绛初给缪东惠打电话问情况。缪得知弗之在,便请谈几句。两人招呼后沉默半晌,缪东惠说:"前天南苑战事激烈,副军长佟麟阁、师长赵登禹都牺牲了。"弗之哦了一声,说不出话。那边又说:"只是北平的文物保全了,让人放心。"弗之又嗯了一声,不肯说话。那边继续说:"北平市嘛,现在由张自忠代市长,还兼察冀委员长。老实说,这些事我还是从报馆朋友处知道的,没有人通知我。"

"北平眼看不属中国,秋生兄还打算干下去吗?"弗之问。

"弗之兄此问不当。哈哈,"缪东惠干笑几声,"不是我愿不愿,是人家愿不愿。北平不是中国的了,还不是要看人家的眼色!我只是放不下我们的北平城,祖先传下来的北平城!"停了一下,缪又说:"城门下午开,学校不知怎样办。这是大家都关心的。"

"我要尽快出城,国虽破,人仍在!"弗之不再多说,挂断了电话。

一会儿,庄太太来电话,说她和孩子们都好,如弗之出城,请告诉卣辰她愿意出城去陪他。

"孩子们很安全,"她迟疑地加了一句,"我很惭愧,我们太安全了。"

弗之说不出话,说话的能力似乎都随着北平失去了。放下电话就打点出城。

碧初要同去,弗之不允,说城外有老柴李妈足够伺候,城里几个孩子需人照管。碧初想想确不好都交给绛初,无奈同意弗之一人去。

好不容易等到下午,弗之自坐老宋的车出城。街上还是冷冷清清。只有很少几家小门面开门,都是家无隔宿之粮,不开门不行的。沿途并无盘查阻拦。车到校门,校警照例举手敬礼。弗之命停车,问有无惊扰。回答说前几天日本飞机在清河扔炸弹,听说伤亡不大,校内还平静。

校警说完这些,问道:"听说宋哲元军队撤走了?您说这是真的?"弗之点头。校警忽然哇地哭起来。老宋愣在那里,半天不开车。

弗之先往庄卣辰家。因庄太太喜爱中国情调,住了这种中式房屋。从两扇红门进去,阒无一人,满院荒草,侵上台阶。站了一会儿,才有听差出来说庄先生在实验室,好几天没回家,饭都是送去吃。弗之点头,上车回到方壶。

淡黄色的纱帘依旧,房中摆设依旧,弗之却觉得一切都大变样了。他一个个房间走过去,都开开门看看,只觉得空落落的,还有些陌生。他留着书房门不敢开,不知道他的著作罩上亡国奴的气氛会是怎样。

"老爷回来了！""路上好走吗？"柴发利和李妈从下房的过道小跑着过来，高兴地围着弗之。"太太呢？小姐们和小少爷怎么样？"问过头几句话，两人又渐渐恢复了平日的拘谨，垂手站着。

"你们都辛苦了，受惊了。"弗之温和地说。

这时远处响起飞机声，愈来愈近，盘旋一阵往西飞，接着是轰然巨响，一声接一声。

"扔炸弹了。"老柴说，"老爷往图书馆底下避避才好。"

弗之不答，停了一会儿说："你们去吧。"

老柴说："这几天大家都往图书馆地窨子里去，我让李嫂子去，我看家。她也不去，就都没去。"

弗之点头，微笑说："好，一切照常。"两人不再说话。老柴退下，李妈在房中收拾。

飞机投了十余枚炸弹，仍在空中盘旋。弗之估计这是轰炸西苑。在城里往后楼下躲，在学校往图书馆地窨子藏，这就是今后的命运。他慢慢走到书房，鼓起勇气推开门，看见乱堆着的高高的一摞摞书和横七竖八的文稿，心里倒安定了许多。他在桌前站了一会儿，抚摸着压在文稿上的水晶镇纸。但他不能坐下来，他得马上和秦校长联系。

电话不通，飞机仍在头顶。他觉得不能在家里，必须往秦家去，商量办法。他正要往外走，卣辰来了。两人一见，都觉得对方苍老了许多，但都没有提起。

"实验快完了，只要再有三天时间。"卣辰不等问便说。然后歉然微笑："我就知道实验室！"

"玳拉说要来陪你。"弗之传达过这话，心知卣辰不会让她来。又说："学校是要南迁的，这种局面维持不了多久。"

卣辰说："你们文稿一夹，书籍装箱迁起来容易，我们的实验室怎么办？一年半载盖不起来。一个好学校的条件是师资和设备，咱们这后一条取消了。"

"前一条永远会有，只要人不死！"

"那也难说！"

过了些时，飞机声消失了。卣辰说他很饿，大概忘记了吃午饭。

"贵管家可能忘记送了吧？"弗之问，一面按铃叫柴发利送点心。

点心送来了，卣辰道："现在多吃点，以后还不知日子怎么过。"埋头且吃。到一个细瓷蓝花碗和一个高脚瓷盘都空了，他忽然问："我吃的是什么？"弗之也没有看，又揿铃问柴发利。

柴说："送来的是馄饨和火腿萝卜丝饼，我才学着烤的，是不是味儿不对？兴许做的法子有错？"

卣辰忙说："很对，极好。"

柴又说："晚饭预备的也是这个。老爷看行吗？"实在是没有别的菜了，柴发利是变着法子做。弗之说什么都行。

正说着，有人揿门铃。柴去开门，惊喜地说："是秦校长！"

秦巽衡很瘦削，但不单薄，总给人可倚靠的感觉，是一位从外表到内涵都极典型的大学校长。明仑大学在二十年代末期接连换了好几位校长，都是勉强维持半年就下台，到秦巽衡来才稳定。他应付当局，团结教授，教育学生，三方面都有办法。卢沟桥事变后不久，他从南京赶回。他此时站在客厅里，神色沉稳，并不觉得是在战争中，头顶上刚有飞机扔过炸弹。

"我正要往你那边去，卣辰来了。"弗之说。

"飞机过了，我出来看看。"巽衡声音低沉，说话很慢，好像常在推敲自己的话。学生说秦校长三年决定一件事，决定以后，一天就要办完。"我猜你城门一开就会回来。"遂说了些撤军情况,叹道:"赵、佟两位都牺牲了。上个月佟麟阁到学校来参观,还动员了几十名学生到他那里工作,这些学生不知怎样了。"

停了一会儿,弗之说:"我们现在也只有遣散学生了。大概不少人要参加救亡的。"

"学校怎么办?"卤辰问。

"南迁。弗之回来很好,今晚开校务会议,讨论怎样准备南迁。"

"南迁?"卤辰不由得反问一句。其实这是在意料中的,学校也不止一次讨论过。但在北平被弃后,从秦校长口中说出,都觉得有不同的分量。

"只此一路。还有什么办法?"

"中国好在地方大,"弗之苦笑,"到危急时候,衣冠南渡,偏安江左,总能抵挡一阵。"

"我们总希望不致如此。然而这是近百年历史决定的——只有逃难了。"因为看穿了百年历史,巽衡自然沉稳。卤辰轻轻搓着双手,说了几句搬迁仪器的事。

过了一会儿,卤辰要回实验室去,巽衡要到学生宿舍看看。他们走了以后,方壶周围竟是死一般寂静。这寂静沉重地向弗之挤过来,挤过来,使他快步走到书房,关上了门,仿佛要把死一般的寂静关在门外。

当晚校务会议开过以后,接连几天,弗之上午都在办公室照料遣散学生,每人发二十元旅费。能组织到一起的,便三三两两结伴往长沙。本来暑期中留校学生不多,可也有这样那样问题。下午他大都到图书馆照看整理书籍。虽说书已运走一部分,剩下的还很多。书库里很乱,一箱箱的书堆得很高,书架上的书有的歪着有的倒着,有些善本书就搁在肮脏的地板上。那地板是厚玻璃的,平常总是擦得纤尘不染。从下层往上看是迷蒙着云雾的乳白色的天,从上层往下看是一片半透明的湖水。就从这天地间,走出多少卓伟之才,加速人类的进步。弗之非常爱这书库,爱这里蕴藏着的人类的宝贵的精神,爱这里贮存着的知识,甚至也爱这玻璃地板。他不止一次从地板上拾起一本书,因为不知该放到哪里,总是交到管书人手中。他用袖子擦去书上的浮尘,还用袖子擦擦地板。

"孟先生!我们收拾了有什么用!现在还能运出去?等于给日本人整理。"一个图书馆职员抱着一摞书,看见弗之的举动,苦笑道。

弗之一怔。作为教务长,他和校长、秘书长、图书馆主任等商量过不止一次,现在怎样运法却还未定,也许真的运不走了。但是他必须说一句话,这句话在他身里长大着,他似乎觉得自己的身躯也高大了。

"我们会回来!"他几乎在嚷。收拾书的人抬头看他,有人用沾满灰尘的手擦眼睛。

"我们会回来!"有人喃喃地说。

弗之从图书馆回家,见如血夕阳沉落,简直想对着整个校园大声喊:"我们会回来!"他心里充满着愤懑、痛苦和惭愧。这些感情这样沉重,使他几乎抬不起双脚,勉强拖到方壶门前。

门前花坛中的那株罗汉松,一半罩着红光,一半绿得发黑,显得孤单极了。弗之加快脚步进入内室,忽见碧初坐在她平素坐的安乐椅上。她一见弗之立刻站起身,想笑,可是眼泪涌了出来。

弗之坐下,轻声问:"怎么了?怎么了?爹和孩子们都好吗?"

她点头,几次拭着泪痕,呜咽着勉强说出来:"他们都好,你放心。"她哽咽着,慢慢说了路上的遭遇。

碧初是和玳拉一起来的,车子到双榆树一带,路上站着不少日本兵,举枪拦住车,问她们往哪里去。见是英国领事馆的车,不理玳拉,单把碧初带的一个包打开检查。包内是些换洗衣服,一个兵用枪尖把衣服挑起来,又扔在地下。碧初和玳拉都不说话,眼光随着衣服往路边看时,两人都紧紧抓住了对方的手。

路边是双榆树巡警阁子。阁子前横躺着两具尸体,一个仰着一个伏着。阁子门口还躺着一个,半身在里半身在外,都是巡警衣着。门上绑着一人,是老百姓,垂着头不知是死是活,光头在阳光下发亮。碧初不敢看,却不由得仔细看,见这人慢慢抬起头来,脸上一块碗口大的红记明晃晃的。

"广东挑!"她一惊,再看旁边果然有一副打翻的挑担,精致的小抽屉散落一地。碧初又怕又怒,简直要叫出来,想质问,想抗议,想哭,她脸上的表情必是很不平静。一个日本兵举起枪对着她。

"你们要怎样?"玳拉用英文说,说中文反正他们也不懂。"你们是正规军人吗!举枪对着妇女!"她接着解释她们是明仑大学的家属,要回家去。另一个兵毫无表情地望着她,也向她举起了枪。

碧初和玳拉各自对着一只黑洞洞的枪口,心几乎停止了跳动。她们不约而同松开对方的手,坐直些,不再说话。

这时一个小头目模样的兵走过来向车窗里张了张,不耐烦地向他的兵一挥手,两个兵退下去了。司机还不敢开车,伏在方向盘上,尽量缩小身体。小头目等了一会儿,敲敲车窗,让他走,他才忙不迭发动汽车。不知是车子不好还是忙中有错,马达响了半天车子也不动。这几分钟对碧初和玳拉真像一个世纪一般长。

车终于动了。司机还不敢开快。走不多远,听见后面一声枪响,两位太太猛然回头,见那广东挑身子向前扑着,肩上是血肉模糊的一团。玳拉用手遮住眼睛,细长白嫩的手指不断颤抖。碧初两手紧握,自己轻声说:"不怕!不怕!"她的舌头发木,再吐不出别的字来。

弗之此时只能站在她身旁,含糊地说:"别哭,别哭。"他觉得对不起她,让她受这样的惊吓。那种沉重的心情延续着,更添了不能保护妻子的羞耻,使他说不出话。

"湖台镇上的铺子都挂日本旗了。"碧初呜咽着说。

"学校唯一的办法是南迁。"弗之说,"我们唯一的路是随着学校,离开北平,我们得详细商量这事。等学校的事都安排妥当,好吗?"他说着轻抚碧初的肩,在他是了不得的温存了。

碧初渐渐平静下来,抬头看着弗之:"其实没有什么可商量,走就是了。吃苦我是不怕的,只是——好了,你下午——"她断续地说,一面紧紧拉住弗之的手。

"秦校长后天要离开了,明天校务会议上就宣布。"弗之说。

碧初慢慢松开手说:"你该吃饭休息,我已经好了。"说着站起自往浴室洗脸。然后二人往饭厅来。

次日上午,北平明仑大学在圆甑举行了在北平的最后一次校务会议。先生们坐在一边是落地长窗的客厅里,面对花园里满园芳菲,都不说话,气氛极沉重。听差往来送茶和饮料,大家也很少碰一碰。

秦校长照例坐在那把乌木扶手椅上,用他那低沉的声音慢慢说:"北平已失,国家还在,神州四亿,后事可图。我们责任更为重大,国家需要我们培养人才。我在庐山,和蒋先生谈到北平学校前途。蒋先生说,华北前途,很难预测,一城一地可失,莘莘学子不可失,教育者更不可失。学校在长沙已有准备,我明日往南京教育部后即往长沙等候诸公。"

他说了仪器图书陆续搬运的情况,会上议决由化学系教授周森然偕同事务主任等留守学校,直至所有人离开。历史系李涟因谙日语,也参加这一工作。周森然因为父母老迈、妻子多病,已决定留居北平。

"听说两三天后日军要进城驻扎,可能会占据校舍。"周森然说。

"只好由他。"巽衡道,"只是同人们陆续南下,最好在天津有接应。"天津因有租界,活动方便得多。先生们皆以为然。

卣辰忽然灵敏地说:"我去英租界当接应。"大家原都没有想到他,不觉一愣。再一想,觉得确实合适。

巽衡望着大家,略有迟疑,说:"另外还有庶务人员,事情倒是不太复杂。"

弗之望着卣辰清澈的眼睛,心头一阵灼热,大声说:"只要卣辰把心思从实验上借回来,再复杂的事也能办。"

见无人反对,巽衡点头。遂把天津接应站讨论了片刻,确定由庄卣辰负责,料理南下人员的经费和图书、仪器等的转运。

大概从英租界受到启发,周先生说:"不知能否让美国领事馆出面保护校舍?"他的声音很轻,似乎在问自己。

"皮之不存,毛将焉附!"弗之说,"没有用的。"众人亦以为无用。

周不再说话,停了一会儿,他大声哭着说:"当遵秦先生命。我其实是得好好把学校交给日本人。"

他这一哭,好几位先生都潸然泪下,随即呜咽出声。

"我以为,我们能够回来。"秦巽衡一任眼泪流淌,站起身声音颤抖地说。他先和周、李两人握手,又和卣辰握手,再和每个人握手告别。和弗之握手时,他说:"我先走一步。"

夕阳的光辉照在这两张痛苦而不失威严的面孔上,照着滔滔滚下来的热泪,照着衣衫上发亮的泪痕。

第 三 章

一

中国军队撤离北平后,炮火停了。香粟斜街三号宅院里似乎又恢复了事变前的秩序,但这只在表面上。忽然不用担心炮火,人们心里都空落落的难受。吕老太爷最初几天仍认真地要报纸看,他不相信已成为历史的事实。他照常坐在书桌前,用放大镜仔细在字里行间寻找我军反攻的消息。

八月九日这天,报纸很晚才来。老人忍不住对莲秀说,撤退也许是宋哲元施的妙计。打开报纸看时,赫然两行大字:"日军昨由永定朝阳广安三路入城"。还登载了日军司令告市民书,写着"亲爱的父老们,本司令现在入城来维护治安",最后是"请放心吧"。那就是说,侵略者命令被侵略者放心地听他宰割!

从这天起,老人不再看报,每到读报时间就在椅上呆坐。绛初说,莲秀还是应该代老太爷看报,知己知彼,了解些外头的事为好。绛初自己却不看。

八月中,澹台勉受命离开北平到武汉商讨南边的电业。他走后,绛初用全力安排这座宅院中的生活,她不知道正常的生活能过多久,但是总要尽力维持。玮玮等三个孩子头几天都蔫蔫的,做什么都提不起兴致。渐渐生活正常,绛初又来督促功课,也安排了玩耍的时间。孩子们开始琢磨怎样玩。

后楼中躲避炮火的邻居，早已回家。荒凉多年而热闹几天的后院，重归寂静。玮玮却发现了小夹道的锁可以用铁丝捅开，随时可到后院而不必麻烦刘凤才。

这天午睡起来，他照例飞一般跑到西小院，见峮和小娃也刚起来，小娃正因为什么对赵妈发脾气。"就不，就不，就不！"还用力蹬着两条小腿。赵妈知道他平素最讲道理，现在这样，孩子实在也是不顺心啊。她一点不恼，仍笑嘻嘻地劝他喝下冰糖桂花绿豆羹。

峮懒懒地坐在窗下，拿着一本书，秀美的头略侧着，全神贯注在书上。玮玮觉得，这简直是峮的永恒的形象。

"咱们上后园子玩玩。"玮玮带几分神秘地说。

小娃转移了注意："你能开门吗？"

玮玮说："当然有办法！"

赵妈向峮笑道："关了后园子才几天，又新鲜得很了。"

正说着，峨从小厢房过来，问小娃嚷嚷什么。大家都不说话。

玮玮搭讪道："他想三姨妈。"

"这几天城门开了，娘和爹爹就回来。"峨拉着小娃的手，倒说了几句安慰的话。

后园里毕竟经过一番整理，甬路从杂草丛生的地面分明地弯过去，路旁不知何时挖了一个坑，里面有不少纸灰。他们弯到楼后，在那条干涸的小溪边玩。那里已由吕贵堂收拾过了，两边的蓬蒿已除去，显出弧形的"岸"。玮玮铲土，堆成各种形状：方的是楼，长的是飞机制造厂，圆的是碉堡。峮和小娃帮着搬鹅卵石，小手不断倒换着把石子堆在土丘边，然后受命装日本人。玮玮装中国军队，一阵机关枪把一以当千的日本兵打得落花流水。

"躺下！躺下！你们都死了！"玮玮得意地大叫。

两个孩子不愿躺在地上，愣愣地站着。

"我要发一个战报！"玮玮大声说，"公公看了一定高兴。歼灭敌军两千人！"

"我们来写战报吧。"嵋机灵地拉着小娃的手跳过小沟，跑到楼台下，这样他们就可以不用躺在大太阳下的泥地上了。"这儿有纸笔。"她敏捷地从抽屉中找出纸笔，坐下来写。又抽出几张纸给小娃："你也来。"

玮玮便不深究装死问题，一同来起草战报。经过三方讨论，拟出战报如下："香粟集团军总司令澹台玮率将孟灵已孟合已击毙入侵日寇两千人。"

嵋又说："玮玮哥也代表一千人。"遂将笔轻轻一提改为三千。

小娃高兴地看着小姐姐有偌大本事，大声喊："打赢了！打赢了！"

三人正玩着，有人走上台阶。原来是绛初和玹子，刘凤才挑了一大挑书报杂志跟在后面。

"你们孩子们在这里！"玹子说，"妈妈，告诉他们吗？"

绛初看见玮玮满头的汗，心浮气躁的样子，有些责怪，绷着脸不说话。

玹子遂又说："玮玮你这样大了还玩打仗，小娃玩玩还差不多！"

"要不是打日本人，我才不玩这个。"玮玮说。

绛初乃道："你十二三的人了，领着弟妹在大太阳底下折腾什么！如今北平是日本人的天下了，巡警通知说让把有一点犯禁的书报都烧了，过几天说不定要搜查。你们都懂事了，烧了什么，不能说，也不用跟公公说，他要生气。"

这时刘凤才已经在楼前路旁坑里点起火,把一堆书报抖搂开放进火坑。玮玮才明白这坑的用途,呆呆地看着火苗蹿起来,吞食着周围毫无抵抗力的纸张。其中有不少是历史书,凡有日本字样的都拿了来。还有《三民主义》《孙中山讲演集》等。烧着烧着,刘凤才拿起一大张纸投入火中。

这纸好熟悉!玮玮跳过去一把抢出来,果然是他画的地图,外国军队侵略图。

"怎么烧我的地图!"玮玮生气地抱住这张纸。

"是我拿来的。我是要和你商量的。"绛初尽量放轻了声音说,"凡有一点可能惹事的书都烧,何况你这明写着侵略的地图。好孩子,以后打走日本人,咱们再画。"绛初伸手拿那张图。

玮玮退后一步不给,说:"日本人为什么要管我们家的事?"

玹子冷笑道:"这就因为我们是亡国奴!"

"亡国奴?凭什么说我是亡国奴!"

嵋和小娃站在玮玮旁边,嵋拉拉他,轻声说:"因为北平让日本人占了呀。"

正闹着,弗之夫妇从柳树下走出来。小娃忙跑过去拉住碧初的手把脸藏在她身后,碧初的一件家常墨绿绸衫马上湿了一片。嵋也泪莹莹地靠过来。

弗之走过去拿过玮玮手中的地图,说:"你爸爸不在家,靠你照顾妈妈姐姐,该帮着料理,不该生事。北平都保不住,怎能保住一张地图!烧了这张图,以后收复真正的土地。"又从待烧书报中拣出一面青天白日旗,"这也是要烧的了。"说着把旗覆在图上,郑重地放在火中,肃立静默。

众人不觉都肃立,默然看着火舌缓慢地吞噬着旗和图。图的纸边卷起来,黑色的纸灰竖立着,火舌过去许久才落下。旗当中的白日烧着了,火苗在燃烧的太阳下也是白的,几乎看不见。刘凤才用木棒捅一捅,那白日渐渐化为灰烬,火苗在青天上爬行。

"不肖！不肖子孙！"弗之痛心地克制着,不让眼泪落下来。

眼泪从玮玮好看的眼睛中夺眶而出。他让泪水肆意流着,并不去擦。他是在极正规的教育下长大的,深爱家庭、社会和自己的祖国。祖国在他心目中是至高无上的,而他却不得不目视这样的焚烧,不得不参加这样的对亲爱的古老的北平城的祭奠,不得不忍受对他自己和祖国尊严的践踏！

绛初揽过玮玮来,抚着他的手,眼看着旗和图俱都烧尽,对弗之夫妇说:"已告诉峨整理西小院的书了,好在你们城里书不多——学校里怎么样？"他们急于谈话,都到楼中站着。

"二姐,弗之就要走了。"碧初温和地说,"还要和爹商量。"

"这有什么好商量的！"绛初说,"学校的人都得走。留着真变亡国奴！你们还算好,还有个商量。子勤说走就走,哪里有什么商量！"

"学校已经迁往长沙了。我后天动身,先到天津。"弗之温和地说,"子勤兄走得急,处在战时,真不得已。他们公司安顿妥当,必然要接家眷。"

"我们也先不走,弗之一个人行动总方便些。"碧初轻声说。

绛初不语。一会儿才问:"东西都搬进城了？"

"搬了一部分。柴发利跟着照顾,慢慢收拾吧。"

"小狮子呢？"小娃问。

碧初弯身看着小娃慢慢说:"正要上车,它从口袋里挣出来,跑回屋去,找了半天也找不着。"

"它丢了？"小娃眼睛里盛着泪。

碧初安慰道:"还有李妈在,李妈会喂它。"

小娃和峨互相看了一眼,互相鼓励忍住眼泪。他们懂得,在这样的时刻,一只猫实在微不足道。

"子勤兄和弗之离开,是天经地义的事。"碧初仍向绛初说,"咱们走也只在迟早。最要商量的是爹。"

"爹?爹七十多岁了,还能拿他怎么着?"绛初说。

"我们想,舅父必须离开北平。他虽年迈,多年不参加政治活动,但他早年参加革命和后来与蒋的不合作,是许多人都知道的。难保日本人不想利用他的名声。"弗之说了,又加道:"子勤兄也曾说过,说北平若有失,舅父最为忧心。"

"话是如此,"绛初知道弗之的话有理,"行动起来,种种不便,恐难预料。"

绛初的话也有理。三人等烧完了书,命把后园锁了,孩子们不准随便来。估计老人午睡已起,便往正院上房来。

吕老人听到弗之要走,嘉许地说:"好。走是当然的。一个接一个越快越好。"

"这几天津浦路正通,以后恐又有变化。我和庄卣辰一起到天津,卣辰留在天津,我在那儿结伴往济南转车。"

"好。这里三女和二女可以彼此照应。"老人点头,忽然咳起来。

莲秀上前捶背,递痰盒,漱口,一系列动作熟练敏捷。

弗之看着碧初,碧初说:"他最不放心的是爹。我们想,爹也应该离开北平,不然太不安全。"

"我就不必讲安全了,饭袋而已,平安储存了,意义也不大。"老人微笑地说。

"舅父应该考虑离开北平,仰人鼻息的生活,恐难忍受。"弗之试着说。

老人忽然想起来,说:"以前亮祖不止说过一次,请我到昆明住一阵,赏腊梅花。总想着要去的,一年年拖下来。现在要逃难——其实到云南办学校也不错。"

"是啊,大姐那儿正好住。"绛初搭讪着说。

"路远迢迢,不知哪里更近。"老人仍微笑说,看看两个女儿,"只要你们两个还在家,就先凑合着。弗之的意思嘛,我知道了。"

"爹说,不知哪里更近,这话是什么意思?"碧初在房里替弗之收拾行装,在好几件衣服上设计暗袋,交给赵妈去缝,心里想着老人的话。

弗之似乎有点明白,他想想,只说:"我担心你的担子太重。老人有老人的想法,只好看开些。做儿女的,尽心便是。"

碧初盈盈欲涕,弗之知她并不全为老人。因说:"此去长沙一切都得看战事情况,才好定夺接你。估计不会太久。"

这时刘凤才在帘外说:"卫少爷和凌老爷来了。"

弗之、碧初甚为惊喜,弗之走以前,正要见这两个人。

他们迎出来,见凌家翁婿已进月洞门。京尧一下子拉住弗之的手,卫葑叫了一声五叔,各人神色都有些凄然。到房中见了碧初坐定后,互述近日情况。京尧一家一直在德国医院,前日方出。

"出来看见满街日本旗,真觉得是换了个天下,自己不知身在何处!"京尧感叹,"蘅芬和雪妍都很好,只是记挂卫葑。卫葑前天刚回家,这样大的事变,几天不在家中,倒叫家人悬念。"京尧说着责怪地看了卫葑一眼。

卫葑只作不见,对弗之说:"庄先生的实验到底做完了,得到难得的数据。这点庶可安慰。"

说起孟、庄即将离京,弗之问京尧有何打算,京尧沉吟地说:

"国家有难,像我这样无用之人也思报效,且我世居北平,倒是想往南边看看。只是蕙芬想着若是离开我们那个窝,不知要受怎样折磨,能活几天。"

碧初说:"生活里没有受不了的事,只要习惯了,便好。"

"就是怕习惯不了。"卫葑略带嘲讽地说。

京尧又看看他,对弗之说:"据缪老看,什么地方都没有北平安全。这样的文化名城,任何人不敢轻易破坏。任何人在这城里,都可以托庇,受到遮护,如鼠在器旁。何况我们不是鼠,并不做有碍他们的事,我还是教我的书。老实说,我也觉得要改变我的一套生活习惯,很痛苦。"

"日本人会让你这样逍遥?"

弗之和京尧是多年老朋友了,深知他的生活习惯并不复杂,不过是悠闲二字。这悠闲的情调和北平城很相配。长长的小胡同,悠悠的鸽哨声,二十四番花信风伴着挂得高高的鸟笼子,仿佛到处都渗出这样一种气氛,把久住的人都熏得透透的。这些人又熏染着北平城,形成一个看不见的网,很难钻出去。

"你以为就能平安无事等着吗?"

"我等着,我是要等着我们的军队打回来。"京尧真切地说。

弗之站起身,走到京尧面前说:"你和我们一起走吧,或者和卫葑一起走。下学期明仑聘你任教,开什么课都随你。你今年四十六岁,以后的日子就用来等着吗?"

卫葑也说:"我一直和爸爸说,还是应该离开北平。岳母和雪妍先留着,五婶也并不随着一起走。"

碧初说:"我会照顾蕙芬她们,以后和她们一起走。"

"她不会走的。"京尧轻声说,然后笑笑,"我也给拴住了。"他用力向沙发深处靠,好像要把身体缩小,减少人们的注意。

"我有时觉得和你很熟,你的一举一动,我都能说出缘由。有时又觉得你完全是个陌生人,猜不透,简直猜不透。"弗之走到窗前,看着窗外。

"有什么好猜的。"京尧又笑笑,"全在面上摆着:懦怯,颓唐,贪图安逸……其实,走,对于我这个人很必要。"

说到走,京尧的眼睛里透出一点亮光。他是聪明人,多少了解自己。他知道自己需要走,需要变动。也许这变动能把他从多年的陷阱中救出来?总要挣扎一番吧?但他不自觉地向后靠,坐得更舒服些。

"从根本上变动一下,换个土壤,生活会大不同的。和五叔、庄先生一起走吧!要走,越快越好。"卫葑恳切地说。他几乎想说如果嫌太仓促,他愿意陪岳父一起走,可是他管住自己没有说。

"回去再商量,"京尧细眼睛里的亮光黯淡下来,"再商量。"他长长地叹气。

随后又说了些孩子们的情况。碧初陪他们往正院看过吕老人,又要往前院看绛初。卫葑让京尧先去,自己又往西院来,见弗之背着手在廊上站着。

"五叔!"卫葑向前紧走两步,"五叔!我说过最近要离开北平,不过不是往长沙,想来您也猜着了。"卫葑说,"也许以后我还会回学校,我喜欢学校生活。"

"雪妍怎么办?"

"还不知道,她不能跟着我。她受不了。大概只好暂且分开,生离总强如死别。"卫葑勉强一笑。

弗之无话可说。卫葑不用人叮嘱,他有比任何个人更强大的后盾。

这时,玮玮等三个孩子跑进来,大家欢呼:"葑哥来了!"卫葑把小娃一下子举得高高的,然后放在肩上。峨拉着他的衬衫,玮玮笑着站在一旁。

"我要出远门,有公事,今天和你们告别。"卫葑再把小娃举一举,放下地,对他们三人郑重地说。

"打日本鬼子去吗?"玮玮问。

卫葑愣了一下笑道:"不一定拿枪才是打日本鬼子,每个人做好自己的工作就是打日本鬼子。譬如你们还该好好念书。"玮玮眨眨眼睛不说话。

"峨呢?"卫葑问。

弗之忙命峨去小西屋叫峨出来,其实他们在院中说话,峨早应听见。小西屋隐在一树马缨花后,湘帘低垂,静静的毫无声息。

峨一会儿出来说:"姐姐说现在不想见人。"没有一句告别的话,峨也不会添。卫葑知她怪僻,也就罢了。

"你和爹爹去一个地方吗?"峨仰头问。

"现在不是,也许以后我们会在一起。"卫葑想的是也许他会去长沙,也许弗之会到他所在的地方,那当然在很久以后。

"最好在一起,"小娃仰头说,"我想爹爹的时候就可以顺便想你,免得另外想。"这几句有些可笑的孩子话使得气氛更严肃起来,都没有再说话。

一时玮玮陪卫葑去前院。弗之和孩子们送到月洞门前,卫葑深深一鞠躬,疾转身穿过院子,转进夹道。

玮玮一面走,恋恋不舍地说:"葑哥多久才能回来?"

"姐姐做什么呢?"弗之问。

"不做什么,靠在床上发呆。"峨答。两个孩子随弗之进屋。

"我们和爹爹一起走,好不好?"小娃拉着爹爹的衣襟说,"我夜里做梦,梦见玮玮哥的地图竖在那儿,怎么也不倒。"大家默然。小娃又说:"爹爹不在家,很可怕。"

"怕什么？好孩子。"弗之俯身抚着小娃的头,慈和地问。

小娃黑如点漆的眼睛大张着,里面写着答案:"就是怕你不在家。"

弗之自知问得多余,把两个孩子一手一个揽在身边,慢慢解释他一人先去的道理,安顿好了,娘会带他们随后就来。

次日一天对香粟斜街三号来说,时间消逝特别快,尤其在西小院里,时间一点不肯停留。言语留不住,针线缝不住,开箱关箱锁不住。到了傍晚,一切都准备妥帖,碧初把每一张钞票都用手揉软,分放在暗袋中。行李不过一箱和一个网篮,一本书也不带。晚饭后,行李都放在客厅门前。

弗之特别叮嘱峨道:"你是最大的孩子,要帮助娘照顾好家,也要照顾好你自己。嵋和小娃在家不出门,你可得去上学。有抗日的心很好,千万不要参加活动。你还太年轻,念好书,国家有许多事等着你做。"

"我去送爹爹。"峨忽然说,"我和娘去送爹爹。"

"现在还能大摇大摆在车站送别吗？我们都是丧家之犬！"弗之苦笑道,"娘也不去送。"他看着碧初。

碧初原低着头,这时抬头说:"我在远处看你进车站,好不好？"

"不必。"弗之说,"无论送到哪里,终须一别。"

对于不知归期的人来说,那别离是何等的艰难啊！

又一天清晨。只有吕贵堂拿了行李送弗之往车站。碧初跟着两辆人力车走到胡同口,弗之一再挥手要她回去。她站住了,眼睁睁看着两辆车跑起来,那大张着嘴的地安门把弗之吞了进去,车子越来越小,高耸的景山在晴朗的天空下越来越高了。

峨等姊弟起床后,见碧初在房中默坐。孩子们围上来时,她摆摆手,随即起身照常收拾有些凌乱的房间,平静地说:"爹爹已经走了。"

二

当孟弗之在明朗的晨光里踏上征途时,凌京尧和岳薇芬正在带有锦缎帐顶的软床上拌嘴。他们说的全不是实质性问题,只是互相抢白挖苦,和开始时讨论的事全无关系。

为京尧是否应该离开这一问题而拌嘴已经不是第一次了,每次总不等京尧把理由全说完,薇芬便怒气横生:"本来好好的日子,你存心不让人过。家里剩两个妇道人家,亏你想得出!虽说我们北平城里亲戚多,可人家能替得了你为父为夫的责任吗!"

"为父为夫固然有责任,七尺男儿对国家也有责任呀。再说你就没有为妻为母的责任?"京尧在弗之面前强调不能走,是想让弗之帮助他攻破那不能走的理由,对薇芬,就要把能走的理由说清。

"什么叫为妻为母的责任?我倒要听你说说,好照着办。"薇芬翻身坐起,靠到另一头床栏上,把豆青色绸夹被掀在地上,穿着白绸绣花睡衣的身躯和她的话一样透着不讲理的劲儿。京尧也坐起来,靠在床的这一头。

两阵对圆,才待发话,薇芬又抢着说:"我自从嫁你,得了什么便宜?吃穿用度,不都是岳家的?你每天除了两眼朝天叽里咕噜念念法文诗,就是盯着戏台看戏,老爷当得现成。到时候拍腿一走,讲忠心讲志气,怎么这么容易!"

京尧说了一句:"谁叫你们家挑着了我!也不是我挑着你!"

薇芬登时气得两眼发直,用手指着京尧,喉咙里咯咯地响着喘气,说不出话来。

"谁叫你们家挑着了我!"这句话正触着蘅芬痛心处。想当年岳家虽非北平首屈一指的富户,也是数得上的人家,岳蘅芬也是名媛之流。可能出于一种商人想攀官的心理,岳老人看上了故尚书幼子凌京尧。当时凌家已没落,京尧不过是个刚留学回来的穷学生,蘅芬的母亲反对。可蘅芬自己不知怎么,想起那两眼朝天的潇洒劲儿,就魂梦不安。悄悄和母亲说了,又有父亲做主,遂成就了这亲事。

结婚以后才知道,京尧不只是书痴还是戏迷,一个月有三十个晚上上戏园子。戏台上的一切对他似乎比真实的世界更真实。他真心实意地为舞台上发生的一切悲喜哭笑,可对身边的事倒很漠然。他很懒散,起居从无定时,教书也不认真,高兴起来能讲几个小时,有时连着几星期不上课。学问只停留在兴之所至,总达不到更高水平。有人说他的法文是咖啡馆里学来的,带一种自由自在的味道,他也并不在乎。岳家的经济情况保证了他的生活方式,所以也就不在乎和蘅芬之间究竟有多少理解,一晃过了二十余年。

而在蘅芬这一边,她心高气傲,养就的一副小姐脾气。以为自己的夫婿应是钟天地灵秀第一等人物,没想嫁得这样一个名士。可这是自己挑的,在当时岳府那样人家,还是少有的事。有父母时可以向他们抱怨,没了父母,也只好怨命罢了。可不是,谁叫自己挑中了他呢!

蘅芬喘着气,眼泪扑簌簌掉下来。平时京尧不等到这地步,就心软投降,这次却只愣愣地发呆。蘅芬为了离他远点,下了床,鞋也不靸,把地下的绸被一踢,走到靠窗的美人榻上放声大哭。

这美人榻是专门从南方定制,用藤皮编成,花样很复杂。榻前细木镶嵌的地板上铺着乳白色波斯花纹地毡,上面又铺着细席,直到床前。

这时,蘅芬秀气的光脚在上面踹着,哭声充满了房间,把京尧包得紧紧的。京尧很想大声说:你像个泼妇!但他忍住了。大闹一场就能冲出家庭吗?他很难过,为自己难过。他觉得自己身上美好的情操已不太多。需要理解、同情来帮助他克服缺点,做一个堂堂正正的人。可是他得不到。在他想要振作变好一点的时候,似乎有千斤重担坠着他向下拉,他以为这就是他的家庭。

可他又真负担过什么家庭责任?他从未养过家,虽有个教授头衔,却不是第一流,又不在头等学校,薪金不高,只勉强够他自己零用和给妻女买点不实用的小礼物。他走,对这个家毫无影响,对于他却是人格的需要。这点蘅芬一点不懂,只顾把他这皮囊紧紧抓住,不管他的灵魂到了多么可怜的地步。

两人都觉得自己是天下第一可怜人。蘅芬需要人来劝,京尧偏不劝。他们的卧室在楼上一端,走廊上还有玻璃门与外面相隔,怎么闹也无人听见,倒是不怕出丑。

僵持了一阵,京尧渐渐冷静,又恢复那点漠然劲儿,冷冷地说:"七点钟,我按铃用早茶。"他用早茶的时间并无规定,像他整个的生活一样,所以每天得按铃。至于这习惯,是他从巴黎带回的,其实他在巴黎也是穷学生,好像是旧家子弟那点遗传的懒惰,让他喜爱这点享受。

说起早茶,蘅芬想起女儿,他们要一起吃早饭。女儿的命也不好,遇见卫葑这么一个不着家的女婿。虽说日本人入侵是大事,也不能结婚次日便不见踪影,好几天才回来。京尧要走,说不定还是他在怂恿。她想着,不恨日本人,倒觉得这翁婿二人着实可恨。可为了女儿,总要在女婿面前留规矩。这样想着,渐渐止了哭。京尧看看表,便按铃。

一个系白纱围裙的女仆阿胜推门进来,捧着托盘,把茶具放在藤榻一端的大理石心硬木圆桌上。茶具是一色英国韦奇伍德瓷器,十分雅致。

阿胜感到房间里沉重的气氛,赔笑说:"有新摘的白兰花,一会儿太太梳头用吧?"蘅芬不理。阿胜看看京尧,见他还靠在床栏上跷着腿,不敢说什么,退出去了。

京尧自管换了一条腿跷着,两眼望着天花板。蘅芬则惦记许多待料理的事,长叹一声,进盥洗间去了。关于京尧走的问题仍和讨论前一样,没有互相接近一点。

"爸爸妈妈起来了吗?"门外响起了雪妍清脆的声音,门随即开了,雪妍窈窕的身影飘进来。她穿着新的淡绿起翠绿深绿墨绿三色花绸旗袍,脸上带着清晨新鲜的光彩,滑到京尧床旁。

"早茶都摆好了,还不起来。"她嗔着,转身到小桌前拿起茶壶,斟了两杯茶。

"妈妈呢?"马上到盥洗间推门一望,见蘅芬站在墨绿色洗脸池旁,望着镜子发呆,脸上还有泪痕。

"妈妈哭了?"雪妍问,抱住蘅芬的肩,"妈妈不哭。"这是她从小就会说的一句话。

蘅芬在镜中看见雪妍年轻的脸,立刻把全部注意转移到雪妍的幸福上了。"卫葑也起来了?"

"早起来了。"雪妍半低着头微笑,又抬头关心地问:"您为什么哭?是不是爸爸又说要走?"

蘅芬点头,用手巾捂住脸。

"跟您说您别生气,卫葑也说要走。"雪妍迟疑地说。

她心里认为卫葑应该走,而且很想跟卫葑一起走。只要和他在一起,哪怕海角天涯。可是若都走了,岂不剩母亲一人。她望着母亲手中的毛巾,不敢往下说。

对蘅芬来说,卫葑要走是意料中事,他不走才奇怪了呢。二十多年都是他们三个人一起生活,只要维持住这三个人就算美满,女婿终隔一层,只是苦了女儿。也许过些时中国能打回来。蘅芬想着,胡乱收拾了,便拉着雪妍往餐室走,不理默坐喝茶的京尧。

"爸爸也来。"雪妍有些抱歉地说。全是因为卫葑,凌家的早餐都提前了。

餐室在楼下,和客厅相连,都有很大的穹形窗户,嵌着五颜六色的玻璃,是蘅芬的父亲所遗。峨来过几次,觉得这里有点像教堂。平常蘅芬等三人不用正餐厅,只在旁边预备侍候上菜的小房间吃饭,那里收拾得很舒适。卫葑在,就移过来,仆人们都知道这规矩。这时餐桌已摆好,器皿闪闪发亮,鱼状的筷架和餐巾套环是一色的景泰蓝。桌角还有个宽口镂花玻璃花插,随意插着雪妍从花园里新掐的花。卫葑正站在桌旁,对着这漂亮的桌面出神。

"喂。"雪妍示意她们来了。卫葑忙迎上来问安。他的脸色有些疲惫,不像个兴高采烈的新郎。

"回来这几天了,还没有休息过来?"蘅芬说,"饭菜合不合口味?记得一次你说同和居的银丝卷好,昨天特别叫他们做了,你尝尝。"

三人说话间入座,早有旁边伺候的听差盛上糯米粥。卫葑不免问:"爸爸呢?"

"他吃饭哪有定准儿,前两天是为了陪你。你们前天到孟家去了?"蘅芬且不吃饭,先要谈判,"孟先生叫你们都离开北平?"她看见卫葑才猛然想起,除了这翁婿二人还有人更可恨。

卫葑很难回答,只笑道:"我和峨、小娃玩了一阵,不知道五叔和爸爸说什么。五叔今天早上走了。我想,北平以后很难生活。

我已受聘在明仑大学任助教,学校搬了,我只得随着。若留下,实无生计。不能总靠在您这里。"

他不觉往周围看看,战争的脚步似乎还停留在门外,只是还能停留多久?

薇芬此时心里是另一种烦恼。她原来设想的女婿是明仑大学高材生、青年助教,留学回来成为名教授是必然之路。以后以他们家的经济实力和卫葑的社会地位,用花团锦簇形容还嫌不够!而且卫葑显然和京尧不同,京尧有多懒散,他就有多严谨,京尧有多粗心,他就有多精明,正好支撑门户。可是发生了战争,一夜之间一切都变了!变得这么古怪,她的家,也就是她的世界,势必遇到很大困难,这翁婿二人不想主意照顾,倒都要走,把一切担子都扔给她!

薇芬沉默,然后平板地说:"是一家人不用说两家话,怎么说靠着我?这个家还要靠你支撑啊!"

卫葑见已经说起这问题,便索性说下去:"这场战争,是多年酝酿的了。日本人不会只满足于得到华北,中国方面势必会全面抗战。我们让人欺负够了,全国百姓谁不愿打!岂不闻哀兵必胜啊!不过若以为咱们家能平安坐等胜利,是太天真了。我劝爸爸走!不要说七尺男儿于国家的责任,为自己打算也不能留!"他恳切地望着薇芬说,"爸爸在文化界有些名望,很可能被逼为日本人做事。"

他没有用汉奸一词,雪妍感谢地在饭桌下抓紧他的手,也望着母亲恳求地说:"咱们都走吧,妈妈!咱们四个人都走!"

薇芬浑身一震,说:"你说什么?你也要走?"

雪妍说:"不是现在,让爸爸和葑先去,看看情况,我侍奉妈妈随后去。"

"这个家呢？"

"妈妈，您说的是房子，家具，花园？这一切，这是从属于人的，人可不能从属于它们。无论到哪儿，只要咱们四个人在一起，就是咱们的家！"

蘅芬看着女儿，慢慢地摇头，她觉得女儿变了。结婚才几天！都照着女婿想的想了。当着卫葑，她不好发火，只冷冷说一句："无论到哪儿！我无所谓，头一个受不了的是你！"

"我受得了！我受得了！"雪妍有些撒娇地说。

蘅芬沉着脸且吃粥。卫葑乖觉地说："这也不是一下子能定夺的事，再和舅公仔细商量商量看。"

他示意雪妍不要再说。各自心不在焉地用了早餐。

总算把这大问题提出来了，卫葑觉得是个收获。蘅芬不理他们，自往各处巡视。卫葑夫妇携手回到卧室。那是在楼的另一端，格局与蘅芬的仿佛。卧室外间是个小起居室。一套新的藤编家具，式样别致，两把躺椅，椅背斜度可以调整，各自旁边有一个矮圈椅，一张藤制圆几上摆着马蹄莲、康乃馨等花店送来的花，是雪妍自己订的。靠墙摆着一对红木多宝橱，式样流利灵巧，是缪东惠送的礼物。卫葑在凌家，只在这小天地中觉得自由，可看见这多宝橱，心里便有些压抑。缪东惠似乎有一种什么力量，把他的家拉向和他愿望相反的方向。

"葑！"雪妍到自己屋里，动作也格外轻快起来。她先走到卧室看看，又走出来，一面唤着"葑！"这一个字对于她，是无边的幸福，是永恒的生命，世界上任何东西都抵换不了的。

"雪雪！"卫葑不由自主提高了声音，雪妍娇嗔地望着他。他拉着她光滑的手臂，捺她在躺椅上坐了，自己坐在矮椅上。两人默默对望，显示着青春的鲜亮的脸上都不觉漾起笑意。卫葑拿起雪妍的手,从指尖儿起向上吻,一个挨着一个,不让有一丝地方没有吻到。雪妍半闭着眼睛,简直想像猫一样打呼噜。

"我真不想说,可是必须告诉你。"卫葑喃喃地说,把雪妍两只手都放在唇边。对着妻子无限信任的目光,他心中充满了柔情和歉意。妻子对于他,像水晶般透明,看得出每一根神经上颤动着对他的爱,可是他不能把他的一切都告诉她。他有较诸爱情、家庭、学问都更高一层的事业,他以为那是极神圣的,关系到全人类的幸福和进步。

"你明天就走?"雪妍明亮的眼睛里透露出信任、理解和淡淡的哀伤。

卫葑能说的也只是这日期了。"那还不至于,可以留一星期。可是事情发展很难说,也许要提前。"他沉吟着,"我一定来接你。"

"什么时候?"雪妍的笑容充满着希望。

什么时候?卫葑不能回答。他把那柔嫩的指尖抵住自己的嘴。

"我们不能一起走吗?"雪妍在乞求,"我不会拖累你,还会照顾你。不信吗?"

"不信。"卫葑顽皮地说,"我怕你把饭烧糊了,不好吃。"

"我想一锅饭总不能全都烧糊,"雪妍思索着说,"我吃糊的,把不糊的留给你。"

雪妍的神气那样认真,卫葑觉得心头汹涌着柔情,把他们两个一起漂起。

有人敲门。"小姐,太太请您去。"是阿胜的声音。房里没有回答,她又说:"缪太太,还有几位太太来了。"

雪妍仍不答,只望着葑,等到他放开手,才慢慢说:"我就来。"

"这位舅公近来有什么活动?"卫葑代雪妍理着稍乱的鬓发。

"他们家也在德国医院住了一阵。他倒是很照应我们。现在想来是每天研究佛经吧。"雪妍微笑着向卫葑脸上猛然一啄,"对不起,请一会儿假。"便轻捷地滑走了。

卫葑从未独自留在这房间里,也从未好好看过这里的陈设。这时他漫不经心地在里外两间踱步,沉浸在无边的幸福和极大的苦恼中。幸福和苦恼都使他激动而且沉重。雪妍对他真诚的爱使他有时简直觉得消受不起。而他不能用全部生命来回报,甚至不能说明这一点,简直有些欺骗的意味。他不能告诉她他的活动,深夜的会议,隐蔽地收听记录延安广播,秘密送往各有影响的教授家里。他不能告诉她他实际的去向,他并不往长沙,而是先到苏区,他的道路是艰险的。他怎能保证她的幸福?他能不能兑现自己的诺言来接她还是问题。

怎么会娶了雪妍?卫葑回想这表面上极美满的婚姻。目光落在卧房中小螺钿桌上,桌上有一个带搭扣的秋香色软麂皮本子。昨天晚上,雪妍曾对他说起这本子。她略偏着头,两手把本子捧在胸前,微笑着对他说:"这是我的灵魂。"随即扑到他怀中,说:"都属于你。""是日记?""日记。"卫葑眼前浮现出她捧着这本子的模样,几乎是虔诚的。他体会到,她也许希望他看一看,因为她愿意把每个细胞都交给他,而言语有时不够灵便。

卫葑在螺钿桌前站了一会儿,郑重地掀开这本子,第一页上写着"我的新生"。原来这日记是从她一年前第一次看见卫葑开始记的。

卫葑踌躇了一下,又掀过一页,这一页有讲究的凸出的花纹,上面放着一张小纸条,写着"献给我亲爱的丈夫,让它永远追随你,陪伴你。"雪妍知道自己不能追随丈夫,陪伴他,所以嘱托日记本了。

卫萚的手有些发颤，慢慢又掀了一页。

1936年7月12日　星期一

今天真是个奇怪的日子！

放暑假已两天了。爸爸早就说要到香山小住，今天全家来到这座小楼。我本来要和同学看电影，还要到澹台玹家去，想明天来，但是他们要今天来，就来了。

卫萚看见这本称为"新生"的日记最先出现的名字竟是澹台玹，不禁诧异。

这里真比城里凉快多了。这么绿！我喜欢这绿色，只是知了叫得这么响，很烦人。

午睡很长，妈妈说睡糊涂了——当然说的是爸爸。我要的刨冰是从香山饭店取来的。

她是不是在拖延，怕写出那最重要的事？先记一个澹台玹，又记下刨冰。

刨冰上有一颗大樱桃。我正要吃这颗樱桃时，孟先生一家来了。说他们一家不大对，没有孟峨，而有一位亲戚。这位亲戚是一位年轻潇洒的学生，在明仑大学物理系做研究生。

他的名字是卫萚。我不知道"萚"是什么意思。我觉得他整个人像在一个光圈里，把房间都照亮了。

卫萚微笑，我以孟家亲戚、潇洒的研究生的面目出现了。

我站起来，把刨冰撞翻了。那桌子摆得不对。我赶快上楼换衣服。孟嵋跟了上来，小姑娘极伶俐，絮絮地说着她学校里的事。我很想听，可是都没听见。带的衣服太少了，简直没有可挑拣的。还是嵋替我决定，选了那条有点发亮的淡黄色裙子，那颜色在绿树的背景上很好看。

他对我微笑。"听说凌小姐是心理系学生,为什么学心理?"

我能告诉他我也不知道吗?其实学什么都一样,我不想太费精神,而一个大学毕业的头衔对小姐们是很必要的。"我喜欢。"我这样说。

他似乎也喜欢这样的回答。

卫葑努力回想。是的,他记得那条淡黄色的裙子,但是对穿裙子的人并无很深印象,他心中有些歉然。

他们没有停留多久,便要回明仑。卫葑说后天他还要来香山,想安静地准备论文。问他住哪儿,说在山下,租的房子。孟伯母说那儿不管伙食。我忽然对妈妈说:"请卫先生住在我们这里好不好?我们这里很方便。"大家都有些意外的样子。孟伯母最先笑着说,本来你们这儿多的是房子,该给人方便。爸爸妈妈不知说了句什么。妈妈认真地看看我。

他先有些踟蹰,看着孟先生,后来答应来。

我真庆幸今天来香山。

其实她该晚一天去的。她会找到比我更能保证她幸福的人。

1936 年 7 月 15 日　星期四

他来了。带着不少书,还带着他满身的光辉。他一进门,整个房子都亮了。这里树太多,房间里很阴暗。

妈妈安排他住楼下小房间。他关着门,吃饭时才出来,礼貌周到,只是和爸爸一样,有点心不在焉。

我在看一本英文小说,《小妇人》。我喜欢那三姑娘,娴静的、充满爱心的珮司。

下午约他去香山饭店游泳,那游泳池很大。他不去,说要念书,我和别的朋友去了。可是很没意思,沉在水里太凉,坐在池边又热。后来在廊子上吃冷饮,冷饮也不堪下咽。

他在做什么?

1936 年 7 月 20 日　星期一

晚饭后好几个朋友约去散步。他也去了。大家在说最近上演的《天空情侠》,都说好看极了。我懒得说话,他也不说话。后来有谁说起几个月前学生抬棺游行的事,他忽然说了一大篇话,说死者郭清是爱国学生,年轻人应该关心国家大事。有人悄悄问我他是不是政治系的,我暗自好笑。

他说的话都是对的。

认识他已八天了。应该说他是一个全面发展的人。他极聪明,他摆弄的那些公式我一点也不懂,他有一种范围很大的热情,他爱国!爸爸也爱国,只是爸爸似乎想不出该为国家做什么事。他这样漂亮,是我见到的世界上最漂亮的人。

他是我的理想,我的梦。

卫葑嘴边漾起一丝微笑,一丝含有苦意的微笑,他从此便陷入矛盾的混乱中了。他觉得雪妍很可爱,但只是可爱,像一朵花、一只鸟那样可爱,她决不是他恰当的伴侣。他的伴侣应是志同道合的同志而不是不谙世事的小姐。他劝过雪妍,尽可能描绘甚至夸大自己的缺点,但是都失败了。等到暑期过了,离开香山时,他们已经难舍难分。凌家人都把他看做未来的姑少爷,而他还在挣扎。

顺手翻,这一页上记录了他的挣扎。

1936 年 8 月 30 日　星期日

要开学了,我们明天回城。妈妈说他尽可住下去,他不肯,说早该走了。不懂他的意思。

　　天凉多了。今天清早我们往双清去,他叮嘱我加件外衣。两个月来,他一直很少正面看我。我一直怀疑他认不认得我。看来还是认得的。

　　他的脸色很阴沉,近来常常这样。我想他和我一起时,不像我这样高兴。其实我也不是高兴,只是心甘情愿,毫无道理的心甘情愿。

　　沿路有各种不知名的野花,他不时摘一朵给我。有一次递花时竟看我,先是长长的叹息,然后说:"你听过这话吗?华北之大,摆不下一张书桌。"我难道是傻瓜吗?一点国家大事都不知道吗?他微笑。我想问他,是不是和我散步浪费了他的爱国时间。但我忍住没说,那太没有礼貌了。

　　双清门前的台阶最有意思,上着上着,眼前忽然出现门中的大树,树下的池塘,塘边的小路。他慢慢说:"生活中也是一样,会忽然出现想不到的事。这门造得有趣。"我说:"没想到这里有门,可进不进来由你啊。"但这里并没有别的路,除非退回去。

　　"可是时光不能倒流。"他说。他难道也觉得已经印在心上的,是拂拭不去的吗?

卫萯掩住日记本,回想去年的挣扎。他一月份参加抗日宣传团,随即参加中华民族解放先锋队,二月加入共产主义青年团,六月转为共产党员。他以为无论有多少条性命奉献给事业都是不够的,不曾想过要匀出一点来。可是雪妍闯进来了,她的柔情像一面密织的网,把他笼罩住了。他想挣扎出来,开学以后决定不进城,不进城却忍不住天天打电话,有一次通话一小时四十分,只好自己取消了对自己的禁令。可是还不肯心甘情愿,要折磨雪妍和自己。

　　掀开日记本,已是白雪皑皑的冬天了。

1936年12月23日　星期三

　　他今天对我说,他不想结婚,他这样的人不该结婚。我不知道该怎样对答。他是在警告我,我们的关系不能再发展了。总觉得他的话没有全说出来。很想问他,是他根本认为不该结婚,还是认为不该和我结婚。话到口边,又咽住了。我怎敢问什么结婚不结婚呢!

　　我们在起士林吃西餐,他的神色严肃,太严肃了。我很委屈,眼泪都滴到汤盆里了,只好尽量埋着头。他看见了,但不看我,自己只管摆弄刀叉。过了一会儿,问我这几天上的什么课,口气像是一个教导主任,我也回答不出。走出东安市场时,我要他一起回家坐一会儿。他不肯,说有事,自往灯市口那边走去了。我忽然发现正下着雪。他急急地走着,满天的雪花向着他缓缓地飘落。我坐在汽车里看着,想追上去,随他要上哪儿,便送他去,但我没有。雪花渐渐遮没了他的身影。我只好回家。

　　有一种没有着落的感觉,我好孤单! 该怎样对妈妈说? 妈妈会不会看不起我!

　　底下是一片模糊的墨迹,显然是泪痕。若是事情就此了结,还是雪妍之福了。他是打算结束这关系的,五叔五婶都提醒过,这样等于是在戏弄雪妍的感情,也是戏弄自己的感情。他屡次下狠心,到这天才做出这样委婉的暗示。可是其效果只是几天不通电话。他没有想到自己会这样思念雪妍。她那小傻瓜的脑袋里有那么多聪明的见解。譬如说,她觉得蝴蝶花像个滑稽的面具,他就看不出来。她那纤细的身躯里有那么多足以支持他的力量,无论是政治的或物理的繁乱,都会在她身边宁静下来,理出头绪。断了和她的联系,好像断了水源,他觉得一下子变痴呆了。庄先生都很惊异他的变化。庄先生一直劝他听从自己的心,这时他似乎知道自己的心了。恰在这时,一位领导他工作的同志老沈约他见面,专门谈他的恋爱问题。说是需要加强上层关系,可以考虑这样的婚姻。

他决定了。决定以后忽然又迟疑,怕雪妍家里不同意。他从未认真想过凌京尧夫妇的态度。认真想想,觉得他们很可能看出这本是不相配的。他应该先得到她父母的许可。记得是今年旧历正月初二,他去凌家,大客厅里很多客人,他把京尧找出来,两人在书房坐。京尧听他讲话,还以为讲的是一出戏,后来忽然明白,跳起来拍着他的肩,一连声说好孩子好孩子!他说还要问蘅芬的意见——忘记当时怎样称呼她了。京尧很有权威地说,没问题没问题。

接下来的日子是春天,怎样的春天啊!

翻开下一页的日记,他怔住了。

1936 年 12 月 25 日　星期五

　　昨天是 Christmas Eve,妈妈请了许多客人,也有不少我的同学,我下去略作应酬便回房了。她们没有我也会高兴地玩,而我怎么也打不起精神,因为没有卫葑。没有他的世界,还算得是个世界吗!

　　我在阳台上站了许久,北风吹得紧,半个冰冷的月亮,照着冰冷的大地。我想得很多。夜深时,妈妈到我房里,她知道是怎么回事。她劝我说世上好人多得很,我年轻,可挑选的机会很多,何必为一个人这样烦恼。我想我不应该使爸爸妈妈担忧,便把我的打算说出来。

　　我要进修道院去。妈妈听了大吃一惊,一把抱住我,泪如泉涌。我没想到有这么严重。我愿意进修道院,像学校里的嬷嬷那样,侍奉天主,平静地过一生。这很简单,也很幸福。

卫葑从不知道她竟有这样打算。他心头发颤,继续看下去。

后来妈妈说,她要去问他,请他来求婚。我不高兴。我情愿做修女,也不肯去问他。他其实已经说过了,他不想结婚。他生命的首要目的是他的事业,我懂。但我会妨碍他吗?我的每一个细胞都会为你焚烧,哪怕只得到你一个微笑然后化为灰烬!

谁能帮助我呢?天主?他在哪里?

底下又是模糊一片。卫葑忍不住把本子紧紧抱在胸前。这时一只柔软的手搭在他肩上,他伸手抓住,放下日记本,抱住写日记的人。

"我怎么承受得起!"卫葑喃喃地说。

"我急着跑回来。你看了?"雪妍略带娇嗔地问。

卫葑直看着妻子温柔的、充满无限感情的眼睛,轻轻叹息。

"不要求你告诉我什么。"雪妍眼圈微湿,娇艳的粉红直延到光润的腮边。她当然很想知道丈夫的一切,但她更尊重丈夫的意愿。

"最难得的小妻子。"卫葑拭去粉红面颊上的一滴泪,"那些太太们有什么事?"他不经意地问。

"又要打麻将。我劝妈妈不要打,妈妈不听,怕得罪人。"

"你不怕得罪人?"

"我只怕得罪你。"

紧紧抱住这小傻瓜!愿时间永远停留在这一刹那!

三

过了几天,凌京尧在小起居室里喝茶,一杯又一杯。他经常喝红茶,加一点牛奶和蜂蜜。茶是普通的祁门红茶,蜂蜜是凌家西山老佃户送来的自养自割的蜜,看上去滑腻透明,有些像猪油。这蜂蜜来自老尚书的关系,和岳家绝无关连。京尧本不喜甜食,却总要在茶里放一点蜜,那似乎是独立的象征。他前几年和梨园界来往密切,随着几位瘾君子,染过芙蓉癖,倒是及时戒掉了。这时他端着茶杯在幻想中漂浮,心中感到十分苦涩,很想抽上一口。阿胜来收拾房间,他就逃似的到阳台上坐。地锦和牵牛花从玲珑的格子上爬过来,成为一个滋润的绿帐。这绿帐能挡住八月的骄阳,却挡不住时代的暴风雨和心中的波涛。

楼下的听差来报,缪老爷来了,太太说请小姐也去见见。京尧只管坐着,没有下楼之意。一会儿,听差又来传太太的话,问老爷是不是还没有起来。京尧皱眉盯着听差看,听差还以为自己脸上出了什么毛病。又过了一会儿,京尧才下楼去。

凌、岳家客厅很大。当中摆着一套红木家具,雕镂极工。西头是维多利亚式沙发。一架三角钢琴,亮锃锃摆在当地,很少人弹。客人来都在东头,东头陈设随季节而变,现时是全套藤椅竹榻,件件都是艺术品。艺术品上坐着缪东惠,他身着莹白纱褂,面色和衣色差不多,那风度气概,也像是件艺术品。薇芬和雪妍坐在她们常坐的两个椭圆靠背藤椅上。薇芬是全神贯注,雪妍是心不在焉。

"听说国军撤退时,曾想把故宫付之一炬,是美国领事劝阻了。想想真有些后怕。"缪东惠对京尧微笑点头,继续说他的话,"北平生活秩序恢复得很快,现在几乎不觉得有什么影响。日本人办事还是有点办法。"他见京尧慢吞吞坐在对面椅上,便起身移坐到京尧旁边,带着推心置腹的神气说:"不管生活怎样,我们在这儿总是亡国之人,在人矮檐之下。想走,是一个中国人的正当愿望。可是我说,像我们这样的人,走,有两不可;不走,有三大利。"

京尧转脸看着他虽已进入老年仍很清秀的脸,心想:倒要听听高见!

"我们这样的人一个特点是养尊处优惯了,且不说以后要怎样好的生活,起码总得活下去吧?现在不说别人,单说你。你想投奔南京,自然出自一腔爱国热情,可是留下的人,北平几十万老百姓就不爱国吗?孟弗之他们走是因为明仑搬迁。你的益仁没有搬迁,还要在北平办下去,九月份就要开学,办下去也不容易,你该在这儿尽一份力,而不是逃之夭夭。这是一。听说孟弗之答应聘你。孟弗之的政治倾向你总该知道,为什么他没有当上明仑校长?他左倾!"东惠见京尧等三人都为之一震,微笑着停了一下,让他们平静下来,"这点大家都知道,虽然他的色彩不大鲜明。你靠他,很危险,不要说生活不能保证,未必没有性命之忧啊。此其二。三大利中最主要一点我已经说过多次,任何地方没有北平安全。这样的文化古都应该属于全人类。"

"可是人家要把我们从人类中消灭。"京尧机械地说。

"那是宣传。"缪东惠居高临下地一笑,"他们必须团结我们,才能站住脚。"

典型的汉奸论调!京尧暗想。但他觉得缪七舅的话里也有真实的道理,只是他来不及仔细想。

缪东惠又说:"昨天新市长来电话了,说想让我还挂副市长的名。那是伪职,我不干。他说名可以虚,希望我协助做点事。现在北平需要安定繁荣,想让我们帮助演一场戏。"

"现在演戏太早了吧?"京尧冷笑说,"习惯新处境,也得给点时间。"

"眼看天就凉了。先筹备着,也不是说演就演。"蘅芬小心地看看舅父又看看丈夫。

"后庭花又添几种,把俺胡撮弄,对寒风雪海冰山,苦陪觞咏。"

东惠吟罢,微叹一声,停了停又说,"这样活跃一下,对北平人有好处。"

"眼看他起朱楼,眼看他宴宾客,眼看他楼塌了。——残山梦最真,旧境丢难掉,不信这舆图换稿。"京尧对演戏很不以为然,随即想起《桃花扇》的词句,甚觉悲凉。他用手击节,慢慢吟着"不信这舆图换稿",渐渐自己奇怪起来。他有一种馋的感觉,像想吃好食物一样想看戏,京戏昆曲话剧什么都好。只要看一看舞台,看一看大幕,看一看大幕徐徐打开,他就能沉浸在儿童的纯真的喜悦里。已经快五十天没有看戏了,他是怎么活过来的!

"既已经舆图换稿,何苦要唱后庭花?"雪妍细声说。

"吐不尽鹃血满胸,吐不尽鹃血满胸。"缪东惠没有注意雪妍,仍低吟着,轻轻一拍藤椅扶手。"这样一办,也许能救几条性命。"他放低了声音,"日军进城驻守后,捕人多矣,据说都是共产党。还要大张旗鼓地抓呢。"

凌家三人,都不觉得自己和共产党有什么关系,但还是有不同程度的反感。

"凭什么抓人!"雪妍自语。

蕙芬猛省地说:"街道上让烧书呢,查出有一点反日嫌疑的,全家有罪。七舅,我们也得烧吧?"

缪东惠忙说:"当然了,我那儿也在清理。不见得来查我们,可也得准备。"他忽然不安起来,"你们清理吧。京尧想想那场戏,你懂行,准能办得不差。"

临走时他邀凌家下周去吃饭。还问卫莳在家不在,邀他也去。

蕙芬抢着说:"他出门去了,要不然就来见舅公了。舅公家里一定要去的。"

缪东惠满意地走了。凌家人看他上了车,连蕙芬也透了一口气。

京尧给打发到书房。他的书房很大,四排讲究的玻璃书柜,装满了书,这些书排列整齐,但实际上并无秩序。他买书很随便,看却懒得。他很喜欢梅里美的小说,一套装帧精美的全集,倒是都看了,而且下决心要翻译。一篇《伊尔的美神》译了两年,还未竣稿。此时要他来理这些书,选出哪些该毁去,真比大力神赫克利斯清理马厩的任务还艰巨。他很想躲在角落里细细吟咏《桃花扇》,但不知这书在何处。随手打开一个书柜,拿起一本《泰绮思》,便坐在沙发上看起来。这本看过不知多少遍的书,这时不知为什么,竟看不懂。

忽然一阵低语声。他抬起头,见雪妍和卫葑双双站在面前。

"我想应该来帮帮爸爸。"卫葑亲切地说,"外文书是不是先不用理?最要紧的是事变前后的报纸杂志。"

雪妍已经在乱堆着的报刊旁翻着。她是卫葑的应声虫,凡是丈夫说的她都乐意做,而且有一种完满的幸福感,似乎她和丈夫合为一体了。

京尧只笑笑,放回《泰绮思》,顺手又拿起一本《微妙声》,那是一本佛学刊物。"这个当然无问题了。"他向卫葑举一举,又换了一本莫里哀,怅然看着。他译过诗体喜剧《冒失鬼》,从头到尾,可是没有上演过。因为是外文书,忙又放下,再拿起的是一本《东方》杂志,随便翻着,表示他同意卫葑的意见。

卫葑觉得很沉重。雪妍那发光的脸儿使他的心发痛,京尧那无所谓的神情使他很不安。这些和时代不调和的东西意味着更大的灾难。

"为人道为正义为自由为和平而牺牲,在所不惜!"雪妍朗朗地大声念,"这是北大全体教授的坚决抗日的公开信。还有学生团体致南京电:应即停止交涉,动员全国力量,驱逐在华所有日军,保我疆域,光复河山。华北青年敬候差遣！还有呢,"她兴奋地念下去,"几位知名教授致蒋委员长电:危机一发,不能坐以待毙！有五叔签名。"她给卫葑一个微笑,"这是社评:时局已到最后关头,现在是我们准备牺牲的时候了！"

"我记得,这都是二十八日的报。"卫葑说,"二十九日撤军。"

"这几位先生不知走了没有？"京尧忽然抬头问。

"应该都走了。会有什么危险吗？"

"刚刚缪公说要大捕共产党,其实是要镇压一下抗日力量。我看不一定是共产党才抗日。"

"当然。"卫葑平静地说,"有什么具体计划吗？"

"他不见得知道,知道也不会说。"京尧又低头看书。

"他说的是好像这几天内要往西山行动。"雪妍轻声说。

卫葑好像没有听见,仍在搬动书籍。这时蘅芬来视察,神色不悦,说是厨房禀报,今天市场上鱼虾俱无,全部拿去劳军了。

"人家打你,你还得慰劳人家。这就是亡国奴的逻辑！"京尧把《东方》杂志一扔,大声说。

"妈妈来,好极了。"卫葑说,"这些报刊都让听差烧了得了。雪妍都成了小泥人了。"雪妍娇嫩的脸儿上透出些细细的汗珠,愈显红白,离小泥人还差得远。"我得上楼去一下。"他看了雪妍一眼,两人离开了书房。

在楼梯上,卫葑轻声说:"我得去看看庄师母。"

"你不是说这几天不出门吗？"

"一会儿就回来。"他从卧室取了那件银灰纱衫,搭在手中,在雪妍鬓边亲了一下,走出房门。到楼梯边忍不住又折回来,见雪妍仍站在当地。雪妍立刻扑到他怀中哭了。

"我一会儿就回来。"卫葑说,"别哭,别哭。"

他走出屋子,从花园里走过,仰头见雪妍在阳台上看着他,泪痕中勉强显出笑容。"葑!葑!"她很少这样大声嚷嚷。

葑摇摇手,示意她进房去,随即大踏步走了。

卫葑走出东总布胡同,见几辆人力车停在街上。车夫们蹲在很窄的阴凉处无精打采地用手巾擦汗,他才想到已近正午。街角的小杂货铺还未开门,他是街上唯一的行人,火辣辣的阳光和车夫们的目光都集中在他身上。

"您上哪儿?""西边不去。"有的车夫已看出他是西郊学校中人了。

目的地是东四钱粮胡同,乘电车快,但电车行驶还不正常。他决定坐人力车,只让车拉到东四。车从南小街过去,一路只有几个警察在街上走。九城十二门三千六百条胡同都毫无抵抗地暴晒在阳光中。浅蓝布车篷下的一点阴凉使得卫葑非常不安。车夫吃力地跑,汗水从古铜色的赤背上流下来。

"您是明仑大学的?"车夫慢下来,找话说,"一眼就能看出来,我原来专拉西边城外的座儿。"

卫葑恨不得一步跨到老沈住处,同时又对拉车人满怀歉意。他主张废除人力车,但他也常坐,因为没有更合适的交通工具。

"这几天座儿不多吧?"他问,"够吃吗?"

"一天奔一天的嚼谷儿。"车夫把车放平了,"肚子能大能小,就是苦了孩子们——这不过刚开个头儿罢了。"

车快到东四牌楼,正有一辆电车摇摇晃晃驶过,车轮碰着铁轨,发出异乎寻常的响声。"要是从东单坐电车就快多了。"卫葑想,招呼车夫把车放在路边。卫葑掏出几张毛票塞过去,转身就走。

"谢您哪!"车夫大声说。

卫葑摆摆手,大步走去。他想跑步,但克制住了,走得比平时还慢。街上铺面大都开着,顾客寥寥可数。"不知老沈在不在。"他思忖,暗自希望老沈已经离开。他们对于逮捕早有准备,但没有料到来得这样快。忽然一阵整齐沉重的脚步声从背后传来,他回头,看见一队荷枪的日本兵正穿过东四牌楼,向北前进。这是午间巡逻。这些前些年修缮过的牌楼彩绘辉煌,现在从这辉煌里,正在慢慢吐出一条毒蛇。

卫葑觉得头晕,忙转进一条胡同。不时回头,见刺刀一闪一闪,从胡同口过去了。仔细看周围,知是隆福寺。"无怪乎洋车不愿意走大街。"他想。他没有穿小胡同的本事,只好仍退出来,走到钱粮胡同时,大褂后背都湿透了。

老沈的住处是一所普通四合院,像当时所有北平城的住户一样,大门紧闭。卫葑拉那旧拉铃。半响,门开了一条缝,露出半张枯皱的脸,这是那位老房东。他认得卫葑,还是用一只眼睛上下打量,然后递出一本书,轻声说:"二十九页。"便关了门。

卫葑紧紧拿着书走开了,看那书,是一本旧《花月痕》。老沈那里大概已受到注意。他只作若无其事的样子走着,看看街上还是空荡荡,不像有人跟踪,渐渐定下心来。正好路边有一个公厕,便走进去,见没有人,遂翻书来看。二十九页上端空白处,用铅笔写着"速走"两字,是老沈的笔迹。字下画一圆圈,分出三个箭头写着A.B.C.。这些字迹都很淡,却重重地撞进他心里。他迅速地撕下这一页,着细撕碎有字迹的地方,扔在坑里。

他不敢停留,顺着地安门大街往北走。他没有目的,只知道不能回家。走到后门桥信步向西拐,到得什刹海旁。湖面水汽氤氲中透出几枝垂着头的荷叶,堤岸上柳丝也懒洋洋垂着。路上有几个人走动,都是懒洋洋的。他也尽力放慢脚步,想从纷乱的心绪中理出个头绪来。

他有一个任务:通知 ABC 中的任何一人停止近期的一次会议,然后自己立刻离开北平。三个人,一个在南城,两个在西郊。若到南城,可照原来计划乘火车,若到西郊,怎样去法?老沈安全吗?别的同志安全吗?他在学生运动中,是有勇有谋的人物,这时他感到紧张不安。反对政府当局,终究是中国人自己家里的事,斗争再严酷,他没有断过和组织的联系。现在他孤身一人,要对付凶残强大的日本侵略者。雪妍家会受牵连吗?有那缪老儿,总可以过得去。

他决定还是乘火车时,发现已走上什刹海西堤。这里夏日的集市已中断了一个多月,现在又有些吃食玩物摊子,只是稀稀落落。一个耍猴儿的拉着个戴鬼脸的猴儿走圈子,走到一个箱子前,那猴儿自己探爪取出另一个面具换上,再接着走圈子。耍猴人不像平常一样敲锣助兴,只是机械地行动。一个七八岁满脸泥迹的男孩伸着一顶旧帽子要钱。

"你真慷慨!"他听见一句英文,抬头,见一个苗条女郎正把一张钞票扔到帽子里。再看时,是澹台玹,旁边站着她的美国朋友麦保罗。

"哈啰!"玹子从眼角看见他了,高兴地走过来,"你怎么有兴致来这里?一个人?太太呢?"她不说凌雪妍,听起来有点讽刺意味。卫葑不知道有什么好讽刺的,只机械地和麦保罗招呼。

"我们出来走走,简直没什么可玩的。"玹子抱怨地说,又好奇地盯着卫葑,"真的,你怎么上这儿来,不上我们那儿去?"

"随便走走。"卫葑淡淡地说,"你们不怕热?"

"我们打赌,"麦保罗说,"我说这儿又摆起摊子了,玹子不信,立刻出来看看。"

　　"可现在也没有什么好赌的。"玹子的目光溜过路旁稀落的摊子。到了八月下旬,鲜碗儿也不那么鲜了,但摊头还摆着。剥好的莲子、菱角等放在碎冰上,玹子不屑一顾,只往前走。卫葑也随着。前面是什刹海有名的饭馆会贤堂了,忽然一面鲜红的太阳旗撞入眼帘。卫葑跟跄了一下,玹子和麦保罗也停住脚步。

　　"都是日本人的了!"玹子冷笑说。麦保罗同情地看看这两个中国人。卫葑恨不得跳上去把那旗扯下来撕碎,放在脚下踩!他觉得真该马上走,马上离开北平!

　　玹子的目光从太阳旗移到卫葑身上,她感到身边有波涛在翻腾。"怎么样?卫先生!上我们家坐坐?"口气带几分调皮,目光表达了真诚的邀请,她看出来卫葑需要休息和镇定。

　　不能去。卫葑想,一面警觉地走开。三个人站在那儿瞪着太阳旗,太危险了。玹子和保罗不由得也跟着走,慢慢走到堤边树阴下,周围没有人。

　　卫葑站住了,忽然问道:"保罗有车吗?"

　　"有啊。"玹子抢着答,"停在家门口。"

　　"送我一趟好吗?"

　　"当然可以。"保罗高兴地说,"上哪儿?"

　　"出西直门。"卫葑说得很干脆,但心里还是不知这决定是否正确。

　　保罗看着他:"回明仑吗?"卫葑也看着他,没有回答。

　　"咱们上颐和园吧!"玹子忽然兴高采烈。她知道卫葑素来关心政治,积极参加学生运动,现在可能遇到麻烦。"我想看看颐和园。"

卫葑睁大眼睛看着玹子。ABC中的一人就在颐和园管理处工作,而她恰好替他说出来到颐和园。但他严肃地沉默着,不表示意见。保罗询问地看他,他才说:"如果你们都感兴趣,未尝不可。"三个人不约而同立刻拔脚往香粟斜街方向走去。

"不去看看三姨妈?"快到三号门前时,玹子又问。卫葑摇摇头。玹子自己也不进去,先钻进车里。

"好烫!"她坐下又弹起来,站不住又坐下,用小檀香扇急速地扇着自己。

卫葑和保罗各就各位,车子发动了。卫葑不由得回头看三号大门。这不是他的家,但这里面住着他敬爱的老人和长辈,他关心的表弟妹们,他的生活从小便和他们纠缠在一起,离开也这样轻易!这时他的心大大颤抖了一下,雪妍在阳台上的身影化了开来,遮住了一切。若说轻易,连雪妍,他的新婚的娇妻,也能就这样轻易地离开吗?

"我好难啊!我好难啊!"他的心呻吟着。

"你拿的什么书?"车子开过北海后门,坐在前座的玹子回头问。

"《花月痕》。"卫葑把书一举,"翻翻里面的诗词。"他想不出更好的理由。

"要是你现在不看,不妨放在车座下面。"保罗一面开车,一面说。

卫葑掀起旁边的座位,把书放进去。

"好。"保罗说,"那些诗词,我永远看不懂。"

车过西直门,居然没有盘查,顺利地出了城。车子转眼过了高亮桥,向湖台镇驶去。三人不约而同都出了一口长气。

"我想你决定走西直门是对的。"保罗说,"车站要盘查的,好像就是从今天起。"

"你们看出来我要离开了?"卫葑微笑,口气很轻松,"不过幸亏遇见你们。"

"幸亏遇见你,"玹子笑道,"才想起来逛颐和园。"

"我们大概是事变后最早的游客。"保罗慢吞吞地说。

路上车和人都少,保罗的技术又好,工夫不大,车子到了圆明园废园边,这里往右可达明仑大学,往左通往颐和园。保罗放慢速度,回头询问地看了卫葑一眼。

"学校不能去。"卫葑把头向左略侧,"这就叫有家归不得!"

"最远只能到颐和园,不能再往西开了。"保罗说明。

"那就可以。"卫葑已经胸有成竹。只要找到颐和园里那个民先队员,通知过他,就可以越过西山,到冀北根据地。

他们在扇面殿小院里分手。玹子从她的镂空白皮手袋里拿出所有的钱,塞给卫葑。卫葑接下了。

"后会有期。"他说,"麻烦你回去后给雪妍打个电话。"

"说什么?"玹子认真地问。

"就说你遇到的这一切。"卫葑觉得心里有什么东西往外涌,什么时候能不凭借他人把心里话告诉雪妍?他不想凭借他人说什么。

"好。"玹子忽然眼圈红了,"我会去看她。"

"还请和五叔五婶说一声。"卫葑看着眼前的玹子,觉得她就是他的亲人的代表,就是他的北平的代表。他就要离开这一切了,他怎么舍得!

保罗伸出手来,严肃地说:"祝你顺利。"

"谢谢你,我会记住你的好心。"

保罗示意玹子离开。他们往院门外走去,穿过大藤萝架,不见了。

绿色的小院里只有寂静的画面,没有活物,蝉也没有鸣叫。卫蓒不由自主地跪下来,亲吻那细草茸茸的土地。我的爱人!我的家!我的实验室!我的北平城!我会再回来的!

没有寄出的信

我渴望能不凭借他人告诉你心里话,雪雪,我的爱妻！我有千言万语,可就是到得你身边,拥着你,抱着你,也不能倾心吐胆,把话说尽。我反复咀嚼一封信,一封写给爱妻的信,它坠得我的心像个铅块。可我知道,这是一封永远发不出的信。

我们是夫妻,我们是一体。我们彼此恰是找对了的那一半,一点没有错。但我不能全属于你,我没有这个权利。我只能离开你,让你丢失丈夫,让你孤独,让你哭泣！我必须这样做,因为我们生在这样的时代！

你日记中记下了我们初识的那一天。当时我似乎是专心念书的物理系研究生,其实那时我已不专心于物理了。敌人的枪口对着我们,早连摆一张书桌的地方都没有了啊！我长久不只关心书桌,也在琢磨怎样对付敌人的枪口了。你后悔认识我吗？我的雪雪！

现在我已经过了封锁线,平安地在一家农舍中等待新的行程。请放心,我是平安的。知道自己平安,真让人高兴啊！我立刻希望你也在我身边,但我只能在心里写信,写一封没有字迹的信。

眼前是北方农村夏夜。我在炕上坐定下来,不由得回想过去的路,回想怎样会到这里来,心里充满一种悲壮的情绪。我是否把自己看得太重？这里有人说青年学生太罗曼蒂克了,要实际些。

一九三五年秋天和冬天,是我人生中的一个转折点,也是我们这一代许多人的转折点。明仑一、二年级有军训,军训中有一项马术,自愿报名参加。我们有几个研究生也参加了,和一、二年级本科生一起,学骑马。马跑起来真痛快!只有学过才能那样跑,就像学会游泳才能在水里悠然自得一样。我们还学了马慢跑时跳上跳下,达到一个"骑兵"的水平。教骑马的是二十九军一位王连长,他总是低声说:"学好了,有一天会用上!谁知道什么时候!"这是一个三个月的训练班,可是在还差一个星期结业时,王连长忽然宣布,他明天就不来了。

同学们很惊讶。王连长只说:"这是学校决定的。学校取消军训了,也是不得已啊!"原来这些活动违反《何梅协定》,即华北不设防的规定!想想看,在我们中国自己的国土上,我们没有怎样做一个中国人的自由,没有军训的自由,甚至没有骑马的自由!

王连长带着马匹出西校门,沿着白杨萧萧的不平整的道路走远了,蹄声是缓慢的,依恋的,他们再也不能到学校来了。我们自发地站在校门两旁,好几个同学泪在眼睛里转。我本来是为骑马,这时却并非为留恋骑马而望着远去的马匹。我们中国人,是像那些马匹一样,受人驱使的。

因为我们生长富裕之家,衣食、学业未受乱世影响,觉悟要慢一些。到"一二·九"运动时,我已经明白更多的道理。我明白再继续让日寇蚕食只有亡国灭种!我明白爱国无罪!我们要让政府知道!我们要求抗日!

这些其实你早都知道了。现在我眼前总不时出现倾听时的你,温柔的、专注的、带点伤感神色的你,让我感动。你现在做什么?独对孤灯?倚栏望月?千万千万不要哭啊,我的雪雪!

十二月九号和十二月十六月号的游行,教育了不少人。奇怪得很,二十世纪以来,中国历史的发展是以学生运动为标志的。五四运动开创了新文化的新纪元。"一二·九"运动一年半之后,开始了全面抗战。以后还不知会有多少次学生运动来促进历史的进程。

人在世上,常不免感到孤独,因为每个人的精神世界里,总有不能与人分担的东西。就是在集体中,也不能完全融进。这是知识分子的毛病?在我二十五年的人生岁月中,有两次完全忘我,几乎达到神圣的境界。一次便是在游行中感到的。这么多拥有青春和未来的年轻人,融汇成无与伦比的力量!我们十数人一排,手臂挽住手臂,后面支撑着前面。军警算什么!刺刀算什么!这里没有一丝孤独的缝隙,一种巨大的精神力量充塞于天地之间。在冬日的田野上,在寒冷的晨光中,我们的脚步声很齐,嚓嚓地踏着残雪,觉得每走一步,对我们令人痛心的可怜的国家,都是抚慰,都是挽救!

十二月十六号那天,我们绕道再绕道,到西便门铁路门,我和十几个同学一起,用路边的枕木撞开铁门的时候,我的神圣感达到最高潮。我们喊着号子,一下又一下撞着,铁门终于开了!向后退了!露出一条缝!我们抱着沉重的枕木欢呼起来!简直像是撞开了反动统治的铁门,撞开了封锁着民族心智的铁门!

为什么这些场面占据了我的回忆?因为那种纯真的感情后来减少多了,在许多具体的斗争中减少多了。尽管后来觉悟大大提高,加入民先,很快转为共产党员。在认识你的时候,我已经不只属于我,当然也就不能全属于你了。

至于另一次神圣的感觉,是在和庄先生做完那实验时感到的。那只是一瞬间,因为我得赶快去安排有关抗日的事,没有时间品味那种喜悦。现在物理离我越来越远了。如果没有国家的独立,也谈不到科学发展。在这个世界上,我们首先得有生存的权利!

中国共产党能够领导我们的民族求生存,图富强。这是我的信念,我想以后可以向你说清。我曾希望我的妻也是同志,但那是理智上的。我有不少出色的女同志,却从没有想到要把命运和哪一位联系在一起。而你,我的雪雪,我怎样挣扎,也跳不出你的爱之网罗。你我恰好是彼此的那一半,在生活中却要分割开来,不通音信。我知道雪雪不会怪我,像你母亲怪爸爸那样,对吗?只是爸爸最好离开。如果我不是走得这样仓促,我会尽力劝他的。

对不起你,我的爱妻!我会写几个字,托人寄出,只不知何时能收到。

房东回来了,带来我们的组长。我们是编成组的。得开会了,我在想象中请你坐在一旁,参加我进入根据地的第一个会。

第 四 章

一

不知不觉间,夏天去了。天气像是冷热水没有搅匀,热气中渐渐渗入一股独立的凉意。什刹海黄昏的风送来清爽,但是会贤堂门前高悬的日本旗令人窒息。在什刹海边上不管哪个方向都很容易看到那红红的大圆点。它把施黛的远山、披云的弯月、澄明的湖水和高高低低的房屋都染上了一层血痕。店铺大都开张,真光、国泰等几个一级电影院陆续恢复了营业,贴出大幅好莱坞电影的广告,写着"哀感顽艳、风流浪漫"等大字。这一切都逃不脱那大红点的影子。行人在这影子里缓慢地走着,表面上是维持着北平人的习惯,但心里感到的是沉重,不是悠闲。

八月八日,蒋委员长发表告全体将士书说:"我们忍无可忍,退无可退了。我们要全国一致团结起来,与倭寇拼个你死我活。"

八月十三日,淞沪战争爆发。十四日,国民政府发表自卫抗战声明书,痛斥日本对中国之侵略,要实现天赋人权以自卫。许多人偷听了南京电台广播,记下了这些话。碧初也记了一份,用大字写了送给老太爷。

老人手颤颤地举着抄纸反复读,高兴得大滴眼泪落在胡子上,亮晶晶的,哽咽道:"这就是我们民族的转机了!"当时拿出几经修改的"还我河山"印章,另要了肥皂头,督促玮玮和小娃练习多遍,才刻在两块无人识得的黄色考究印石上。

后来又听说上海有一批老人请求成立老子军,赴前线杀敌。遂下令三号宅院内所有的人学习武术,自任教师,隔几天练一次。绛、碧二人特准免役,玹子常常旷课,峨根本不来,莲秀与吕贵堂父女不敢不参加。几个孩子很感兴趣,读书游戏再加上学拳,很快送走炎夏的威势。

九月上旬的一个清晨,这是北平市伪教育局经过一番努力,各中小学开学的日子。澹台玮推着自行车从香粟斜街三号的黑漆大门出来,纵身上车,不理刘凤才在后面"多加小心"的嘱咐,头也不回,脚随车蹬轻快地上下,转眼已到地安门。他从七月参加卫葑婚礼后就没出过大门,这时看见迎面而来的绿葱葱的景山,山上闪亮的亭子,熟悉的街道上不多的行人,心中充满喜悦。

玮玮像一个十三岁的正常男孩一样,热爱自己的学校、老师和同学、教室和操场。教室里的知识,操场上的游戏,老师的各种口头语,同学间的争吵都是那么有趣。平时假期里他们也总要到学校去几次的,今年很特别,整个假期都在家里。虽然有峘和小娃,他们可代替不了学校。爸爸走了,三姨父走了。家里没有爸爸,也很特别,但是总还有学校。日本人占领北平,能奈我玮玮何!玮玮想着,仔细看街上行人,一路倒是没有遇到一个日本人。他的车超过了飞奔的人力车和哐当作响的电车,到了灯市口,小燕子一般飞进学校大门。

同学来了不少,大家兴高采烈。"嘿!澹台玮!"不少人叫他,他也先嘿一声,叫许多人。可是在兴高采烈里总有点不寻常的东西,老师的表情更明显,像是在苦笑。他在操场边上遇见庄无因,两人都很高兴。他们不像女孩子那样见面时又笑又跳,只是互相嘿了一声,站住了。

庄无因比玮玮高一级,初三了。他们都参加军乐队,家里又认识,遂成了好朋友。

"孟灵已住在你们家?"庄无因第一句话便问。

玮玮觉得这话不准确,我们是两家在一起,不是谁住在谁家。而且我的家就是峨的家,峨的家也是我的家。不过他觉得这用不着解释纠正。

"他们从欧美同学会回来,一直在城里住。"玮玮说,"我们玩得很痛快,就是不准出门。"

"城里不如明仑好玩。"无因沉思地说,"我的爸爸走了。他在天津,不回家,近和远也差不多。"

"我的爸爸也走了,比三姨父先走。"玮玮说。

两个男孩骄傲又同情地对望着。

这时又有几个同学聚过来,说他们的父亲也走了。父亲们当然都是参加抗战去的。他们高兴地在操场上说着话走来走去,以为要举行开学典礼,半天还不见动静。

"回教室去!回教室去!"各班级任老师来招呼,"不举行开学典礼了,各班说说就行了。"大家很扫兴,赶快回到教室里。

玮玮的级任老师姓方,是位四十多岁慈祥的妇女。她等大家坐好了,半天不说话,厚镜片后面的眼睛望着教桌,不像平常那样亲切地在每个同学脸上抚一遍。教室气氛很沉重,最淘气的孩子也不敢动一动。

"校长说我们不举行开学典礼了。要说的话也还是以前说的。希望大家好好读书。知识,任何时候都需要。要特别通知大家的是,今天虽然开学,却不能发新书,因为,因为教科书要修改。"

同学间起了轻微的骚动。"干吗修改教科书?"大家交头接耳,但很快又安静下来,注意地看着老师。

"课程也有变动,究竟怎样变还不知道。一件事是肯定的,就是要加日语。"方老师努力说出这话,脸都紫了。她仍不敢抬头看学生,两手紧张地撑在教桌上,一反平时垂手自如的神态。她不知道该接着说什么,教室里一片沉默。

"老师!"忽然一个学生举手,这是澹台玮,他的象牙般的皮肤变红了,好看的嘴角轻轻颤动。不等老师说话,他便站起来说:"我不学日语。我还是学英语。"方老师还是不知怎样回答。又一个同学站起来说:"我也不学日语!"接着站起好几个学生,全班响起口号似的喊声:"我不学日语!"

方老师忙把两手举起,向下按着说:"请不要喊,请不要喊。"又放低了声音,"学校有日本督学。不得了,不得了啊!"她掏出手帕擦汗,又擦眼泪。刚拿下手帕,眼泪大滴大滴落在桌上,便用手帕擦桌子。"请守秩序。"她呜咽地说,"会惹祸的。"

同学对于惹祸没有概念,但哭泣的老师引起他们的同情和男子汉的责任感,教室里静下来。一个坐在前排的小个子开始哭了。

"别哭,别哭。"方老师叫着这学生的名字,几次努力还是说不出更多的话。她索性转过身,面对黑板站立,勉强克制自己。这时教室门开了,校长、教务主任陪着一个穿浅色西装的男子走进来。

这人显然是日本人了。是侵占了北平的日本人,是逼走了我们父兄的日本人,是来进行奴化教育的日本人。玮玮看着这人相当文雅的脸,觉得血直向头上涌。校长一进门,就站在方老师身边遮住她,很快讲起话来。

"同学们,这位三浦健郎先生是来教你们日语课的,他也要和你们做朋友。"校长咳了一声,"现在北平的日语教师还不多,我们是第一批开日语课的学校。三浦先生提议早点来认识你们。"他再想不出话讲,便伸手请日本人讲话。

日本人高兴地向前走了一步,用生硬的中国话说了一番,大意是:日本是个很小的国家,可是力量很大,和中国亲善的愿望很坚决。我知道,这是全北平最好的学校,学生都是聪明少年。诸位年轻朋友一定要学好日语,好一同合作。他并不趾高气扬,可是他深信自己国家的力量。骄傲的眼光直看着同学们,大有主人翁态度。

教室里死一般安静,同学都低着头。他看了一会儿,转身出了教室,校长等人也跟着出去。同学好半天还因为羞耻不愿抬头。

传来了方老师微弱的声音:"下课!"

大多数的班都没有到时间就下课了。校门口一反早上兴高采烈的气氛,人们不大说话,有些沮丧。一部分同学仍很高兴,因为日本人没有到他们班上去,还没有直接感到日本人的压力。

玮玮又遇见庄无因,两人都低着头不敢对望。无因打算上车了,又转过脸说:"我本来想和你一起去找嵋和小娃玩,现在不想去了。"玮玮点头。两人各自骑车回家。

到家时,刘凤才来接玮玮的车,一面笑道:"少爷和同学打架了?"玮玮也不理,径直到自己房里,把书包一摔,坐在椅上发呆。

绛初闻声而至,拿着一叠崭新的牛皮纸,预备包新书。见玮玮不高兴,忙拉着他的手问究竟。

"要加日语课了,今天日本人还来训话!"玮玮接过母亲手中的纸,"书还没发呢,说是要修改。"

绛初怔了一会儿,说:"不管加什么,学了总有用。你小孩子就管学习,别的事不用管。"

"嵋他们做什么呢?"

"公公给她和小娃上课,姐姐陪峨姐看榜去了。"绛初摸摸玮玮的头,肯定他只是心烦,又安慰两句。

玮玮说:"知道,您不用管我。"随手取了一本英文简写本《鲁滨孙漂流记》来看。

他的大地图没有了,书桌上空荡荡。挂在屋里的飞机模型还是只有左翼,这两个月他没有心思装。翻了两页书,见母亲悄悄走了,起身绕着模型转了一圈,心想要把它装好,却又坐下看书,看了几页又对着模型发呆。

过了一阵,门外窸窣有声。玮玮把窗上打皱褶的白纱帘拉开一点,见小娃胖胖的身躯伏在门边,便轻轻走过去猛地拉门。小娃连忙跳起,仰脸望着他笑。

"小侦探!怎么不进来?"玮玮说。

"不知道你在做什么,怕你作业还没做完。"小娃走进来,说:"嵋还在公公那儿背书呢。我先来了。"他进来就奔那一套大型积木,摆弄起来,一面说:"我也愿意上学,上学多好。"

玮玮的笑容一下子消失了。

小娃敏锐地感到玮玮哥不高兴,便不说话,过了一阵才慢慢问:"学校怎么了?玮玮哥,老师罚你了吗?我们幼稚园的老师从来不骂人的。"

玮玮也拿起一块积木来搭,一面说:"老师没有罚我,老师很可怜——你不懂的。"

小娃垂了头,又一会儿,仍低着头说:"我懂。因为日本人来了,爹爹走了,我们回不了方壶,小狮子丢在那里了。"他说着,黑白分明的大眼睛里浮出了泪水,向玮玮一看,便滴滴答答流下来。

玮玮到盥洗间拿手巾,自己先用冷水擦了脸,出来让小娃擦净脸,想了一下,说:"爸爸和三姨父都不在家,我们不能哭。你背了什么书?"

小娃先听话地点点头,然后不无骄傲地说:"公公也叫我背《三字经》,和嵋一样,我比她少几句。"

"我上学看见庄无因了。"玮玮想起这高兴的事,"他说要来玩,还带无采。"

"庄哥哥什么时候来?"嵋的好听的声音飘过来,人出现在门口。她穿着红蓝方格短袄,上套白绒坎肩,颈上挂了一串乱七八糟不知什么东西,亮晶晶的,用手摆弄着,满脸笑意。"背完书了,公公叫你们去打拳。"

她的快活传染了玮玮和小娃,两人都不觉笑了。玮玮把日语课和鲁滨孙都抛在脑后,拉起小娃,三人向正院跑去。一面叽叽喳喳计划哪个星期日请庄家兄妹来玩。

正院里队伍已经摆开。老太爷自己站在阶下正中,左边是赵莲秀,右边是吕贵堂,前面是三个孩子,小娃居中。众人站好,老太爷四顾道:"香阁呢?怎么没来?"

"爷不用等她。"吕贵堂走上一步,想去催叫,见藤萝院中有人走来,便停住了。

香阁从廊子上跑下,赔笑说:"只顾抄稿子,让太爷等了。"她的长辫子向上束住,一件半旧绿花洋布短袄,很合身,十分利索。

老太爷赞许地点点头。他有重男轻女思想,对几个外孙女关照不多,却常看到香阁的好处。说她小小年纪,处处懂事,比小姐们强多了。在打拳的活动里,她也是高徒。

"两脚分开,略宽于肩。"老太爷发号令,然后大声念诵他自己编的几句口诀。"前三后三,还我河山。左七右七,恢复失地。一息尚存,此志不懈!"

老人颤巍巍的声音很有力,充满整个院子。然后大家小声复诵,因怕人听见,不能大声,这是绛初特别嘱咐的。

这一套少林拳法是老人年轻时所学。少林派起自明末,其戒约首则说,"肄习少林技术者,必须以恢复中国为意志",甚合青年清非的意思。他一生到处奔走,事务繁忙,这路拳没有忘记。拳中马步有踏中官之称,即向前三步,向后三步,以示不忘中国。七之数指拳、肘、肩、胯、膝、足、头,左右各有招数。他把这路拳简化了,教给孩子们,思想教育和锻炼身体同时进行,自己很高兴。

　　孩子们学拳很认真。每招每式都送到家,从不马虎偷懒,学了几次已经相当娴熟。今天玮玮更特别用心用力,每一拳出去,都觉得是打中敌人,心上渐渐轻快起来。峨也打得好,一跳一闪一蹲身一出手,都很好看。吕老太爷仔细观察,夸他们有进步。

　　"来,峨和香阁对打一回。"老人想让她们发挥本事。

　　峨比香阁矮一头,显得十分娇小,她拉拉白绒坎肩,端正站好。香阁早向后跳一步,两人一送一收,玮玮和小娃为她们加油。她们转了几个身,移到荷花缸石榴树的南边。会的招式本不多,一会儿便完。峨也有些累了,正要收式时,忽觉手腕发疼。定了定神见是香阁攥住她的手腕,正向她笑。

　　怎么会有这样的笑容！峨很奇怪。这笑容好像有两层,上面一层是经常的讨好的赔笑,下面却露出从未见过的一种凶狠,几乎是残忍,一种想撕碎一切的残忍。拳里也没有这一招,为什么攥住人家手腕啊！

　　"啊！"峨有些害怕,叫了出来。

　　香阁仍不撒手,反而更捏紧了,还盯着峨的眼睛,好像说,你有什么能耐！众人都不明白她们比什么。

　　这时莲秀快步走过来,抓住香阁的手臂,"嫩骨头嫩肉的,收了吧。"

　　"我和小姑姑闹着玩。"香阁松手,她的内层笑容骤然消失了,只剩外层,十分甜美。

峨不肯给香阁惹来责备,不让人看她发红的细嫩手腕,只怔怔地站着,不明白人怎么能那样笑。玮玮和小娃跑过来,拥着她到公公面前。公公慈和地拍拍头,说女孩子打拳也不要花哨,还夸香阁拳脚扎实,即传令散了队伍,带两个男孩进上房摆弄图章去了。

莲秀拉着峨的手要走。香阁笑嘻嘻地说:"小姑姑别走,我跳绳给你看。"峨站住了,向她的笑容中寻找下面一层,却找不到,只觉她齿白唇红很好看。

香阁很快搬来一条窄长高板凳,拿了绳子,纵身上凳,轻盈地跳起来。她两脚轮流,只用一只脚尖轻轻一点,跳得非常之快,又在凳上,人似乎悬在空中,绳子刷刷地甩成一个圆圈,虽还不到一团白光,也令人眼花缭乱。

峨早忘了那狞笑和发红的手腕,开心地笑叫:"我也来!我也来!"

这时传来一阵笑语之声,绛初、玹子与峨走进正院。香阁蓦地跃下,连同绳、凳迅速地不见了。峨则立刻依到二姨妈身边,听玹子讲话。

玹、峨二人看榜回来,玹子正形容看榜的紧张,看见孟离己三字时的高兴。

"三姨妈!"她向西小院叫。碧初走出来,玹子更有兴致,清脆的声音凌驾一切。

峨绷着脸站在一旁,好像考上大学的不是她,或是考上了真委屈,平板地对碧初说了六个字:"考上了,第三名。"便自己回屋去了。

"看来玹子比峨还高兴。"碧初对绛初说。在孟家人心目中,益仁这种教会学校并非正规大学,不过有此学籍可到后方转学。这是弗之走前交代的。峨没有打乱父母安排,实该感谢。

"我碰见凌先生了,"玹子说,"卫葑还没有消息。他问三姨妈和妈妈好,还有公公。"说着自己笑起来,"你们猜对凌先生有什么说法?法文班同学编的,凌不早,净迟到,摇不倒!"

"怎么摇不倒呢?"绛初不解。

碧初想想说:"大概因为他对什么都不认真,别人对他也不较真。"

"就是就是!"玹子说,"也就是在我们这种学校才能这样。"

其实凌京尧还是有认真的事,那便是演戏。卫葑走后,家里气氛阴郁。雪妍极端忧伤,茶饭不思,日渐消瘦。蘅芬担心女儿,责怪卫葑,埋怨京尧,数不清的不如意。京尧觉得北平城像个大闷罐,他的家像个小闷罐。他最爱的话剧一时难以活动,只有和几个京戏方面的朋友谈谈戏,唱几句,走几步,可以稍觉轻松。所以近一个月来,他过从较多的都是梨园行人。他家的大客厅常常音乐悠扬,生旦净丑各部演唱得声情并茂。最初大家都觉得唱不出来,后来渐渐习惯。有人唱了第一句,就此起彼落,余音绕梁了。有些好角色闭门不出,因为京尧热心张罗,也就出来玩玩。他曾拒绝缪东惠请他参加筹备义务戏,事实上他已起到参与筹备的作用。

高朋满座,是蘅芬自幼生活的一部分,是她的习惯。在众多宾客面前,她没有苦恼的时间和空间。埋怨丈夫几句,听听他的俏皮话和别人的打趣,似乎是伉俪间最融洽愉快的时刻。所以她从不反对客人。那陈设富丽的大客厅若没有笑语回荡,那闪亮的三角钢琴若没有衣香鬓影的环绕,怎算得兴旺人家?那从藤椅到古董的诸般艺术品若无人品评,岂不枉为了艺术品!京尧从艺术中得到乐趣,她从应酬中得到乐趣,在琴歌声中,一起得到暂时的和谐。

这次义务戏题目堂皇——冬赈,虽不知有多少啼饥号寒的人受到实惠,关心演出的人倒不至于心不安。京尧就糊里糊涂兴致勃勃地办了下来,而且和缪东惠诸事看法一致,一切顺利。只在接近演期时,两人争执了一番。

演出定在十月中旬。前几天在凌宅聚会时有人似乎不经意地说,听说京尧兄是这次义演的筹备委员会副主任,这是个官衔吧。京尧听了大吃一惊,坚决否认,说我凌某人参与此事全凭对京剧的爱好,对各位专家的倾慕,实际上无功,怎能要这个头衔。等人散了,他立即打电话给缪七爷。

缪在电话里沉吟半晌,才回答:"这事是有的,酝酿酝酿,你的呼声高,大家都拥护你。你不是这行的人,这样热心,该拥护呀。"

"不管别人怎样拥护,我不能要这头衔,理由您自然明白。"

"明白明白。这不是我一个人能做主的。还有人想往这名单里钻呢——"

"不行!绝对不行!"京尧斩钉截铁地说,"我到府上来一趟?您说还该找谁,我去找!"

缪七爷以保护的口气说:"得了得了,做事要慎重,我努力去掉你的名字就是了。"

这时京尧见妻女都在旁边注意地听他说话,又加上一句:"那就谢谢您了。我是绝对绝对不干的!"

他挂断电话,蘅芬立刻埋怨说:"叫你不要弄些人来唱戏,你不听,目标太大好惹祸!"

"让听你那七舅的话,不也是你说的?"京尧反唇相讥。

"爸爸!"雪妍粲然一笑,目光中流露出关心和赞许。她很少看见京尧这样坚决地说话,那明媚的微笑似乎在说:"到底是爸爸!"

自卫莳走后,雪妍还没有这样笑过,京尧觉得眼前光辉闪耀。他不敢看女儿,对女儿总有一种负疚感。他自己过去的日子有些像驾云,整天飘飘荡荡。他希望女儿脚踏实地,不在梦幻中过日子。可是女儿幻想的本事比他还高,在幻想中把终身托付给卫葑,简直是一场玩笑。他和蘅芬常为他们应该负什么责任而争吵,当然也争吵不出结果来。

"戏可真是好!你们两个都去看!"京尧尽力把话说得铿锵有力,好像为妻女做了什么值得夸耀的事。

雪妍脸上的光辉消失了,恢复了她平素凄冷的神色。

蘅芬嗔怪地看了京蘅尧一眼,揽着雪妍说:"咱们没空看那个!"两人上楼去了。

演出那天,蘅芬还是去了。这种热闹不可失去,何况还怕得罪缪七舅,还要观察京尧都折腾什么。她和缪家续弦夫人钱氏坐在一起,缪东惠和市长厅长们以及日本贵宾坐在一排。京尧自己挑了第三排右边的座位,看上场门。

京尧来的路上,一直兴奋不安,像是逃学看戏的小学生。今天虽无第一流名角,阵容差强人意。他在脑海中把演员的举手投足先演了一遍。想到即将在舞台上看到的优美形象,特别是看演出本身,如同嗜酒的人喉痒难熬,看见酒瓶已在手边一样。可是这酒是不该喝的,至少喝起来于心不安。他低头坐下来,生怕有人来寒暄,直到锣鼓家什打起来了,才松了一口气。

他慢慢抬头,想先看看久违的剧院,舞台顶处并列的两条大幅横标撞入他的眼帘。上面是"北平市各界冬赈义演",下面是"欢迎日本皇军莅临本市",都是大红绸贴金字。下面这横标像是一根看不见的棍棒,打得京尧发晕。他定了定神,还是那发旧又发光的大幕,还是那油灰剥落、痕迹斑斑的楼座,还是窄而硬的木椅,这一切曾给他多么大的愉快!他从这里曾飞升到多么美妙的艺术世界!现在这环境却失去了光彩。锣鼓声和剧院的一切好像很不平滑,刺着他的耳朵、眼睛,使他想立刻逃走。他没有逃,又低头半晌,忽然欠起身,要看看日本人是何等三头六臂。

正好这时日军副司令由市长陪着走进剧场,锣鼓敲了一套《喜临门》。簇拥着几个日本人的中国人抬高了双手鼓掌,示意观众仿效,但应者寥寥。剧场中有一种不自然的气氛,锣鼓声也驱赶不走。

京尧的邻座是位红脸老汉,见他欠起身来去看日本人,很不以为然,冷冷地说:"石家庄丢了。挂了两天气球了。"

京尧看看这老汉,没好气地说:"您还来看戏!"老汉一愣,不知他是什么路数,不再说话。

这时缪府听差过来说,休息时请凌老爷到休息室。京尧直瞪着那听差,未置可否。

这一台戏上半场是《花田错》,下半场是《贵妃醉酒》和昆曲《游园惊梦》。这戏码是东惠与京尧等煞费苦心安排的,没有刺激民族感情的东西。全是旦角戏,好让男性主宾们轻松一下。《花田错》的花旦伶俐俏皮,《醉酒》的青衣富贵端庄,《游园惊梦》载歌载舞,诗情画意,让他们见识见识中国的艺术!还特地安排了休息,好让宾主有接触机会。

锣鼓打起来了,大幕缓缓拉开。京尧觉得就要进入仙境,旁边的老汉忽然对着他的耳朵大声咳嗽。演员踩着碎步出来了,开始唱了。京尧只觉眼前闪着五颜六色的人形,耳边是挤出来的尖声伴着咳嗽。那丫鬟做鞋的种种表演,更让他恶心。《花田错》不该是这样的!他有些生气,生自己的气。他很想看《游园惊梦》。"原来姹紫嫣红开遍,似这般都付与断井颓垣,良辰美景奈何天,赏心乐事谁家院"的词句,伴随的音乐舞蹈,熏染着他的梦。他也要寻梦,大概每个人都有寻梦的愿望。但是今天,他那令人沉醉的艺术的梦,哪里去了呢!

京尧第一次在舞台与自己之间竖起一道墙。他只听见中间座位上日本人的大声谈笑。怎么没有墙挡住他们?好不容易挨到休息,乘众人纷纷站起,他从边门出了剧场。

"凌老爷!"缪家听差赶上来,"您上哪儿?休息室在那边。"

"我头疼,先走了,和你们老爷说一声。"京尧说。见那听差愣着,又说道:"麻烦你告诉凌太太,车等着她。"

这时已有好几辆人力车围上来抢座儿。他把夹大衣领子拉竖起来,遮住耳朵,随便跨上一辆车,离开了灯火辉煌的剧场。

街上人很少,拉车的跑得飞快,一会儿便到家。花园里一片黑暗,整栋房屋只有雪妍那一间透出微弱的光。门房见他回来,才开了路灯。他快步上楼,小跑着向雪妍房间走去。

雪妍静静地坐在窗前,拿着一本书,眼光不知落在何处。"我可怜的女儿!"京尧心里发疼,站在门边。

"爸爸!"雪妍抬头,轻轻喊了一声。音调里有几分高兴,又有几分失望。

"我可怜的女儿!"京尧喃喃地说,"我可怜的女儿!"走过去抱住雪妍的头。

二

香粟斜街三号整天关着大门,表面上很平静,其实几层院子中每天都有不同的骚动,经历着苦辣酸涩。十月中旬,秋风瑟瑟,夹衣挡不住寒气,不少人都穿上薄棉衣了。若照往年,吕、澹台、孟各宅每到寒露就生火取暖了。今年煤源不畅,只在老太爷上房装了火炉,别的屋子都阴森森的。正院里夏天的棚还没有拆,把院子遮了大半。逐渐微弱的阳光更显微弱,只在高大的槐树上徘徊,不肯下来。

一天上午,那徘徊的阳光忽然亮了,照得满宅暖融融,喜洋洋的。吕贵堂和刘凤才高兴地从大门口跑进来,各举着一封信。刘凤才递给绛初,一面说:"老爷来信了。孟老爷也来信了。"

吕贵堂跑到后面西小院,嚷嚷道:"来信了!来信了!"

碧初接过,手颤颤地撕不开,进屋取剪子。

贵堂退下时记起,加了一句,说:"二姑父也来信了。"

碧初好不容易拆开了信,赶快看了一遍,知道平安,又一字一字再读。信中说,学校准备再迁昆明,明春也许能安定下来。峨和小娃依偎在碧初膝边,睁大眼睛看信纸背面。

"爹爹很好,爹爹很好。"碧初不断地说,不时擦着眼睛。信不长,却翻来覆去看了多遍。绛初过来又交换着看。两位先生的信都很简单,不敢多写。子勤信中有一句"初到南昌,公司事忙。渐趋就绪,谅团聚之日不远矣",暗示安排好就可接家眷。弗之信中没有这话。绛初顿觉处境比妹妹强,心里漾着喜悦,又侠义地想:"得等着一起走,不然她一个人怎么办。"

老人处禀告过了,相熟的人家打电话通知了,峨和玹子从学校回来高兴过了,绛初就等着玮玮回。玮玮伤风,几天没有上学,今天刚去,绛初觉得他去了很久似的。

十二点过了,刘凤才在院里说:"少爷回来了。"绛初便一叠连声叫开饭,一面拿着信到玮玮屋里。见玮玮呆坐在书桌前,桌上摆了一摞新书。

绛初藏着信,满面笑容地问:"发新书了?"玮玮不答。绛初拿起一本翻着,一面看着玮玮清秀的脸上堆满愠怒,遂问:"日本人又怎么了?"

"您看历史书。"玮玮翻到一页递过来。

绛初看着,头直发晕,只明白大意是说一九三一年九月十八日日军经中国人民邀请,不辞辛苦远涉重洋而来协助成立满洲国,建设王道乐土。

"以后的书上也得写上我们邀请日本皇军驾临北平!"玮玮说,又翻到一页,"您看!连二十一条条约也说是中日友好的标志!"

羞辱、愤怒和无可奈何的各种情绪也在绛初心中汹涌着,她暗想:"真要培养小亡国奴!"亲生儿子和亡国奴这一概念有联系,使得她心痛。但她极力克制,向儿子爱抚地一笑:"谁信这些!每个家庭都会告诉孩子们真相——"

玮玮打断她的话,一字一字地说:"我不想上学了!"

"那怎么行!瞧,爸爸的信!"当时绛初能拿出这信,真感到无比幸运。

玮玮忙读信,读了一遍又一遍,信中有一段要他们姊弟好好读书,只有掌握知识才能做有用的人,又含蓄地说到要谨慎。玮玮感到父亲的关心慈爱越过万里关山支持着自己,保护着自己。他不会让我当小亡国奴,受愚弄、供驱使!他们大人们不会放过日本人的!

玮玮挺直了腰,还是说:"能不能在家里学,就像峈他们。"

"我说,你们怎么不吃饭?"玹子一阵风刮进来。她抢过那本书,一看就哈哈大笑:"这才是满纸荒唐言啊,也值得这么认真!"

"轮到你上学,该怎么着?"玮玮没好气地问。

"偏偏我不上这样的学。"玹子得意地说,她十分相信自己的好运道,"要是我呀,我自有办法。"

"你有什么办法!"玮玮把书摔在地上。

"可别这样,要惹祸的!"绛初忙拾起书,说道,"好孩子,别计较这些了,日子长远得很,我们总要离开北平的。"绛初安慰着。

"妈妈,什么时候?什么时候?"玮玮扑到母亲身上。绛初拍拍他,心想要是让这样的儿子当亡国奴,我宁可死!

经过和碧初商量,又好说歹说,玮玮还是去上学了。过了半个多月,又发生一件事。使得玮玮终于辍学。

地安门门洞两侧,本有东西相对的两个巡警阁子,从前是一个巡警两边站,随时变换。后来为了便于管理交通,巡警站在中间门洞北边,地安门大街上。最近那里换了日本兵站岗,虎视眈眈地看着东西南北四条街。刘凤才吕贵堂都叮嘱玮玮,骑车小心些,不知日本人要找什么岔子。一天玮玮上学去,经过地安门时,见几个小学生正在街上鞠躬。他定睛细看,发现他们是向站岗的日本兵鞠躬。他不明白是怎么回事,想过去问,又想到母亲和三姨妈的千叮万嘱,最好离日本兵远些,便骑车冲过去。

"学生!学生!"忽然一声大吼,吓得玮玮停住了车,又听见一阵叽里咕噜的大声责骂,半晌他才分辨出这是朝他来的。那日本兵下了圆台,几步便走到他面前。"你,你没有看见?"那兵指着圆台边贴着的一圈告示,斗大的字,写的是:"每天清晨中小学生过此岗必须向皇军一鞠躬。"

玮玮当时只有一个念头:不惜一切代价逃脱这种耻辱。近在咫尺的日本兵完全是执行任务的神气,脸上并没有特别狰狞凶恶的表情。"看见了?"他等着玮玮鞠躬,这时有几个在街上闲逛的高丽浪人围上来,等着皇军差遣。

玮玮看见北面是日本兵,东面南面是高丽浪人,他向日本兵轻蔑地微笑,猛地把自行车一转,跳上车向西猛骑。在圆台旁的几个中小学生好像配合他,哗地四散逃开。东面忽然有人喊:"打倒日本帝国主义!"声音在空中飘荡了许久。

好多人怔住了,竖起耳朵还想听,日本兵顾不得追玮玮,连忙往东查看,见只有几个扶杖老人,问话听不清,说话声音嘶哑,谅来喊不出那洪亮的一声。再来查究那些学生,一个也不见了。后来据这一带居民传说,当时天昏地暗飞沙走石,喊口号的人想必借土遁而去。日本兵多迷信,以为有神佛相助,没有扩大事态。

玮玮见胡同就拐,拐了几个弯,不见追兵。很快到了北海东门,他把车扔在门口,进了北海,故意闲适地漫步,可什么景色也没看见。北海里人很少,一位五十来岁穿西服的人,向他一笑说:"逃学?"

玮玮意识到一个少年逛公园惹人注意,便不走水边大路,从濠濮涧山石中穿过。那些熟悉的大大小小的山石像是许多亲近的友人,遮蔽着他,保护着他。他在石桥上站了一会儿,加快脚步出了北海后门。见无动静,急速地跨过马路,从香粟斜街西口回到家。

这样一来,玮玮不得不辍学了。两位太太吩咐不准议论这事。底下人从外面传说估摸出事情大概,刘凤才孙厨子等人都认为"打倒日本帝国主义"的口号是玮玮喊的,但他们不敢说。

转眼节气过了立冬,一天天冷了,不到小雪就飘了一阵雪花。因为上海陷落,人们心里凉飕飕的,臃肿的棉衣也暖不过来。三号宅院里气氛阴沉,各在房中,久不练拳了。变化最大的是吕老太爷。

老人一向待人宽厚,体恤下人,尊重莲秀,近来却动辄大发脾气,只对孙辈还较正常。原因显而易见,大家都能体谅,只都担心后果。请过与澹台家相熟的郑医生,郑医生说,病源太大非吾辈力所能及,只能头痛医头,脚痛医脚罢了。开的无非是镇静药物。服后精神不振,把药全扔在地下。绛、碧二人因商量是否要另请高明,或往医院走一遭。"

"爹决不会去医院的。"碧初说,"医生也不见得有用。不过总得有一位来观察,免得有什么变化。"

"郑大夫随时可以来,爹好像不大信他。"

"明仑校医院的章大夫在城里,可以请他。他认识爹,就不提看病,说是一起谈谈佛学吧。"

绛初听了,嗯了一声说:"素来三姑奶奶的话总是听的。三姑奶奶请的大夫总也高明些了。"

碧初深知女人的短处,不管是怎样有修养的女人,总要时不时向丈夫啰嗦几句,烦恼负担就似乎会减轻些。没有任何烦恼时,绛初还要造出些来找子勤的麻烦,这时国难临头,那烦恼真难负担。子勤又不在,她无人可说,只好对妹妹发泄几句。碧初只作不听见,一本正经地说:"你要觉得可以,我这就打电话,约个时间。"

绛初看着妹妹一副忍辱负重的样子,把到嘴边的更多挖苦话咽了下去,转了话题:"婶儿说吕贵堂想去当兵,又不放心爹。南屋的这些人里头,也就属吕贵堂有良心。"

"吕贵堂是不能走,家里需要管事的男人。别人嘛,各人有各人的难处。还有说要走的吗?"

"有嘴说说的,说知道支撑这个大宅院生活不容易,可没有真办法。往后日子越过越难,看怎么办!"

"那就是俗话说的,船到桥头自然直了,也管不了那么远。"碧初安慰着。

"娘!娘!"峒跑上台阶掀帘子进来,她年纪虽小,素来稳重,很少这样大声。"公公发脾气了,是吕贵堂惹的。"

两位太太忙站起身,问是怎么回事。

峒说:"我背完《三字经》,公公还挺高兴的。吕贵堂进来了,公公问他书找着没有,不知是什么书。吕贵堂说不知道今天要,还没有找到。公公就大怒。"

峨的小脸儿发白,她第一次亲眼看见公公震怒。绛、碧二人留她在屋内,忙往正院上房来。

上房鸦雀无声,透出淡淡的鸡舌香的气味,不像有几次老太爷顿足咆哮,声震屋瓦。

两人进屋去,见老太爷沿着他的方砖路线踱步,比平常快得多,脸上布满阴云,对她们视而不见。吕贵堂俯着身子跪在屋角,看见她们进去,就地磕头。赵莲秀令人意外地跪在椅前。

碧初立即过去将她搀起,绛初瞪她一眼,想着:"这是凑的哪一门子热闹!人家还以为犯了什么家规呢!"

"实在我也不知太爷为了什么。"莲秀迷惘地低声说,回答碧初询问的眼光。

"爹是为了找书吗?吕贵堂找不着,我们帮着找,何必发急。"绛初大声说。

碧初走到老人身边,随着来回走,并不说话。她感觉到老人胸中的愤懑,对外界,也对他自己。走了几遭,才说:"爹,停停吧,爹太苦了。"

老人又走了几步,站住了,身体有些摇晃。三个女子忙扶住,送到躺椅上歇息。

老人长叹一声,看着碧初,目光中还有余怒,说:"我想看看颜之推的《观我生赋》,《北齐书》有,随便一本《经史百家文钞》也有,偏说找不着!"

"弗之的书都在西小院,一会儿我送来。"碧初想着《观我生赋》,记起几句:"民百万而囚虏,书千两而烟炀,溥天之下,斯文尽丧。"心头沉重,脸上却有温柔的微笑。这微笑像一副镇定剂,大家都平和多了。碧初便叫吕贵堂起来。

绛初则对莲秀说:"婶儿也是的,何必叫吕贵堂进来,惹老太爷生气。老太爷的生活靠咱们安排。叫玮玮小娃来陪着刻图章,外头请人陪着讲经,都使得。要什么书可以找我们去。我们操持不到,都得你想着才好。"

莲秀穿着古铜色暗花缎夹袍,衣服很大,瘦小的身躯在里面微晃,低头不语。其实叫贵堂进来是老太爷的命令,二姑奶奶明明知道。可莲秀不能分辩,她在吕府这么多年,处理人际关系只有一条:沉默。

"都怪我,都怪我。"贵堂已退到门前。本来没有他的事了,却忍不住说:"怪我没有能耐,辜负老太爷栽培。"

这么一说,绛初自然转向了他,冷笑道:"你要是体贴到老太爷栽培,也就不至于一本书也找不出来!老太爷忧国忧民,才要看书。你不是常说要当兵打日本吗,北平城落到了今天——"绛初说着,又想到子勤已一个多月没有来信,喉咙发哽,停住不说。

吕贵堂等了一会儿,抬头看看碧初,见没有话,退去了。

吕老人这时怒气已消,自觉惭愧。一篇文章,读了又怎样?能帮助抗日吗!小儿般隔些时闹一阵,使得家宅不安。好像还骂莲秀什么来着,记不起了。他用目光寻找莲秀,见她站在两位姑奶奶后面,便抬起手,弯弯食指和中指,召她进前。每次这样的手势,就表示风暴已过,至少一周内无大波浪了。绛初还想说话,碧初拉拉她。

"娘!"小娃在门口探头。玮玮和小娃总是扮演风暴末尾的安抚角色,今天玮玮怕问起学校情况不愿来,小娃应召而至。他觉得公公很可怜,甚至心里有点看不起。公公不是两月前在方壶时那恬静的老人了。因为这一点,小娃也格外思念方壶。

小娃坐在躺椅一边矮凳上,用白胖的小手抚摸公公布满老人斑的瘦骨嶙峋的手,另一边是莲秀。他们把安定传递给老人,老人闭拢了眼睛,呼吸渐渐匀静。

"午饭什么菜?"老人忽然睁眼,关心地问。这种对饭菜的关心,是以前没有的。小娃觉得他很馋。"黄鱼羹。"莲秀报告。这是许久没有的好菜了。老人点点头,静等开饭。绛、碧带小娃退去了。

过了几天,明仑来通知,让回学校取东西。李涟打电话来说,好几家太太去过了,城外尚平静,留守处很快要撤销。若去,早去为好,只是不能派人派车帮助,很不安。碧初说李先生留守担惊受怕,够劳累了,哪里还能管着这么多人家呢。

放下电话和绛初商量,绛初说:"东西不是已经带进城了吗?还有什么值得折腾!"碧初想去,是想再看一眼方壶,这理由太不实际,自己也否定了。

这天晚上,地安门一带停电。北风呼啸,在黑暗中似乎格外凶猛。碧初在一支摇曳的烛光下为弗之织毛衣。她织几行便翻来覆去地看,理一理深灰色的毛线,再织几行。每晚这样织一会儿,似乎远人离家近些。

有人敲门。

"三姑,是我。"是吕贵堂。"卫少爷的同学来看您,在南屋坐着。"

"什么名字?"

"李宇明。说是常上方壶去的。宇宙的宇——"碧初不待说完,忙命请进来。

一会儿,吕贵堂带了一个年轻人进来。碧初在昏暗中见他身材较矮,脸庞较宽,定睛细看,不是李宇明,心中诧异。那人忙深深鞠躬,说:"李宇明先生着我来请安送信,说要交到您手上。还要回话。"说着递过一封信来,一面注意地看着碧初拆信。

信上写道:"孟师母:方壶花园中樱桃树旁花坛西北角砖下有一纸包,务必烧掉。相信您一定会帮助,有这个直觉。"下款写着:"到方壶吃过蚕豆饭的李宇明"。这是怕碧初怀疑写信人冒名了。

碧初先一惊,怎么把东西藏到方壶了!不知是什么东西!再一想,本以为李宇明专会消遣时光,原来也和卫葑一路。可见爱国之心,人人皆有,尽管道路不尽一样。要烧这东西,必定于抗日有利。今有机会到我,义不容辞。因向来人说:"李先生说的事,我照办。"

那人微笑再鞠躬,说:"那就谢谢孟师母了。我也是明仑大学的,姓刘,经庄先生介绍到李宇明那里。"

"那里是哪里?"

"大家都好。得告辞了。"那人答非所问,不肯多留。

碧初吩咐贵堂送客,再去订两辆车,明天出城。那人听见,又一鞠躬。向呼啸的北风中走了。

次日清早,碧初出门上车,赵妈用细绒毡包住她的膝盖,两边掖好。车夫放下棉门帘,车篷两边和门帘上各有一小块玻璃,可透光线。车夫要用棉衣盖在吕贵堂膝上,他连说不用,好像暖着膝盖是非分之事。车夫就把棉衣横放在他脚下。

到西直门天已大亮,排队出城的人已开始向前移,提篮挑担扶老携幼各样的人都有。凡坐车的人都下来。车夫低声说:"不碍事,我出来进去拉过好几回了。"这话他已经说了不止一遍。

碧初下车,在人群里慢慢走,忍不住打量高大的城楼。城楼巍峨依旧,它怎知换了主人!走过城门洞到瓮城,杂草锄净,地上光光的,显得比原来空荡许多。走进瓮城门,人们机械地毫无声息地向前移。碧初很快看见一排黄衣的日本兵站在城门口,不由得紧张起来,她负有特殊使命,是否已有人知道?她听见自己的心跳得咚咚响。一边往前走,一面想:"怎么倒是我害怕!我为什么怕!"想着渐渐镇定下来,越走近日本兵越平静。她前面几个人看样子都是市民,没有问几句话都顺利通过。挨着她站的像是一对夫妻,受到好几分钟盘问。问他们为什么两人同去,好像两人同去就有不回来嫌疑。后来日本兵做了个手势,旁边的警察命这两人站到一边,等候处理。

　　碧初镇定地走上前,说要到明仑大学搬东西进城。"他们一起去。"她指指吕贵堂和两辆车。两个日本兵自问自答说了两句,警察说:"听差的。"便放他们过去了。上了车,大家一路都不说话,好像怕人听见。

　　到湖台镇时,碧初命把车帘卷起来。街道上人很少,店铺都开门,似乎很平静。碧初问车夫喝水不喝,到了明仑,怕是连水也没有的。两辆车在南大街一间小茶铺停下。

　　茶铺里走出一人,到车前看看说:"这不是孟太太吗?您回学校?"碧初一时认不得,再看,认出是如意馆送菜的老王,比原来黑瘦多了。

　　"您下来歇会儿,没大碍的,这儿还平静。"老王说。碧初便下车,走进小茶铺。屋里很窄,只有半间,后面谅是住人的。

　　"怎么今儿个能瞧见您!"老王真诚地高兴,"先生们都好?都走了吧?您瞧,我卖点茶水,找点吃儿。"

　　"如意馆关了?"

　　"原先掌柜的还想拉扯着,日本人不好伺候,就关了门,各奔各的去了。说真的,大学一搬,这一带人可失了活路,日子难啊。凑合着过吧,能活下来,就不易!"

老王一面说,一面沏茶递水,两个车夫蹲在廊檐下喝着。

碧初想起广东挑。可不是,老王活着,就算不错。她坐了一会儿,给老王两块钱。

老王反复说:"您也南边去吧!早点儿带小少爷南边去,我们还有个盼头。"黑瘦的脸上要做出笑容,倒像要哭的样子。

明仑大门有日本兵把守,一个中国人陪着。碧初拿出通知就让进去。车夫刚拉起车要走,又给挡住,叫他们搬什么东西去。车夫说讲好拉来回,那几个人不理。碧初担心车夫安全,争了两句。那中国人吃惊地看看她,低声说:"会放回去的,快别说了。"碧初无奈,只好下车走进大门。

夹道树木已落尽叶子,路面扫得干净,连路边杂草也拔得精光,小溪近岸处结了薄冰。树、路、冰都是光秃秃的。走了一段,碧初离了大路,绕过子弟小学,从小山上翻过去。山上枯草盘结,原来的小径几乎堵塞了。她小心地登上坡顶,就见方壶、圆甑两座房屋,门窗紧闭,门前路上铺满枯叶,已是多时无人走了。贵堂及时上前开路,碧初不顾拦路的藤蔓,加快脚步走下坡来。阶前半枯的蓬蒿高可及门,落叶把台阶埋了一半,虽然有初冬上午的阳光,却驱不走几个月积下的荒凉和凄冷。

因为四周太静,开门的声音似有鬼气。碧初轻轻走进,百叶窗关着,室内很黑,一股久不通风的气味扑面而来。碧初试着开灯,竟还有电。光线暗而惨淡。各房间还是走前收拾的样子,挑剩的家具堆在屋角,已经尘封,空中蛛网拦路,罩了碧初一头。碧初抹去蛛丝,顾不得看,径往花园。过道门里一团白东西,呲的一声,吓人一跳。"小狮子!"碧初马上意识到,柔声唤着。小狮子仍然发出战斗的呜呜声,退到猫洞前,转身蹿出去。

碧初开门出来,不及管猫,先到花园。那花坛有樱桃树遮挡,还有冬青树墙,高而严实。转过几丛丁香、迎春,便照李宇明信上所说,认准了花坛西北角的一块砖。轻轻一推,果然松动,用力移开,拿出一个小小油纸包裹,不顾脏净,忙藏在外衣里。这才左看右看,见满园萧瑟,阒无一人。快步走向厨房小院时,觉得从秦家移来的荷包牡丹,也已经枯萎了。

碧初刚到小院,忽然门铃声大作。全栋房子都响起回声,震得她心慌意乱。忙划着火柴,点燃纸包,偏因潮湿,几次都刚燃便熄。铃声歇了片刻,一会儿又响起来。这时火已燃着,因对贵堂低声严厉地说:"务必烧净!"自己往前面开门。

门外站着李涟,矮胖身材如旧。只脸上神色沉重,一反过去笑嘻嘻的模样。碧初抚着胸口,放下心来。

这李涟和他的家很有与众不同之处。李太太信仰一种奇特的教派,类似会道门,李先生也受影响。似乎有一次他在课堂上大讲因果报应的奇闻,明仑校方曾有意解聘。弗之因他在明史方面有精深研究,为之斡旋,维持下来。这次派他协助留守,颇出人意料。

李涟见无坐处,站着叹道:"总算应付到今天,没有出大乱子。再过几天,我们就离开了。我恨不得马上往后方去。老太爷还好?"

"脾气坏极了,心情不好。"碧初苦笑,"本来,谁又能心情好呢!"

"老太爷又不同。"李涟认真地说,"一生为国奔走,现在亲身经历了沦陷,老人怎么经得起。听说要迁都重庆,是这里日本人说的。"

上海已经沦陷,迁都是意料中事。碧初听了还是震惊,半晌说不出话来。

"偏安江左也不可得,还得逃,还得躲!好在中国地大,有地方逃。"李涟说,"日本人打算速战速决,没有那么容易。"

"不知我们什么时候能走?弗之来信没有提。"

"总得到昆明后安定下来再说。"李涟沉吟一下说,"走时让内人和孟太太一起,好彼此照应。好不好?"

"那当然好。"碧初微笑。

"出门的通行证由日军办事处发,不让我们办。就在图书馆地窨子。上面住着伤兵,常往外拉死人。体育馆养马,能看见操场上遛马。带的人呢?怎么没见车?"

碧初说了情况,李涟说他派人去湖台镇找车,让吕贵堂随碧初去开通行证,"有时我觉得自己好像是伪军或伪保甲长。"李涟苦笑,告辞了。

这时小狮子不知从何处钻出,跳到碧初脚下,仰头凄凉地大叫。它瘦多了,长毛结成疙瘩,脸变尖了,那厮杀面目已换了温顺的表情。

"什么吃食也没有。"碧初苦笑道,俯身摸摸它,"你怎么活过来的?等会儿跟我们进城,别再逃走了。"

小狮子就前前后后跟着碧初,在脚底下绊来绊去,不时仰头叫几声。

碧初先检查了那纸包确实已烧净,只剩下一撮黑灰。又到书房检点些字纸交给贵堂烧,自己到了卧室。

这是方壶中最舒服的一间房,她在这里度过一生最美好的时光。十多年来弗之的学问事业年年精进,嵋和小娃都在这里出生,嵋初到方壶,比现在的小娃还小。室中件件家具都是她精选心爱的,大都已运走。剩下镜台因形状不规则不好装车,现蒙着白布套子靠在墙边,像是已经死去。那椭圆的大镜子映照过三个孩子从小到大的各种憨态,也映照过自己青春的流逝。

"不知道还能不能再住在这里。"碧初想,有一种前途难卜的浓重的凄凉之感。差可安慰的是总算烧了那材料,也总算又看到方壶。既然来了,总得带点东西,把镜台运走吧,再挑几件一起运。可谁还有心情临镜梳妆呢!

碧初收拾好,出门往图书馆去。穿过方壶后面的小树林,见倚云厅外拦着铁丝网,只好顺着铁丝网走。到大礼堂前才见入口,两个日本兵站着,碧初心又咚咚乱跳,她放慢脚步,一会儿镇定下来,顺利地到达图书馆。

弗之原来在图书馆地窨子有间研究室,碧初曾带峨和小娃来过。有时去楼上借文史方面的书,也往那间屋子去看看,现在不知什么人占着。她走进地窨子的边门,抬头见盘旋上升的楼梯,忽然想起前不久峨和小娃在这里跑上跑下。他们从门前饮水处吸一口水,赶快跑上楼从上面吐下来,两人笑作一团。于是受到申斥,图书馆这样肃穆的地方怎容孩子胡闹!这时碧初惘然地抬头看,四周显得阴森森的。

一个日本兵在甬道门口定睛望着他们。她猛省地不再张望,忙找到办事处,说明来意。那绷着脸的小军官立刻开了通行证,朝她一扔。还好没有落到地上。

她们出来走过体育馆,远远见一伙兵拖住一个人,一面大声嚷叫,把那人绑在操场旁的柱子上,那原来是挂彩旗用的。十几个人转眼站好队,一个一个轮着大喊,跳上去打。那人发出撕裂人心的喊叫,使得周围的凄凉景色更添了几分恐怖。

"唉!"碧初脸变白了,回头看看吕贵堂,又低头用力放稳脚步。

"幸亏办好证才瞧见打人。"吕贵堂想。低声说,"三姑别怕,别怕。"体育馆边的路好像特别长,那打人和被打的呼叫撕裂着寒冷的清新的空气,许久许久刺痛碧初的耳鼓。

因为找不着车,碧初只好坐在拉家具的排子车上,用手拉着草绳上了几次才坐好。吕贵堂则找了一辆旧自行车骑着。

天空灰暗零星地飘下细细的雪花和霰珠。拉车的父子二人很费力,吕贵堂不时从后面推一把。那孩子不过十三四岁,和玮玮差不多大。脚上一双破鞋不合适,走一段提一提。路上,车夫指了几处说,这儿接触过,死了不少人。车过双榆树时,"您瞧!"车夫指着破烂的巡警阁子,"这儿死了十来个人,有吃粮的也有过路的。"

碧初眼前出现了广东挑红白相混的脑袋,耳边还响着日本兵的呼叫。她用力抓住镜台的一条腿,稳住不要摔下去。

"不少人往西山那边跑了。我有累赘啊!"车夫低声叹息。

"奔哪条路?"吕贵堂兴奋地问。

"听说先上妙峰山,几十人凑到一起就能打一家伙。"

弯着腰用力拉车的孩子回头看,眼睛在暮色中打闪似的一亮。吕贵堂不知妙峰山在哪儿,只觉得能和外边相通,就有希望。碧初想,卫葑、李宇明也许就在那里活动。今天烧掉的东西不知是什么,总算为抗战做了一点事,有些安慰。这几个出身、环境、思想方法完全不同的人,这时精神聚注的中心是一样的。在这阴沉的道路上,有一种亲密与和谐。

车过西直门,简单的盘查把妙峰山冲远了。他们都沉默下来。

霰珠随着暮色愈来愈浓密了。碧初用外衣蒙住头,不时挺一挺身子。两侧房屋愈见隐晦,北海后门早已关了,一条大街落入茫然之中。什刹海成为一片跳动的灰色,就要把香粟斜街的入口淹没了。

家,就在前面。

三

连日飞雪。

明仑的几位太太约好在庄家小聚,邀了绛初也去,并让无因兄妹来香粟斜街做客。玮等一直盼着这一天。

这天雪格外大,扯絮拉棉地在空中飞舞。嵋极爱雪,常说雪比雨有灵性。她喜欢坐在廊上看雪,一看就是许久。看雪花纷纷扬扬,又浓又密,却不急促,总有那飘洒的姿态。看依着树枝的形状另生出一棵玉树,看小院地下一片银样的洁白。她很怕看洁白上凌乱乌黑的脚印,所以喜欢扫雪,把雪从践踏里救出来。碧初赞许她的行动和道理。赵妈以此为骄傲,说:"还是我们二小姐!"峨和玹子很难意见一致,对嵋这一行为则一同嗤之以鼻。

早上赵妈扫过院子,这时甬路上又一层白。嵋看了一会儿,拿起扫帚正要下台阶,见玮玮出现在月洞门中。他那匀称的身材,红红白白生气勃勃的脸,嵌在圆门里,旁边是经过雪花装点的枯树,真如画图。从玮玮这边看,嵋穿着紫红长棉袍站在有雕饰的廊上,廊檐上垂挂着长长短短的冰柱,地下雪光映着,也十分好看。

"你这把扫帚真煞风景!"玮玮笑喊。

"别过来,别过来!"嵋也笑着,顺手扔过一把扫帚,"你从那边扫!"她命令。

两人各从甬道一头向中间扫,一会儿会合了,直起身互相看着,忍不住大笑。笑得弯了腰,跑上廊子,互相扑打身上的雪。玮玮从前院来,头发上一层雪花,亮晶晶的。

"你们笑什么?"小娃穿得圆滚滚,从屋里跑出来。嵋命他回屋戴绒线帽再出来,他听话地进去戴上他的小红帽。

玮玮把那帽上的绒球一弹:"听着,孟灵己孟合己!我有好主意!"嵋和小娃不由得肃立,抬头望着他。

"等会儿无因来,我们到后楼去玩。"玮玮低声说,"我央求了吕贵堂去开路。"

"楼上能看见什刹海的雪!"嵋的小脸儿发光。

玮玮把食指放在唇上,轻轻嘘了一声:"妈妈和三姨妈一会儿出门,咱们不必让大人知道,免得多事。"

"娘现在到上房去了。姐姐不管我们。"三个人说着进到屋里。

屋里当中生着和嵋差不多高的大洋炉子,为了省煤,封着。内室门照习惯挂着鹅黄绣花软缎棉帘,用钩子高高悬起,好通热气。

"咱们上什刹海溜冰,好不好?"小娃首先提出,他去年冬天上过一次冰。

"现在没人溜冰了,日本人都打来了。"嵋说。

"日本人和溜冰什么关系?"小娃不服,忽又歪着头说:"大概日本没有地方溜冰?"

"想必是!"玮玮说。

三个人忽然觉得日本人很可笑,又大笑起来。

这时院中一阵脚步响,赵妈在门外说:"庄家少爷小姐来了。"门帘掀处,无因和无采走进来。

"嘿!"大家大声笑着。"嘿!"这是招呼。赵妈帮着庄家兄妹脱脱挂挂。他们是洋装,半长的大衣,毛皮领子,很精神。无因和玮玮站在一起,一样的俊雅,只是无因看去常在沉思,玮玮则很快活。

"长高了,长高了。"赵妈不断嘟囔,"太太关照,喝热东西。"一会儿端进五碗油茶,是从后门桥油茶铺里买回的。茶面上撒着一层芝麻,满室热香。

几个人无心吃东西,忙着互问别来情况。玮玮和无因谈学校。无采也不上学,她素来和小娃极好,看看嵋和小娃的功课,很有兴致。碧初、绛初过来,交代几句,上车走了。五个人又到玮房里玩一阵,便悄悄往后楼来。

后园本是吸引人的地方,现在瞒着大人,又下着雪,孩子们格外兴奋。夹道尽头的门半掩,透出亮光。玮玮轻轻拉开,眼前一亮,一个箭步蹿出。无因等也跟着跑出,大家一同欢呼起来。

前边院子虽大,总有房屋,不像花园中落满白雪,十分豁亮。地下白得坦然,几座假山白得奇怪,夏天曾挂满绿虫的槐树,现在也干净了,白得严峻可敬。后楼有雪遮盖,看不出槛楼,飞檐兽脊,把匀称的白色线条,刻在似乎很近的天空上。

无因、玮玮立刻抓雪揉成团,彼此打起来。无采做了雪球递给小娃:"打呀!打无因!"一下子变成无因一人一方。无因边打边想找嵋帮忙,却看不见。

"我在这儿!"嵋靠在楼窗上喊,"这儿真好看!"

无因一不留神,被玮玮把一团雪塞进领子,无采和小娃一旁拍手笑。无因赶快追玮玮,几个人又笑又叫,飞舞的雪花中只见鲜艳的颜色在翻滚。

吕贵堂从楼窗里探出头来:"小点声,小点声。"孩子们不理,继续打雪仗。

嵋靠北窗站着,什刹海雪景尽收眼底。这雪景很简单,只是白茫茫一片,远处堤岸弯出好看的深灰色弧线。在灰蒙蒙的天空衬托下,透过渐渐缓慢下来的雪花,鼓楼和钟楼呈现出浓淡不同的黑色,有些像剪纸投出的黑影。嵋衷心赞叹,多好看!多好看啊!

打雪仗的勇士们一会儿都满身是雪,成了雪人。吕贵堂下楼先把小娃拉上来,别人也跟着上来。

这时雪已渐停,无采在东角往西看,见几个人影在冰上移动。"还有人溜冰呢!"她叫。

小娃让吕贵堂举着,也拍着手嚷:"我要去溜冰!"

溜冰的愿望马上代替了玩雪。玮玮说:"吕贵堂,你带我们去,回来谁也不准说,好吗?"他威严地看着几个孩子。"当然!"无因也应声回答。

峗和小娃圈在宅里已快半年,玮玮不出门也有三个月了。吕贵堂自己叹息:"中国人不能在北平城里随便走。"他想了一下,说溜冰绝对不行,又说出去一趟也许可以,他先去打探,看冰场上都是什么人。孩子们高兴得跳起来。小娃冲过去抱住贵堂的双腿,表示感谢。

吕贵堂很快回来,说冰场上有十来个学生,未见不三不四的人,大家悄悄走一遭,快去快回,让太太们知道了可不得了。于是六个人分批向前院转移,又在大门洞里玩了一阵,出门往西。香粟斜街上没有行人,孩子们在雪地上跑,都不敢出声。很快到什刹海边,比在楼上看,堤岸、冰面近多了,实在多了。近处许多小丘似的堆积物,让雪盖得严严的。峗说小山很好看,吕贵堂说那其实是垃圾,没有运走。

两个男孩跑到冰上,两个女孩顺堤岸走开。贵堂牵着小娃的手不放,在冰场边上走。一个女学生,身穿红外衣蓝长裤,头戴白色扁圆绒帽,看来还是初学,推着一个小冰车免得摔倒。她看见小娃仰头说话的小模样儿,滑过来做手势请小娃坐那小车。那是几根木条钉成,孩子们常玩的。她和气地看着小娃又看着贵堂,笑容十分柔和甜美。小娃也笑着,他很想坐,抬头征求贵堂的许可。

"来,来吧。"那女子说话了,声音仍很柔和,但语调很怪。贵堂蓦地发现,这是一个日本人!他像被什么丑怪的虫咬了一口,急忙牵了小娃的手走开。

日本人势必有同伴,贵堂着急回家,又不好大声叫。在堤岸上站了一会儿,见玮玮和无因往女孩那边去了。又一会儿,四人高兴地跑过来。"这里有日本人。"贵堂悄声说。气氛一下子沉重起来。

吕贵堂忙把他的小小队伍带回家。一路上想着那日本女人柔和的目光,不禁想宅中女眷从来没有这样看过自己,这当然因为日本女人还不会看中国人的身份。他苦笑,又为自己居然敢挑剔宅中女眷而惭愧。"别怕,别怕。"他尽责地哄着小娃。

孩子们玩着各种玩具,早忘记日本人的威胁。午饭在孟家。玹子不来,峨在自己房里,五个孩子高兴之极。柴师傅给他们准备的是猪肉白菜馅水饺,还有四个盘子。他们早饿了,尤其是玮玮和无因,风卷残云一般,一口一个饺子。小娃羡慕地看,也想快点吃,但很快就呛着,无采给他拍背。峨说他吃得太多,叫他停止,他不依。后来他索性站在椅子上大声唱起歌来。唱的是:"砰砰砰砰,有人敲门。你是谁?我姓梅。啊梅大哥,门儿开开,请进来,你好啊?好!你好啊?好!大家都好,快乐不少!哈哈哈哈哈哈哈哈哈!"五个人都哈哈大笑。前几天玮玮和峨看了《薛丁山征西》,无因和无采看了《侠盗罗宾汉》,他们交叉着讲故事,讲得樊梨花下嫁罗宾汉,薛丁山大战狮心王。他们并不想研究中西文化之异同,只兴之所至,融会贯通。

一会儿赵妈来了,逼着小娃睡午觉。小娃硬要无采陪着,峨和无采便拿他当洋囡囡,又拍又哄。两个男孩不屑一顾,到玮玮屋里去研究几何题。

下午绛、碧回来,因、采回去,大家都觉得一天过得很好。峨跟着碧初,就像小狮子一样,在身前身后转,她想告诉娘上午的历险记,但没有机会说。黄昏时分,小娃忽说肚子疼。

"受凉了？娘给揉揉。"碧初拥着他坐在长沙发上，"吃得不合适吧？"

"饺子吃得太多了。"峫报告。

碧初点头，吩咐煮焦三仙汤。那是用山楂、神曲、大麦芽炒焦煎汤，专助消化。药是现成的，一会儿端上来，哄着小娃喝了，仍不见好。

晚饭摆好，只有峨坐下来看了一下，见是油煎饺子，便不高兴，说给她剩东西吃，又看看小米稀饭也不爱吃。到里间看小娃靠在碧初怀里，左翻右翻，十分痛苦。峫站在旁边急得满眼眶泪，一会儿递热水一会儿递热手巾。

"你这么疼小娃，上午别带他出去呀！"峨冷笑道，"你们玩得倒热闹！"说着，自管回屋去了。

峫本来是要说的，当成一件惊险的事说，这时反而不知如何是好，低头不敢言语。

碧初等了一会儿，柔声问："吃了什么不合适的东西？"

"没有！真没有！"峫急忙分辩，"我们上午在后园打雪仗，又到什刹海来着。"

碧初脸色一沉："都谁去了？"

"我们五个人。"

这时赵妈用雪白的手巾包了热盐，要焐在小娃肚子上。碧初接过放在一旁，说："要是急性盲肠炎呢，不能焐。用手轻轻揉，也许能赶出凉气。"

"我来揉一会儿。"赵妈让小娃靠过来，用粗糙的手抚着小娃滑嫩的肌肤。小娃似乎舒服一些。

一时间，绛初、玹子、玮玮都来了。紧接着莲秀也来了，莲秀鼓起勇气轻声说，是不是往后园去撞着了什么，该去烧两串纸，赔个礼。她的信仰十分广泛,从观音菩萨直到狐仙,都是膜拜对象。绛初哼了一声,众人都不搭话,倒是赵妈朗朗地说:"我看了二小姐又看小少爷,在孟家门里十几年了,我说一句。赔个礼,好处不知有没有,准保没有坏处。太太要是准,我去磕头去!"碧初不答,摸摸小娃的头,已烧得滚烫。她和绛初合计几句,决定送医院。再晚了怕戒严,即吩咐叫老宋的汽车,带赵妈和刘凤才去。遂检点东西,给小娃穿戴。

"娘,我陪着去。"峨出现在门口。

碧初心头一热说:"你在家照料吧,帮帮二姨妈。"又看了嵋一眼,"嵋还小,你到这屋里睡,好吗?"峨不言语。

众人出门时,碧初对莲秀说:"后园子的事托婶儿料理一下,宁可信其有吧。叫什么人办婶儿吩咐好了。"

这晚偏逢停电,因宅深院大,几盏来来去去的灯笼驱逐不了黑暗,气氛格外阴森紧张。

一路并无盘查,到了协和医院急诊室,碧初挂了特别号。坐在诊室中时,小娃已昏迷不醒,经过检查,是肠套叠,得马上开刀。

"请安排最好的大夫。"碧初的口气十分坚决。做手术依大夫的熟练程度收费,好大夫每次手术约数百元。

白衣小护士看看碧初,大概掂量了一下眼前这位太太的身份。很快联系好了,请当时一位关姓名医主刀。交了现金四百元,小娃给推到治疗室做准备。碧初稍觉安心。

一阵脚步声,医院宽大的甬道里跑进一群人,有男有女,有穿军服有着便装,叽里咕噜说话。碧初悟过来这是几个日本人。一个满脸横肉的军人抱着一个孩子,和小娃差不多大。碧初忙走到另一边,离得远些。过了好半天,一位医生和一位护士走过来,两人都是满脸歉意的苦笑。

"真是对不起,"医生的口气像是他办错了事,"那日本孩子也是肠套叠,他们指名要请关大夫。医院的规矩,你已经办好手续,关大夫即刻要给你的孩子做。他们说要和你商量,另换一位好大夫——"

"难道日本孩子的命更值钱?"碧初不由得打断了他,"既然已办好手续,医院应该立刻拒绝。何况你们还是教会医院。"

"我们也是没法子,倒是有一位邝大夫,和关大夫差不多的,不过知道的人少罢了。"医生勉强地说。

"那就请这位邝大夫给日本人做,不好吗?"碧初忙说。

说着一阵脚步响,那几个日本人围了过来。满面横肉的人走在前面,他身旁紧跟着一个穿和服的日本女人,这显然是孩子的父母。那男人脸上的横肉透着焦急,女人脸上有泪痕。

"我不懂日本话,也不会英文,"碧初立刻说,"有事请和医院商量。"

赵妈见日本人过来,忙来护住碧初,刘凤才则不知躲到哪里去了。不料那日本人说起中国话来,不很流利,但能听懂。

"我们日本孩子将来的责任重大,要帮助你们建立幸福的国家。我们日本孩子,要最好的医生!"他不觉用手摸了一下腰间的手枪。

刚看到日本人时,碧初有些怕。这时只觉怒气填膺,顾不得惧怕了。我们中国孩子得把生的机会让给你们,好让你们来侵略,来统治,来屠杀!她几乎嚷出来:"你们日本孩子回日本去,回日本玩雪去,回日本得肠套叠去,回日本治病去!"

但她只能克制怒火,先故意表示不大懂话,以示日本人说得不好。然后慢慢说:"这家医院的规矩很严,我们是习惯守规矩的,何况在医院。"一面说,一面想,这些人从日本打到中国,还说什么规矩!

"何况在美国医院。"甬道的另一端走来一位高身材穿白外衣的医生,是美国外科医生戴尔。戴尔严肃地看着日本人说:"关大夫打电话给我,我愿意给你的孩子治病。"

日本人不知对方是何路数,不知怎么回答。原先那位大夫介绍说这位美国医生轻易不给人看病,手术费比关大夫还高。护士对碧初点点头,领她到治疗室,躲开日本人。碧初一眼便见小娃在治疗床上躺着。

"娘!我害怕!"小娃睁眼抓住娘的手轻轻说。

"不怕,不怕,小娃从来不怕打针吃药,这也差不多啊。"碧初声音发颤。

护士安慰说:"手术很安全,关大夫已经在手术室了,请放心。"

手术室的护士进来推车,碧初跟着走,轻轻抚着小娃的小手说:"小娃最勇敢,爹爹在远处都知道的。要听大夫的话。"

"告诉峎,等我回去看萤火虫。"小娃又睁眼说。

"萤火虫夏天才有,到时候你早好了。"碧初含泪道。

小娃不语,到手术室了,忽然大声说:"娘,我其实不怕。"他放开了手,想转脸看母亲,平车已推进去了。

两扇凸花玻璃门关上了。碧初又是心疼,又是着急,又是愤恨,简直想放声大哭。她拼命忍住,回身见赵妈在身边,遂扶了赵妈的手到甬道凹处长椅上坐下。可怜的乖孩子,分明是让我放心才说不怕,若真有个长短,怎样见弗之!他才六岁,将来应该是他的。可是他躺在手术床上了,他也许再也出不了这个门,再回不了家了。

"太太!您别净想不顺的事啊!这下子一开刀,不就好了吗。还是个欢蹦乱跳的小少爷!"赵妈递过饼干,"晚上没吃饭,垫补垫补。"碧初推开了。

又一阵脚步响,日本孩子推进手术室了。那母亲也跟着,满脸的泪。碧初几乎同情她了。她走回来时,看见碧初,悲伤焦急的眼光忽然变得充满憎恨和敌意。她显然认为在他们日本人统治的地方,这医院竟让中国人选择名医,是不可思议的事。

还好她没有坐下,到别处等了。碧初从心底希望她的孩子也顺利通过手术。也许她希望我的孩子死,碧初想。管他呢,反正关大夫开刀不会照她的意愿。关大夫的刀这时不知落到哪儿了,套叠解开没有。想着又害怕起来。

甬道里忽然响起急促的脚步声,一个市民模样的人跑过来。护士小姐轻捷地追上他,说:"你是普通号,请下楼。"

"大夫说我的孩子得开刀,我实在交不出钱。"

"实习大夫做手术,费用不高。"护士安慰着。

那人面容枯槁,神情紧张,在黄昏的灯光下看去有几分可怖。他忽然大叫:"一个大子儿也交不起啊!我的姑奶奶!"

"走这边,走这边。"护士平静地引他从边上楼梯下去了。

夜很静,静得瘆人。碧初想起小娃出生时的情景。也是这样的严冬,方壶卧房墨绿色厚呢窗帘遮得严实。大家都说这次还是女孩,因为听人说女孩总是连着三个。孩子落地,意外的喜悦像有巨大漂浮力的船,把刚从痛苦中解脱的碧初托起。"孟先生!是男孩!""孟先生!喜得贵子!"门外好几个声音向弗之祝贺。弗之走过来时的表情多么好!虽然弗之以后说那是她心理作用,儿子女儿对他都是一样的。

而小娃——孟合己是多么好的儿子,他将长成多么好的人。手术室的门怎么不开?夜好长啊。

五个小时过去了,窗外微露晨曦。一个护士从手术室出来,碧初猛地站起,向前几步:"他,孩子,怎么样了?"

"您放心,手术顺利。"护士含笑答,"关大夫说孩子小,批准家人在病房照看。请到病房等候。"说着递过一张小卡片,是病房号。

"我就说呢,准保好!"赵妈眉开眼笑,"我留着,太太歇息吧?"

"我留着,还没有出危险期。"碧初见刘凤才走过来,对他说,"你和赵妈回去,和你们太太说,不用惦记。家里也不用派人来,帮不上忙。"吩咐了,自往头等病房来。

碧初刚到不久,就见平车推了小娃来,孩子还在麻醉中。护士轻轻移他上床,一切收拾好了,碧初上前审视,忍不住眼泪扑簌簌往下掉。

孩子面色苍白,双眸紧闭,气息微弱但是均匀。肚子上缠着厚厚的纱布,凸出一圈。"小娃!我的儿!"碧初坐在旁边,轻抚着那冰凉的小手。

护士不断地量血压,一会儿关大夫和戴尔医生都来了,他们低声交谈了几句。关大夫对碧初说:"孟太太请放心,小心不发炎,就好了。"碧初心中充满感谢,说不出话。

约两小时后,小娃慢慢睁开眼睛:"娘!娘在哪儿?"

他的声音嘶哑,伸手去拔从鼻子插进去的胃管。碧初忙护住,低头亲亲孩子前额:"娘在这儿,娘从来就没有走开。"

"我做了一个梦,"小娃费力地说,"娘和爹爹不要我了,把我扔给老巫婆。"

"老巫婆的房顶是巧克力的。"碧初含泪说。

小娃微笑,稍停又说:"可是我不吃。不知怎么峨也来了,我们就跑啊跑啊,找爹爹去!"

碧初眼泪滴在小娃脸上。小娃闭着眼感到那温热的水滴,眼泪也从眼角慢慢流下,母子的眼泪混在一起。碧初忙用手巾擦拭小娃的脸,又用湿棉花轻拭嘴唇,以减轻焦渴。

"娘不走吗?"

"不走,放心睡吧。"小娃睁眼看碧初好好坐着,轻轻叹息,放心睡去。

下午,绛初与峨来探视。峨说她来陪,让碧初回家休息。碧初摇头。

"可你怎么受得了!总要安排轮班,我,玹子,赵妈,刘妈,都可以。"绛初说。

"娘为小娃,自己命都不要。"峨说。她其实是关心,可是绛、碧都惊讶地看她一眼。

"至少明天再说。"碧初说。

"孩子们昨天出去,是吕贵堂带去的。"绛初想起来,说,"吕贵堂自己懊恼得不得了,现在也来了,在医院门口。我看他不用上来。"碧初颔首不语。

小娃迷糊中听见这几句话,忙说:"二姨妈和娘千万别责怪吕贵堂,是我们求着他去的。到冰场我没有跑。"

"说起来都怪玮玮,他和无因是大孩子了。无因是客,都是玮玮!"绛初说。

小娃泪汪汪地用力说:"其实是我最想去。现在哪儿也不能去了。"他从头到脚都不舒服,刀口开始疼。他不想哭,但眼泪自己涌出来。

碧初说:"没人责备吕贵堂,也不怪玮玮哥。一个人从小到大,哪能不生病,治好就行了。你还没和姐姐说话呢。"

"谁能看见我!"这是峨探病的话。不过她到床前拉住小娃的手,温和地一笑,这在她是极关心的表示了。"小狮子找你呢。我叫赵妈多拌猪肝安慰它。"小娃知道这好意不比寻常,点头微笑又睡了。

碧初一连陪了九天,小娃已能下地。医院不让再陪,碧初请了特别护士看护,回家休整,安排料理些琐事。

下午碧初又到医院,一进甬道先觉得气氛不对,白衣人在小娃房间出出进进。"怎么了?"她加快脚步进房,见住院医生站在床边。小娃在昏迷中呻吟,痛苦地扭着头,身子也在抽搐,细长的脖子好像挂不住过大的头。

"怎么了?我的儿!"碧初扑过去。护士们扶她到沙发上,解释说孩子发高烧,正想办法。

"昨天还好好的,怎么会这样?!"碧初满眼含泪,不知如何是好。

医生含糊地说:"手术后,中期发烧是有的。只因孩子太小,有些风险,现在正治疗。"

这时关医生来了,对碧初说,已用了安神消炎药物,精神治疗会起作用,有母亲在身边赛过药石。一会儿,小娃大概实在没有力气了,安静下来。碧初一步不敢离开。

护士透露,孩子的病是因惊吓所致。当天清晨,小娃倚枕翻看画书,那日本孩子忽然走来,手持玩具枪,对准小娃发射。枪声很响,枪口直冒火花。小娃吓得扔了书,日本孩子冲向床前用汉语大声叫:"亡国奴!亡国奴!"护士忙拉住,哄了出去。小娃当时大哭,过了一阵变成这样。

亡国奴!碧初立刻知道小娃不只因惊吓,也因气愤。她俯在小娃耳边柔声说:"快点好了,找爹爹去。"

"老,巫婆——从日本来。"小娃有气无力地呻吟,勉强吐出这几个字。

"没有。爹爹那儿,不会有老巫婆的。"碧初安慰着。小娃似听不见,陷入昏沉中。

"娘给小娃唱个歌。"碧初不管小娃听不听见,轻声哼着无调的儿歌,一面抚着小娃的手。

下午,绛初、玳拉俱来,拿了几种治小儿惊吓的药,医院一概拒绝,不用外药。黄昏时分,小娃又抽搐一次,两眼上翻,口角流涎。碧初伏在床前,恨不能以身代。护士打了针,才渐平静。

"娘给小娃讲萤火虫的故事。"碧初仍不管小娃听不听见,温柔地细声讲,那是峨和小娃都爱听的。萤火虫在小溪上飞,一盏萤灯掉进溪水,被水蛇抢去藏在洞里。它的朋友来告诉方壶的孩子。小娃想出主意救出萤灯。全体萤火虫两行列队庆祝,亮光顺着小溪伸延,望不到尽头。

"小娃想的什么主意啊?"碧初摸着儿子瘦多了的小脸。

这是这故事的妙处。每次小娃都编出一个新主意。这时他没有回答,只在唇边掠过一丝笑影。

碧初通夜目不交睫。后半夜,小娃又发作一次,已轻多了,但仍烧得滚烫。

次日下午,护士来报有人探望。碧初见小娃睡着,便到会客室来。

缪东惠夫妇站在室中,看着门口。缪仍是风度翩翩,此时满面同情之色,见面便递过一盒药,说:"听说了,听说了,救孩子要紧。"碧初见盒子装潢精致,用金色写着药名,是一种安神的牛黄制药,心中不由充满感谢,请他们坐了,说了小娃病况。

东惠道:"这样乱世,最怕生病!对吕老伯,孟和澹台二府,我从来是关心的,关心的。孟太太即请去病房照顾,我们不耽搁。"说着告辞。缪太太只是微笑,穿上大衣,轻抚大衣袖子,那貂皮在昏暗的房间中闪亮。

"真感谢,真感谢。"碧初捧着药盒由衷地说。

"小弟弟早日痊愈,大家都高兴。"缪氏夫妇走出楼道,转弯不见了。

碧初回到病房,见住院医生在小娃床边。这医生低头看着小娃说:"温度已经下降。"

碧初交过药去,医生说:"且放着罢。"声音有些异样。

小娃稍稍睁眼,微弱地叫一声"娘",又安稳睡去。碧初略觉放心。这时听见抽咽声,见两个护士在屋角低泣,医生脸上也有泪痕。

南京陷落。

四

南京陷落,香粟斜街三号上上下下,失魂落魄一般。

嵋很伤心,那是首都!但她最担心惦记的,还是小娃。赵妈回来后,她总跟着问,小娃疼吗?受得了吗?似乎赵妈是一位名医。听大人们说娘几夜未睡,她也担心。那天晚上赵莲秀去后园烧香,她也要去,绛初阻住说:"小孩子家,受不了那个。有什么罪,赵婆婆替担待了。"嵋不知需要怎样担待,又替赵婆婆担心。她问峨,被斥为多管闲事。

嵋长到十岁,还是第一次这样长的时间不见母亲。已对老太爷说两个孩子到雪妍处住几天,她也不能到上房露面。可能为躲灾星,绛初把玮玮打发到一个亲戚家去了。吕香阁因半年来没有文稿可抄,揽了些针黹,不常到西院。嵋每天做好功课,便在廊上站站,院里跑跑,到处都是空落落的。这么大的地方,她却觉得自己的心无处放。北风刮得紧时,她用心听,欣赏着从高到低呜呜的声音。天晴时,扒在窗台上看玻璃上各种花样的冰纹,院中枯树上的冰枝。还常常把檐前垂下的冰柱数来数去,奇怪它们的形状都不一样。有一天,她忽然觉得娘带着小娃回来了,一直跑到大门口,要到胡同外去接。吕贵堂把她截了回来。

好看的书都不好看了。她打了洋囡囡丽丽两次,明知丽丽没有错,又抱着哄半天,甚至呵斥了玩偶"小可怜"。小狮子似乎知道她寂寞,常围着她转,轻轻地咬、蹭,她都不耐烦地推开。她因为无聊,写了一段小故事,把自己形容为暴躁可怕的主人,猫和玩偶相约出逃,不认得路,只好又回来。

娘回来一次,嵋高兴得什么似的。但娘没怎么注意她,又匆匆走了,好几天未回。这天嵋怕冷,钻在被窝里不起来。空气本身似乎也冻硬了,把她卡住。赵妈不准她睡,说天气晴朗,让她到处走走跑跑。嵋听见门响,便到峨屋门前,峨关着门,不让她进。嵋只好往前院,想看看玹子下学没有。走到廊门院前,听见哗啦一声,是砸了东西,紧接着又是几下。在这混乱中,有玹子愤怒的声音:"打你!打死你!"

嵋想退回去,绛初已看见了,招手让她进去。

总是雅致宜人的廊门小院,这时像个刑场。三个日本玩偶绑在阶前枯树上,满头的脏水。玹子拿了一摞玻璃杯向它们砸。她脸红红的,眼睛亮亮的,分明很激动。地下一件花格呢镶灰鼠边的外衣,是她常穿的。刘妈过去要捡。

"扔了!快扔了!扔垃圾堆里去!"玹子大叫。

"好了,好了。只要没伤着人,就是万幸。衣服不要了。"绛初哄着,"嵋来了,看小妹妹笑话。"

玹子不怕人笑话,又拿起杯子砸到一个玩偶身上。这是一个美丽的日本女子。一杯砸来,它的高髻歪了,脸也皱起来,似乎很痛苦,一支透明簪子落在地下。嵋模糊觉得,它也是代人受过。

"怎么玩偶里没有日本兵!"玹子捧着杯子忽然说。另外两个是穿和服的老人和红衣小和尚,湿淋淋地垂着头,可能为他们的同胞感觉抱歉和羞耻。

"凌太太和小姐来了。"刘凤才在院门口探头。

玹子把手里的杯子全摔在地下,跑进屋关了门。绛初携嵋迎出,陪凌家母女到上房坐下。岳蘅芬无甚变化。雪妍瘦多了,全不像夏天做新娘子时的神采,虽是笑着,却是苦相。一件宝蓝色起暗金花绲边缎袍,只觉惨淡,不显精神。凌家母女刚到医院看过小娃,说确实好多了。嵋忽然靠在绛初身边,低声说什么。绛初笑对蘅芬说:"嵋闷得很,想留雪妍住几天,不知行不行?"

蘅芬沉吟道:"其实和嵋一起散散心也好。"雪妍微笑颔首。

绛初想起来,说:"真的,今天是冬至呢,你也用过晚饭再走。这几天乱得日子全忘了。今天玹子回来,还碰上日本兵! 一队人逼着她在前面走,一个兵用刺刀挑破了她的外衣。玹子回来大发脾气。好在没有大事。你说让人悬不悬心!"

蘅芬吃惊道:"早该躲着才好。出门太危险了。这年月,还上什么学!"

雪妍说:"玹子在家?不想见人吧?"

绛初道:"就是呢。你留着晚上劝劝她。"

"我可得回去伺候别人晚饭,哪有福气在这儿吃好吃的。本该给吕老伯请安,京尧没来,就不惊扰老人家了。"蘅芬说着站身,要往孟家看看。

一行人来到西小院,一进屋门,绛初便说:"这屋子怎么这么冷!"

炉子很大,满炉的煤,只有一丝火亮。雪妍怜惜地拉住嵋戴着无指手套的手,手指冰凉。

"真的,是煤不够吧?"蘅芬说。

赵妈忙捅火,用三尺多长的煤钎子在煤块中扎一个洞。

绛初责怪道:"你怎么这么节省?不怕嵋冻着!"

"我不怕冷。"嵋忙道。

"我们二小姐这孩子别提多懂事了。她不叫烧,省着等太太小少爷回来呢。"赵妈得意地说。

"嵋倒是皮实。雪妍也是这么体贴人,可要是这么着,早病了。"蘅芬爱怜地望着雪妍,好像她还是个小姑娘。

"峨回来没有?"绛初问。

"刚才听见门响。"嵋要去看,蘅芬阻住说:"不用打扰她,我们坐坐就走。"她对峨没有兴趣,觉得礼已到了。略坐一时,便告辞走了。

嵋有雪妍在,觉得很安心。这两个人素来彼此欣赏。嵋喜雪妍温柔宽厚,雪妍喜嵋天真而懂事。在这复杂的世界中,她们似有一种默契。

"遇见日本兵真可怕!"嵋想着玹子。

"我母亲建议我找点事做,可以消遣。当然不是日本人的事。看来真不能出门。"雪妍沉思地说。

嵋说:"我们迟早要去找爹爹。你和我们一起走,找玮哥去。"

雪妍苦笑:"五叔常有信来,玮哥嘛,连个下落也没有啊。"

"凌姐姐来了。"峨推门进来,淡淡地招呼,就好像每天见面似的,坐下垂头不语。

雪妍问她学校里情况,她不答话,尖下巴微微颤抖,分明勉强镇定自己,忽然站起身说:"刚才——刚才我吓坏了。"

雪妍走过来抚着她，问什么事。峨惊奇地瞪大了眼睛。

"我骑车回家，遇见一队日本兵都扛着刺刀在马路当中走，走着走着就挤过来，我只好下车，尽量靠边。日本兵忽然分成两队，把我挤在当中，把刺刀横架在我头上。"

峨停了一下，嵋跑过来靠着她，连声说："姐姐不怕，不怕。"

"我当时并不怕。"峨思索着说，"那些兵还是继续开步走，几十把刺刀从我头上过去，亮闪闪的。他们过去了，我看街上的行人，都低着头，装不看见。我觉得就算一刺刀扎下来，当时死了也没什么，可是想到日本人竟能在北平当街行凶，心里很难过。"峨坐下来，用手捂住脸，尖下巴仍在颤抖。

"玹子姐也遇上了。"嵋拉着峨的袖子，"二姨妈知道了。"

"不要告诉娘。"峨轻声说。放下手又说："我看见玹子了。我不敢骑车，推着车走，不多久后面日本兵的脚步声响得震人，他们又返回来了。这次一队人举着刺刀，推着前面的一个女孩子——就是玹子！她很镇静，走得很快，一个兵还用刺刀扎她的外套！他们把她赶了一段，忽然全体向后转，走了。玹子站在街心愣了一阵，我叫她好几声才听见，我们一起回来的。"

雪妍从未听峨说过这么多的话，不知如何安慰。峨说过这一段，似乎好过些。她没有回自己小屋，在炉边坐着，不再说话。

晚饭本说是在绛初那里吃，峨不肯去，三人便在西小院吃了。前院送来两样菜。吃过饭，雪妍建议去看玹子。这时天已黄昏，小院里台阶下积雪分外的白，园门外大槐树上鸦声阵阵。三人走出园门，见正院更是萧索。凉棚拆下后的木条席片，乱堆在院中大荷花缸旁。一阵风吹得落叶团团转，三人都打了个寒噤。雪妍说该穿上大衣出来，要转身未转身时，忽见大槐树后有一个人影。那人朝她们走过来，正是玹子。

玹子巧遇卫葑并送他出走后，曾专到凌宅报告经过，到这时也快半年了。只见她穿着藕荷色缎袄，上衬着白嫩的面庞，唇边漾着笑意，暮色中显得分外鲜艳。她走过来抱住雪妍的肩，没事人一样。四人又往回走，进西小院园门时，忽见院中芍药圃后太湖石旁打闪似的一亮。四个人都看见了，站住脚步，谁也不说话。

这时赵妈正好从下房出来，分明也看见了。停了一会儿，急走到上房点灯，一面说："小姐们回屋来吧，大冷天，别外面站着。"四人进屋，赵妈先拉着峨的手说："好小妹，什么也别说。"又向三位大小姐说："赵奶奶那晚烧香，见一排小红灯挂在后楼廊檐上。咱们求仙佛保佑罢。"后一句声音特别大，好像是说给仙、佛听。

三人都有点发愣，峨更是害怕，低声问："是狐仙吗？"

赵妈忙轻声喝道："小孩子家，胡说什么！"意思是童言无忌。峨吓住了，不再说话。

"这么说，咱们院子里住着仙还是佛呀？"玹子定神后笑着说，"要是有本事，怎么不帮着打日本鬼子？"赵妈不敢说玹子，只管摆手。

雪妍打岔道："地安门这边是今天停电？我们那边是星期二停。"

"有时候一礼拜停两回呢，越黑越显得不太平。"赵妈说着点上灯，看看炉子，倒上热茶，便往里屋收拾被褥。

"有些事科学还很难解释，譬如生命的起源，我刚上普通生物学，就觉得很神秘了。"峨不愧为生物系学生。

"那是你们没本事，研究不出来！"玹子说，"我们中国人没本事，让人得寸进尺，好好的老百姓成了亡国奴。亡国，所以成了奴！只要亡了国，还分什么高低贵贱，都是奴！"

玹子和峨互望着，想起下午被侮辱的一幕，眼睛都水汪汪的。

她们从小手心里擎着长大,若不是北平沦于他人之手,怎能受这样的侮辱!

"狐仙是咱们家供养的,白吃饭不成!"玹子冷笑道。

"打日本人怕难为它了,也许能告诉咱们一点消息?"低头坐在炉边的雪妍忽然抬头说。她心里是不信的,但又渴望着消息。

玹子笑说:"是呀!既然狐仙神通广大,我们何不问个休咎?"

"怎么问?"峨问。

"编个法子不行吗?这也没什么规定。"

大家觉得好玩,心里虽怀疑狐仙是否能懂这胡乱编的法子,还是商议着搜寻出好几支彩色蜡烛。先各自认定颜色,雪妍要白,玹子要绿,峨要蓝,嵋要红,倒是互不冲突。峨说该放到太湖石上去点,雪妍说在屋里就行。玹子折衷说放在廊子矮栏上,嵋没有主意,看着她们几个只觉得兴奋。

赵妈心知管不了,况有凌家姑奶奶在,人家是出了阁的,更不便管。只笑着说:"心里诚敬着些,别触犯着才好。"自往下房去了。

雪妍等四人来到廊上。一弯新月刚升到树梢,廊下积雪闪闪发亮。太湖石静静地立在花圃后、院墙边,玹子拿着蜡烛在栏杆上摆开。峨正要划着火柴,园门中忽然走进一个人,脚步轻盈,带笑说:"听得说凌姑姑来了,我也来望望。"原来是吕香阁。

雪妍笑道:"看我们玩什么呢,你也来参加。"

众人让她认了一支黑色蜡烛,摆好,峨才一一点燃。微弱的光照着蜡烛的颜色,火焰一跳一跳。因这一排亮光挡着,显得院中更黑,好像有猜不透的神秘。

四个人的同一心愿是,打走日本人!若没有国,也就没有家,哪里还有自己!又各有不同的副题:雪妍盼卫葑消息。那三姊妹想着远行的父亲,生病的小娃。玹子和峨各有隐秘的祝愿,不便猜测。嵋则希望她们四人的愿望都能实现。至于香阁,却有完全不同的想法,以后才知分晓。

一阵寒风吹过,五支蜡烛的火焰向一边拉长了,像要飘向远方。然后缓缓恢复原状。就在这时,一支蜡烛陡地灭了。蜡芯上飘出一缕淡淡的白烟,向黑暗里散开。

雪妍最先意识到,这是那支白的,她的蜡烛。

四支蜡仍静静地燃烧,又一阵风来,火焰左右摇晃,蓝蜡灭了,绿蜡又向远方拉长,像要飘走,随即灭了。只有红蜡和黑蜡还在亮着。

"本来嘛,嵋最小。"玹子咯咯地笑。笑声清脆地甩落在黑暗中。

她们又等了一会儿,红黑两烛仍在亮着,火焰一跳一跳很精神。又一阵风,红烛一点点暗下去,灭了,月光下依稀可见逐渐淡去的白烟在飘动。只有黑蜡仍亮着,随风拉长了火焰。众人屏息看着,又一会儿,黑烛也灭了。

大家舒了一口气,香阁说:"这全是闹着玩,只该我的先灭。全颠倒了,可见不足为凭。"

雪妍说:"命运的事,可难说。"

本来风吹烛灭是自然的事,她们却觉得心头沉重。回到屋里许久,大家都懒懒的。原只是好玩,这时却似乎要负担狐仙给的"启示"了。

一时刘妈提了灯笼来接玹子。灯笼上画着两个小人也举着灯笼。"太太已经吩咐雇了车了,明天两位小姐都坐车上学。"刘妈站在廊子上说,把灯笼举得高高的,照见栏杆上五支残烛。

临近除夕,小娃出院。南屋客人当时只剩了几位,一听见门前车声隆隆,由吕贵堂率领出迎,他们是由衷地高兴。

汽车停稳,吕贵堂抢上前抱起小娃。碧初忙说:"当心他的肚子。"这时三家的底下人都赶来迎接,伸长了脖子看这位死里逃生的小少爷。

"我自己走,我自己走。"小娃脸色白里透红,笑眯眯的,挣扎着下地走。众人簇拥着到垂花门。绛初、玹、峨、玮和嵋都到了。

绛初说:"小娃会挑时间,赶在过年时好了。让全家人都安安心心迎新年。"

小娃见了嵋和玮,高兴得大声笑,拉着嵋的手直摇。他走到正院,先要看公公。

南屋客人不进垂花门,前院仆人不进正院,进上房的人就更少了。只碧初带小娃,玮、嵋跟着进了上房。因为房子太大,不够暖,老人只在内室起居。不到一个月光景,吕老人更显衰老。他半靠在床上,厚厚的一摞棉被塞在身后,正在大声咳嗽。莲秀站在床旁捶背,一面报告小娃生病的经过。

"公公,我回来了!"小娃像打胜仗似的,高兴地叫。

老人来不及回答,又咳了一阵,才伸手要小娃坐上床来。"你可好了!这是现在医学发达,不然怎么得了!你们不早告诉我!"

碧初去接小娃出院时,才告诉老人实情。老人问了些医院情形,又问玮玮和嵋的功课。拿起床边放的一本打开的《昭明文选》,指着说:"庾信的《哀江南赋》,我现在看和年轻时看就不一样了。'李陵之双凫永去,苏武之一雁空飞。'为人不能再见故国,活着有什么意思!"

碧初在旁和莲秀说话。莲秀迟疑地低声说:"老太爷不只咳嗽厉害,近来夜里还大声哭,说要下地练拳。"

碧初知是南京陷落之故,心里酸痛。

一会儿,老人又咳起来。等咳过去了,碧初带孩子们退下。走到门口,老人哑声唤道:"三女!"碧初忙又上前。

老人缓缓地说:"我看你也瘦多了。小娃好了,你要留神好生休息。"碧初忙答应着,低头转身出去。

本来,碧初不在家,峨是不管事的,嵋还小,赵妈和柴师傅想着今年必没有任何过年的礼节了。柴师傅挖空心思,准备了一餐年夜饭,想着就算太太不回来,让两位小姐别忘了是过年。现在碧初带了痊愈的小娃回来,三号阖宅都觉安慰,西小院更是喜气洋洋。连峨也出出进进帮忙,实际一点也帮不上。从医院带回的食品中有一罐甜花生酱,嵋高兴地拿起来问了娘,知道可以吃,便打开瓶盖。浓郁的花生香味飘出来,瓶盖上有厚厚的一层,嵋便拿着瓶盖舔。

"你这么馋!舔瓶盖子!像什么样子!"偏巧峨看见了,立刻攻击。

嵋很生气,她并不愿意这么馋。娘都准了,你管什么!她要狠狠地气峨,便说:"你管我呢!还让日本人刺刀架在你头上!"刚说出口立刻后悔,扔下瓶子,跑过去抱着峨的腰。峨愣了一下,倒没有动怒,尖下巴又颤抖起来。

碧初知道了事情经过,心里很难过。她没有说嵋,拉着峨的手说:"二姨妈安排得好。下学期要是还不能离开,就住校好了。"

"有希望走吗?"姊妹二人连小娃都眼巴巴地问。

"希望总是有的。"碧初安慰地说,"来,咱们安排过年罢。打起兴致。到春天,上路也容易些。"

希望鼓舞着大家,到阴历年时都很高兴。

孟家过年依照弗之老家规矩,年夜饭前和初一早餐前要拜祖宗。祖宗牌位从方壶移来后一直在箱子里。除夕这天在西小院堂屋北墙设起供桌,先摆好香炉,两边分设瓶和烛台。请出祖宗牌位,牌位的底部是个小台座,带有雕镂精细的栏杆。有一个楠木盒子,取下盒子便见牌位上刻着襄阳孟氏祖宗神位,用石绿勾勒。这是孟家祖宗遗物,已传了好几代。弗之有一弟在外交部工作,长驻国外,这牌位总在弗之处。他们祖上三代都是府道一类官员,牌位台座周围嵌有一圈玛瑙一圈碧玉,是各代人添的,东西不贵重,却可见心意。当时新派人早已不供祖先,弗之却觉得既有牌位,总得供拜。碧初愿意一切都像弗之在家的样子,仍把拜祖先作为过年重要节目。

　　孩子们今年都没有做新衣。峨穿着去年的鹅黄起银花缎袍,仍很合体。嵋的桃红本色亮花、周身镶小玻璃钻的袍子短了一截。小娃为保护伤口,穿着宽大的烟色棉袍,高兴地晃来晃去。三个人都很精神。赵妈说从没见这样漂亮的孩子。她每年都这么说。

　　午饭时,碧初命多摆一份杯箸,那是爹爹的座位。孩子们知道,都像爹爹在家时那样,不敢大声说话。

　　午饭后,嵋叫香阁来一起抓子儿。用娘的大毛线围巾铺在桌上,撒上五个玻璃球,再分各种不同程序拾起。有一种是一次抛起两个球,先接一个,让另一个在围巾上跳一下再接,只有毛线织物能产生这样效果。嵋的小手轻巧地抛、抓、撒,彩色的玻璃球跳着滚着。她不计较输赢,谁赢了都高兴。香阁赔着笑,其实心不在焉。后来小娃要玩,便改为弹铁蚕豆,在两个豆之间用手指一画,弹一颗碰另一颗,碰上了,就赢一颗。一会儿,玮玮穿着新藏青呢面棉袍来了,也玩了一阵,赢了许多,又分给大家重来。峨过来看看,轻蔑地说:"都几岁了,还玩这个,有这份闲情逸致。"香阁站起让座,别人都不理她。

　　五点多钟,天已经黑了。前院厨房叫香阁去帮忙,玮玮自回屋。这里供桌上已燃起红烛,前面铺下红毡。碧初端正站着,拿了一束香。

小娃笑叫:"我来点我来点!"去年他要点就让他点了,今年还由他。他划了两次火柴没有点燃,碧初示意峨帮忙,峨扭脸不管。燃香本是峨的事,因她最长。现既让最小的当游戏,她又何必管?还是嵋上去帮着点了,觉得很高兴。她不是长女也不是男孩,没什么可计较的。

碧初插好香,先跪拜了,峨等依次行礼。嵋跪下去,看着明亮跳跃的烛光,觉得祖宗很亲切。

往日年夜饭都是各宅自用。吕老人这晚从不到女儿家。今年因碧初在,又只剩妇孺之辈,晚饭便开在正院上房。四人在牌位桌前站了一会儿,一同往正院去。

上房大厅中一盏暗黄的灯,好像随时要灭。大炉子今冬第一次烧,红通通的,倒是很旺。碧初四人到时,绛初三人刚进屋里。玹子才从六国饭店跳舞回来,穿着豆青色薄呢衣裙,随手披了一件白色开司米小披肩,炫人眼目。她的道理是不跳舞也打不走日本人。只是到处遇见日本人,玩得窝心。女孩子们的鲜艳衣服增添了明亮,有些过年气氛。大家为让老人听见,都高声说话,显得颇热闹。

屋中茶桌条几上都摆了零食点心,最主要的是过年用的杂拌儿,平常有金糕条、糖粘花生、蜜饯等十几样东西混在一起。今年样数少多了。莲秀换上一件绛紫色棉袍,张罗着给孩子们抓吃食。

一时入座。吕老人在圆桌正上首,一边是绛初,一边是莲秀。莲秀肩下是碧初,依次下来。席上所用器皿还是旧物,一套乳白色定窑瓷器,酒杯如纸般薄,好像要融化。内容却是拼凑,四个镂空边半高脚碟装着木耳炒白菜,糖醋白菜,北平人冬天常吃的用白菜心做的芥末墩,用白菜帮子做的辣白菜。

吕老太爷看不清楚,挨个儿问都是什么菜。听到这四样时,老人一笑说:"有一鸡三味,这一菜四吃也不错啊,倒要都尝尝。"莲秀忙搛菜。

绛初说:"爹不见得咬得动。"

老人说:"咬不动也尝尝。"

吕贵堂坐在玮玮肩下,低声说:"这两天街上很紧,听说有人炸了日本领事馆,伤了不少日本要人和汉奸。"

"吕贵堂,你大声说!"玹子自己的声音就够大的。

吕贵堂又说一遍。老太爷注意听完,说:"再说一遍!大声大声!"

贵堂回头看看房门,又大声说了。大家都喜上眉梢,昏暗的灯光也觉亮了许多。

"这才是一个中国人该做的事。"老太爷拿起酒杯,一饮而尽。莲秀担心地望着他。"可惜我老朽了。"他把酒杯重重一放,随着是重重的叹息。众人都不说话。

刘凤才提了食盒来上菜,端出一盘锅爝豆腐、一盘清蒸鱼,摆好了,退在绛初身后低声说:"巡警郑爷说了,今儿个晚上要查户口,有日本人参加。他早些儿上咱们这儿来,免得惊动安歇。"

这样一说,刚显活泼的气氛立时沉重起来。只有老太爷未听清,问你们喊喳什么。绛初说了。

老太爷默然半晌,发命令说:"孩子们都躲到小祠堂去!"

"您呢?"

"我就坐在这儿!"

碧初听说忙走上来说:"爹也往里躺躺才好,谁知道来的日本兵通不通人性!爹躺着,不用搭理他们。"说着和莲秀连劝带架把老太爷送往里屋。

玹子等连香阁都赶紧转到后房,进到祠堂里。绛初命刘凤才往前边照看,吕贵堂在这里支应。

盼咐刚完,柴师傅跑进来,低声说"来了,来了",刘凤才忙迎出去。

就听见一阵沉重的脚步响,越来越近。脚步声中响起老郑的声音:"刘爷,大年三十的,您瞧!"

话音刚落,进来十来个人,有日本兵、伪军、巡警和保长。老郑对付着说这一家情况,那三个日本兵并不认真听,只打量着房子。看见桌上的鱼,忽然坐下吃起来,吃得非常之快,鱼刺自动从两边嘴角退出,好像机器推着。别人都站着发怔,保长倒了三杯酒,给他们喝。

吃喝完了,他们看看户口册子,问吕贵堂是什么人。老郑说是主人吕清非的本家,又说是族人,都不懂,只好说是侄子,才点点头,懂了。他们没有问吕贵堂本人的职业,也没有问户口本上的学生们都上哪儿去了,他们似乎心中有数。

一个领头的日本小官颇为文雅地用手帕拭嘴,一面掀开里屋棉帘,见老太爷躺着,转身招呼部下离开。重重的脚步声向屋外涌去,刘凤才点头哈腰地跟在这小股喧闹后边。

"也不怕酒菜里有毒药!"吕贵堂小声说。

院子里的日本兵用生硬的中国话大声说:"好大的房子!"

很显然,如果他们要,房子就是他们的——他们可绝没有这样说。

照习惯,正月初二女儿回娘家拜年。多年来,澹台家和吕老人近在咫尺,从不在初一这天到正院。今年不同了,因惦记老太爷,碧初约了绛初把初二的礼仪提前。

戊寅年正月初一，孟家人起身后，向祖宗牌位行礼。然后柴师傅和赵妈依次上前，照惯例向碧初拜年。他们向供桌跪拜，嘴里说："给老爷太太磕头。"赵妈还添些吉利话，今年的主题是平安："平平安安，一年到头。没灾没病，太太平平，喜喜兴兴！"

碧初欠身表示还礼，然后给赏钱。今年他们两人的活儿都添了，赏钱添得不多，可都很高兴。

早饭后，绛、碧二人带领孩子们到上房，每年都由吕老太爷率领在小祠堂里拜吕氏祖先。因吕家无子，老人特别注重拜祖先的形式。他总是摸着小娃头，拉着玮玮手，默默祝愿他们长成国家栋梁。

上房静悄悄，炉旁残烬冷灰，尚未收拾。八九个人蹑着手脚进到里屋，见老人歪在床上，莲秀用热手巾给他擦脸，女用魏妈正收拾屋子。老人望着壁上的一把垂着大红丝穗子的宝剑出神。

"爹醒了。"绛初先温和地说。

老人吃力地转脸看着两个女儿，眼光是淡漠的，似乎在斟酌什么，半天不说话。

碧初说："爹累了，能起来不？不要勉强。"商量地看着绛初。

绛初说："就是呢，要不爹别起来了。外面屋里很冷。"

"你们去拜祠堂吧，我告假了。"老人转身向里朝墙说。屋里静如幽谷，孩子们大气不敢出。

绛、碧二人交换了一下眼光，绛初说："那就是了，先给爹磕头。"说着，众人都跪下。莲秀忙向旁边站了。

"你们都给我起来！"老太爷忽然坐直了身子，"我不配受你们的礼！我对国家，什么也没有做成啊，到老来眼见倭寇登堂入室，有何面目见祖先？有何面目对儿孙啊！"

老人的语音很不清楚，听去叽里咕噜一片。绛初不理这些，只管依礼叩头。碧初心里难受,轻轻喊了一声"爹",叩下头去。

行过礼,老人仍不转身面对众人,绛初便领大家往祠堂来。没有人问莲秀是否来,反正她是永远跟着老太爷的。祠堂里不设神主牌位,四面古铜色帷幕,挂着吕老人的祖父母、父母的画像。老人的祖父和父亲都做过一任京官,画像穿着补服。侧面挂着张夫人像,那是放大的相片。可以看出,绛、碧二人都很像母亲。

往年到祠堂行礼,都在热闹繁华中。祠堂的肃穆正好调剂一下。今年的肃穆压在每个人早已沉重的心上,就变成阴森了。北面纸窗已破,北风吹起帷幕,屋里冷如冰窖。碧初忙揽着小娃,峨也往母亲身边靠。她有些不安,甚至觉得外祖母的相片很可怕,因为那么大,那么像活人。

从祠堂出来,孩子们没有像往年那样到玦子和玮玮房里玩一阵,再在前院午餐。玮玮拉拉峨的袖子,两人互望一眼,不约而同摇摇头,大家默然各自回房。西小院里,峨要听无线电里连阔如说评书《东汉演义》,那几天正说到贾复盘肠大战。刚打开无线电,小娃连说害怕,让快关。只得各自看书。还好峨只是沉着脸,没有对谁发脾气。

都以为不会有人来拜年。下午澹台家与孟家都还是有公司和学校的熟人来交换消息。令人安慰的是,并无与伪政权有关的人来,缪东惠也没有来。

正月初五过去了,三号宅院内一切平安。绛、碧两人以为,新权贵们确实想不起老太爷了。老人在这深院之中,也许能平安隐居下去。

第 五 章

一

春天在满天风沙中来到了。什刹海冰面逐渐变薄,终于变成一湖春水。沿堤柳树在风声中醒来,透出朦胧的嫩黄。北平人给春天刮起漫天灰沙的大风起了个诗意的名字——醒树风。不过它不以醒树为满足,树醒了,还要继续刮。刮得行人睁不开眼,刮得景山顶上灰蒙蒙的,满城像同时在生千百个火炉,浓烟滚滚。待得忽然风止树定,便早已万紫千红开过,春去夏来了。

一九三八年春天,二十四番花信没有像往年给人们欣喜。人们注意的不只是窗外呼啸的自然的风,还有门窗关不住的各式消息。自那次查户口后,听南边广播的人谨慎多了。但是人们还是知道张自忠、庞炳勋部在山东与日军激战,知道中国政府坚持抗战的决心。也不时传出新四军北上抗日,八路军开展平原游击战的消息。这都给人们极大鼓舞。四月上旬,是观赏玉兰的日子,传来了台儿庄大捷的消息。人们的心从冬天的冰洞里,向上升起,温暖了一阵。

吕老人从旧历年后,身体好些,每天可以起来走动,那淡漠的眼神还是让人看了难过。玮和嵋,同时重感冒。嵋很快好了。玮稍好时又着凉,转成支气管肺炎。全家提心吊胆,小心调养了十多天,逐渐恢复。

这天绛初在玮玮房里,给他剥橘子,每一瓣都举起照看,怕有核卡着,一面听玮玮念英文。《鲁滨孙漂流记》已读完,现在念的是《格列佛游记》。刘凤才来禀报说黄秘书来了。黄秘书职位低,薪水少,没有补贴旅费,又是一家老小,无法挪动,派做了公司留守。实际上已没有事,很长时间没有来了。

绛初对玮玮说:"念念就歇歇吧。你才好,别伤了气。"

起身到起居室,见黄秘书站在当地,身材那样瘦小,还觉得无处放似的。见了绛初深深鞠躬,满脸愁容。

"有什么事吗?"绛初本以为他来做通常问候,这时忽然感到不祥。

"是有点事,有点事。"黄秘书期期艾艾地说,掏出一封电报,"您放心,总经理平安。就是,就是他摔了一跤,有点伤,只一点伤。"

绛初慌忙看电报,上写:"澹台勉先生堕马腿折,盼夫人即来。"说是电报,已经过了一星期了。

"这是真的?没有严重的事?"绛初拿着电报的手轻轻颤着,声音也颤着。

"没有,没有!"黄秘书心里同情,脸上五官挤在一起,好像越挤得近,越能证明他的同情。他望着绛初,照说该提出办法来,可是他实在不知如何是好。只挤着五官,一再重复:"没有,没有!"

"请孟太太来。"绛初吩咐倒茶的刘妈,"叫刘凤才去接大小姐回来。"自己走到西头书案上打开地图。南昌的位置,自子勤往那里,她已经很熟悉了。这时得研究路线,看火车通到哪里。

碧初立刻来了。黄秘书招呼道:"孟太太!您瞧这是怎么说的!"

碧初知情后,安慰绛初说:"骨折需要卧床,所以需要家里人去,并不严重。咱们反正要走,这样倒是能快点聚在一起。"

两人商量一阵,只能先到武汉,再做道理。遂请黄秘书先回去。黄秘书临走时忽然想到去问问公司留着的旧人,谁能跟着去,或有什么主意。

碧初沉吟道:"这事情不宜招摇,万一有人阻拦,就走不成。我不了解公司情况,只是乱想。"

绛初点头,对黄说:"这话有理。除了平常亲近的几家人,不用跟别人说,只给打听车票吧。"黄秘书脸上舒展些,鞠躬走了。

玹子很快回来了。她轻盈地跑上台阶,进房先站在绛初身旁,好像护卫母亲。

"我们什么时候走?"她问。绛初靠着女儿,感到些安慰。"玮玮呢?玮玮知道了吗?能上路吗?"玹子又问,她确定自己要陪母亲去的。绛、碧两人互望着,且不说玮玮的事。

绛初叹道:"照顾爹的重担全落在你一人肩上了,可怎么和爹去说?""爹还有看不开的?照实说了好。"碧初说,"现在路上不平靖,要换好几次车,总得带个人才好。公司里指望不得了。刘凤才人倒是能干,可有家室,为了咱们家让他们撂下家,也不是个事。"

"他不会肯去。这个人我知道。"绛初说。

玹子接话道:"我陪着妈妈,大保镖,没有人也没关系。"

碧初道:"玹子当然能干。照我想,柴发利很合适。这人负责任,认得点字。在这儿五六年了,厨房料理得不错。到了南昌,做做饭也好的。以后再上路,还是个帮手。"

绛初努力思索着:"那你这儿怎么办?你也要走的,谁跟着?"

"到时候再说。和爹一起走,还有吕贵堂呢。只要准备周密,都好办。现在事出突然,还是得有人跟着才好。"

绛初不再言语。

"怎么收拾？我来收拾！"玹子着急地问。恨不得插翅飞到父亲身边。

绛初仍思索着，对碧初说："玹子当然跟我走，现在也顾不得耽误课的事了。麻烦的是玮玮，他病刚好，受不了奔波。要是再反复，路上哪儿找大夫去！"

碧初沉吟道："你若放心，就把玮玮交给我。"

绛初又不语。她当然是不放心。

时间紧迫，玹子先回校办手续。校园里有几个小贩卖零食，精致的食品现在少了，那些十七八岁姑娘们爱吃的杏干糖、琥珀核桃等都还有。玹子泛泛应付了几个同学的招呼，走过校园，心里烦乱而又有些兴奋。办手续很简单，只开一个肄业证明，以便转学。然后到宿舍收拾行李，还到峨的房间，叫她回家。峨正懒懒地靠在枕上。

"起来！"玹子不由得大声说。心想我的事多着呢，还得来叫你。

峨不耐烦地望着她，等知道了原委，立刻跳起身："你先走了！太好了！"

"我爸爸受了伤，还好呢！"

"我帮你收拾东西。"这在峨是少见的事。

玹子招呼峨是奉命，她还有自己的联系。和几个要好同学告别，回到家又给几个朋友打电话。其中之一是麦保罗。保罗听说，次日来看她。

当时玹子系一条荷叶边白围裙，带了香阁在收拾箱子。她们带的东西很少，几乎全部东西都要封存。起居室的家具已然罩上套子，满地书籍。玩偶们靠墙排成一队，一个个瞪大眼睛，几个日本人已经被剔除了。

保罗见玹子认真忙着,先说:"我看你这样子最好,战争有时会给人意想不到的东西。"

玹子请他坐在众多家具中的一个小凳上,叫人倒茶,没有人应。香阁忙说:"我去倒。"

"我们很惨,背井离乡,万里寻父。"玹子笑着说,"可我真有点儿兴奋,再不用担心刺刀架在头上了。尽管我舍不得学校和北平城。"

"我也很兴奋。"保罗说,"不过不管情况怎样,刺刀怎敢架在澹台小姐头上?"

玹子白嫩的脸微微红了,冷笑道:"你好天真!因为你没有亡国!"

保罗自管说:"中国人在台儿庄打得很好,共产党军队也打了胜仗。"

"所以我想我们的命不至于太苦,能回来。"玹子的目光落在那排洋囡囡上,"它们的命是躲在箱子里等着。不知得等多少年,好在它们不会老。"

香阁拿了茶来,转动眼珠,看了保罗一眼,抿嘴一笑。玹子介绍这是一位本家亲戚。怕保罗不懂,又用英文解释了。

保罗意识到这是一种疏远但可以依附的关系。"这是中国的人情。照顾得真宽。"他说,觉得这女孩很好看。"我很厌倦北平城了。"他目送着香阁退下的身影。"也许我也要往南方去。看世界形势,日本侵华只是开头。"

"那就更热闹了。"

"可不是,我们美国人对世界安全负有责任,我们想得多一些。"

"哎呀,我们中国人想得也不少,不过我不能代表中国。你厌倦北平,是厌倦日本统治下的北平吧,北平永远不会令人厌倦的。"

"卫葑有消息吗?"

"没有。要调查吗?"

保罗笑了,说:"我有时觉得命运很奇怪。我看最奇怪的是我学了中文,派到中国工作。"

玹子认真地说:"我也觉得命运很奇怪,我为什么是我?为什么轮到我现在离开北平,而不是峨她们?"

"孟家也要走吧?"

"当然了。"

门轻轻开了,同时探进三个头。上面的是玮,中间的是嵋,下面的是小娃。保罗忍不住笑,招呼道:"你们好。"

玹子命他们进来。保罗说了些一路平安的话,起身告辞。

嵋一进来就蹲在洋囡囡前:"真可怜,它们要在箱子里呆着。"

"你挑一个吧。"玹子忽然说。

"真的?"嵋高兴地立刻把秀兰抱起来,"玹子姐,我知道你最喜欢秀兰,我替你照顾她。"

"还可以放几个在我箱子里带走。"玮说。

"你的箱子?还不知道让不让你走。"玹子说。

"我也要去侍候爸爸!"玮玮说,"其实你留下好了。"

"可惜我没得支气管肺炎。"玹子温柔地抚着弟弟的肩,调皮地望着他。

直到绛初和玹子走的前一天,才决定玮玮留下。玮玮不愿意,但他有足够的理智,知道应该配合,不能再给母亲添麻烦。

绛初忍泪说让他留下时,他愣了一下,答应了,还安慰说:"娘放心,我其实全好了,不会给三姨妈添乱。"

决定以后的第一件事是把玮玮住房搬到西小院上房东里间。嵋和小娃很高兴,前后跑着帮助拿零碎东西。房子不能空,怕日本人来住,已商妥黄秘书一家来,带看房。玮玮的大型玩具航模等物西小院放不下,前院单留一间做游戏室。

绛初在玮玮房里,从大家具到小摆设都细心安排,把被褥编了号,嘱随天气换用。又特别嘱咐:"三姨妈是亲人,你凡事要听话。几种调理的药,记着按时吃。等身体好了,每天要按时念书打拳,不可荒废。千万不能出门!公公那里,常去陪着解闷。"玮玮听着,背转身拭眼睛。

幸有嵋和小娃为伴,还有亨利留着。它也迁到西小院,见狗房放在廊上,便钻进去,不需特别解释。它把爪子搭在小门槛上,头枕在爪子上,眼睛忧郁地随着玮玮转,似乎在问:"你什么时候走?"

玮玮对母亲说:"妈妈放心,不要再把我当成孩子。从日本人进北平那天起,我就不再是孩子了。"他已经比绛初高,使得他的话格外有力。

绛初捏着手绢按按眼睛,勉强带笑道:"谁把你当孩子!只当你是有勇有谋的大人,留下帮三姨妈的。"

玹子在旁道:"过几天又见面了,别这样想不开!"

绛初走时,不让玮玮送。玮玮也没有要送。这一天嵋和小娃一直伴着他。晚上吕老太爷特地召他到上房陪用晚饭,把一块遍体正黄,黄中洒满红点的上品鸡血石给了他。

自柴发利随绛初走后,碧初用了刘凤才做饭,赵妈洗洗涮涮,日子颇为平静。刘凤才以前学过几天手艺,久已荒疏,蒸咸煮淡,常使大家惊叹。除峨回来时抱怨几句外,孩子们都能幽默地对待。玮玮形容饭菜是笑料连台本,隔两天出现一次,然后再听下回分解。因是玮玮说的,刘凤才也不见怪。

以后玮玮日见强壮,且似长高了些,很令碧初高兴。另一件让她安慰的是,沦陷快一年,并无人来找老太爷。老人对他们可能确实无用了。这样的话,老人受不了旅途颠簸,留下未尝不可。夜阑人静或晓梦方回,碧初常良久地琢磨这事。原先设计的旅行都以老人为中心,现在看来,未见得能实现。走,几乎不可能,留下,也不能完全放心。日本人会在暗中注意他吗?最让她不放心的,是老人脸上淡漠而奇怪的神色,眼神迷惘地望着远方,不知看着哪里。

一家又一家都走了。绛初走后几天,秦校长夫人打电话来辞行,说她们先走一步。五月上旬,一个风和日丽的下午,李涟太太带了儿女来访。

李太太金士珍穿着镶本色宽边的旗袍,看不出是何时流行的样子和料子,颜色像是阴丹士林。她很瘦,但不窈窕,动作僵硬,像条木棍。她一手牵着男孩之荃,大声评论着走进西小院。

"原来你们在城里有这么大的房!前院怎么那么多人,乱哄哄的!后院是老太爷住吧?几口人啊?不瘆得慌!"大女儿之芹牵着妹妹之薇默默地跟在后面。

碧初忙让座奉茶。让峨、峿陪之芹等三人去玩,自己陪着李太太说话。

李太太是北平旗人中的蒙古族,据说金是清朝皇室的赐姓,何以赐,无人考。李家一直住在城里,与学校中各家眷属来往不多,她的举止口音,很带城内市民味。人皆知她的信仰奇特,常常装神弄鬼。

"文涟拜托孟太太了,我们往南边去,全靠您了。"士珍开门见山,话音里带着笑,特地称呼李涟的字,显着文雅。"我说什么也得跟住他,谁知道这仗打几年呢!"

碧初表示欢迎。正题很快说过,便家长里短闲谈。孩子们那边,峨招呼过,转身进了小屋,不再出来。峫引之芹等和小娃一起玩。之芹是个极普通的温柔姑娘,两条半长辫子俱垂在胸前,脸上有种沉思的,略近呆板的神情,和她的年纪很不相称。

她见小娃拿出各种玩具汽车火车枪炮玩偶等,不禁说:"你们有这么多玩具!"随手拿起一节火车,"做得真精细。"

之薇愣愣地站着,之荃仰着头一把抢过,说:"我们要开火车呢,你看什么!"

峫和小娃都很惊讶,只好帮同接起轨道。火车在圆圈轨道上跑起来,孩子们大声欢呼。

"你们很快活。"之芹做出一个微笑,对峫说,"我们很少这样玩。"

"那你们下了学做什么?"

"做家务事,照看弟妹,温习功课。"之芹若有所思地说。她还要帮母亲举行一种宗教仪式,每周一次杀鸡宰鹅,和教友一起吃喝。这点她羞于启齿。

"我也做家务事,照看小娃。"峫天真地说,"他要是淘气不听话,就交给赵妈。"

之芹轻轻笑了:"你姐姐怎么不管?"

"她不高兴,什么都不高兴。可是我,什么都高兴。"

峫略侧着头,那双表情丰富的眼睛盛满笑意,一副什么都高兴的样子,显得十分妩媚。

之芹沉思地望着窗外,丁香花枝簇拥在窗前,将残的细小花朵还很稠密,忽然从花底飞出一小片绚丽的颜色。

"蝴蝶!"她高兴地叫,拉了峫的手向外跑。

"乱跑什么！一点规矩都没有！"坐在外间的李太太喝道。之芹立刻停住脚步。

"让她们出去看看？"碧初商量地说，"院子里有几棵花草可以看看。"

之芹到了院中，并未注意花草，眼光跟住蝴蝶忽上忽下。

"她上生物系高兴吧？"她问。再过几个月她高中毕业，没有人问过她想学什么。

"姐姐吗？看不出来。"嵋也忙着看蝴蝶，"你喜欢蝴蝶？你也想进生物系吧？"

嵋说对了，之芹是想进生物系。原因很简单，她喜欢蝴蝶，想研究蝴蝶。现在不敢想了，背井离乡，远到西南瘴疠之地，也许得辍学，帮助照料家务。

"昆明那边有蝴蝶，更多更大。"嵋说，"大姨妈一家有一次来北平，慧书带来好多呢，都搁在方壶了。"

之芹知道方壶，李涟曾带她到明仑校园去过，把一栋栋房屋指给她看。就是那次，她看到许多蝴蝶，在倚云厅前，方壶圆甒间长满矮花的草地上，上下飞舞。她轻轻叹息，说："会书？"

"慧书是我的表姐，方壶是我们的家。那儿有许多萤火虫。我更喜欢萤火虫。"嵋钻进花丛中，"你要这只吗？"她用两个手指轻轻一夹，捉住一只彩色斑斓的蝴蝶。

"哦，我不要，不要。"之芹忙摇手，向悬着细花竹帘的房门看着。

"之芹！你跟小孩子玩什么？"李太太叫，"进屋里来！"

之芹抱歉地一笑，进屋去了。嵋很遗憾，把蝴蝶放在掌心，轻轻吹了一口气，放它自由。

屋里李太太说："我们大姑娘是个实心坯子，不通窍。我们这娘儿四个,可给您添累赘了。"

碧初道:"之芹和我家的峨同岁吧?可比峨懂事多了,哪能添累赘呢。"

"到底什么时候能走?真叫人烦心!文漪走后,只有一封信。"李太太说着不禁咬牙切齿,"想把我们娘儿几个甩了,可办不到!"

碧初安慰说:"李先生是去年年底走的,路上辗转奔波就得多少时间!现在的信,也没有准儿。总之咱们一起离开北平就是了。"

"孟先生孟太太为人可靠,我们这才靠了来了。"李太太说着,硬要放下两个点心盒子。推让之际,嵋捧着一束丁香花跑进来,正和李太太打个照面。

"哟!这是二小姐?"李太太好像才看见她,上下打量着,"我可不说玩笑话,这是一品夫人的命。"

嵋毫不羞涩,也不气恼,把丁香花向母亲一举,跑进里屋去了。碧初想,还好说的是嵋,若是峨,还不知怎样生气。这时见金士珍两眼发直,想起人传她会运用"慧眼",能见人所不见,忙打岔说:"有车等着没有?我这里有熟的车,马上能叫来。"这才打断士珍的功夫,召集她的队伍告辞。

碧初送走客人,觉得很累。回到屋里,见玮玮刚从吕老人上房回来,摆弄着一块乳白半透明的圆石。

玮玮递到她眼前,高兴地说:"公公叫刻四个字,刚才已经在肥皂上练过了。"又递过一张纸,上印着四个鲜红的小篆:剑吼西风。

"剑吼西风?"碧初抚摸着那块圆石,若有所思。

"剑吼西风!"公公并没有讲解,玮玮觉得这四个字威武雄壮,兴高采烈地拿着刻刀指指点点。

"思悲翁,不请长缨,系取天骄种,剑吼西风!"

碧初默记那首《六州歌头》,心中难过。她像绛初一样抚一下玮玮的肩,自进里屋去了。

二

碧初很累。孟和澹台两对夫妇四个人操心的事,落在她一人肩上。要考虑的不只是柴米油盐,而是严重得多的大事:在兵荒马乱中怎样确保一家人平安南去。吕老太爷的留还是走的问题,最使她焦虑。

绛初走后约半个月,弗之信到。信照例简单含糊,碧初却一看便懂。文学院已迁到云南的一个小县龟回,嘱即南去。最后有两句诗:"梦魂无惧关山锁,夜夜偕行在方壶。"

碧初抓住信贴在心口许久,展开再读,不下二十遍。然后默坐一会儿,把这行诗裁下,放在手袋中,起身到正院上房。到了门口,想想还是先和莲秀说,遂退回来,叫峨去请赵婆婆。

莲秀进屋,赔笑说:"日子过得真快,转眼芍药开了。一会儿我剪两枝给老太爷插瓶。"

碧初往窗外看,果见两株白芍药都开了,繁复的花朵有小碗口大,清雅中透着艳丽。因说:"还是婶儿心静。我天天过来过去,就没看见。"把信给莲秀看,一面说,"走,是早合计的。不知爹的想法怎样?和你说过没有?"

莲秀说:"没有整篇整套的交代,意思我是明白的。老太爷不会走。三姐你想,他家可走得成?走不成哎。身体不行,这是一宗。留着还不引人注意,大家一起走,怕是一个也走不脱。"莲秀憔悴的脸上一双扣子似的眼睛充满忧虑不安,"他家像是自己有个主意,我可不敢说。"

碧初略一沉思,和莲秀同往上房。老人拥被坐在床上,温和地问莲秀:"往哪儿去了?"

"和三姐说话去了。"莲秀掖掖被角,转身在火炉上热水盆中拧了手巾,给老人擦擦眼睛、胡子。

老人的目光随着她转,依恋温顺又有些茫然。碧初觉得那像只小猫的眼光,心里很难过。

"你也要走了吧?"老人对她倒是很平静。女儿本是留不住的,从出嫁那天起,就没有指望她们奉养。三个女儿中,老人素来最喜碧初,喜她敏慧沉静心地宽厚。不过女儿再好,终有她自己的生活,这些年能在一起,已该知足了。

"爹料事如神。"碧初勉强微笑,把弗之来信说了,"早就说和庄家一起走,李涟太太也参加,现在是三家人一起,沿途会好好照顾爹。从天津坐船,船上很舒服。"

老人摇头,说:"你的孝心我知道。可我好像没有这个力气长途跋涉了。"

"能隐姓埋名,安静度日,留下未尝不可,可他们能不来捣乱吗!现在虽说没有动静,往后还不知有什么花样。"

"所以你们应该快走,趁能走的时候快走。"老人打断女儿的话,急促地说。说着咳嗽起来,脸涨得通红,又打喷嚏,又吐痰。痰落在胡子上,莲秀连忙擦拭,碧初捶背揉胸。喘息定后,老人才说:"你看我走得吗?平白添累赘。你放心带孩子们走。维持会早成立了,没有来找麻烦。我对他们没有用,会容我隐姓埋名的。我这里有莲秀,外面有吕贵堂,足够照料了。"

"现在不是太平年月,爹留在虎口,我们怎么放心得下。"碧初声音有些哽咽。

老人温和地说:"不走,是留在虎口;走,说不定连你们都送进虎口。留在虎口,那牙齿不见得直落下来,若有举动,可要大嚼了。不过咱们可以再想想,当然最好有万全之策。"

碧初知道这是安慰的话,也无别的办法。回到西小院,心里七上八下,真不知如何是好,又无人可以商量。嵋知道母亲烦恼,像小猫一样跟前跟后,想为母亲分忧。到晚上上床后,碧初久久不能入睡,听见嵋也在小床上翻身。

"娘,我能过来吗?"嵋小声问,说着爬到大床上,钻到碧初被子里。"娘,我知道公公不能和我们一起走,你不放心。你带他们几个走,我留着照应公公好吗?"

碧初一把抱住女儿温热的小身子。"好孩子,亏你有这个心!睡吧,你还太小啊。"

"我不小了,你叫我做的事我都会做。"嵋心里多想走啊,想跟着娘去找爹爹,可是也愿意留下来,如果对公公有用。虽然公公平常不见得喜欢她。

"好孩子,你留下也没有用。"碧初轻轻拍着她,又摸摸睡在里面的小娃。"若是照料生活,有赵婆婆。留下来得对付日本人,咱们处在沦陷区,没有保护。"

"咱们到南边,就有国了,是不是?娘!"嵋睁大眼睛望着黑夜,想了一下又问:"北平永远是日本人的了?"

碧初忙答:"那不是!要看咱们自己有没有本事打回来。"

"那我们都要学本事!"嵋说。

靠着母亲,嵋觉得十分安心,还想说话,却不由自主睡去了。碧初摸着她柔滑的头发,心里又温暖,又酸楚。

次日,孩子们还睡着,碧初起来洒扫。赵妈本不让她做,她总要帮忙,扫廊子时见那两朵白芍药在晨光中很精神,便剪下来,放在桌上,才想起找瓶子。正往里面杂物柜中找时,听见莲秀的声音:"三姐,老太爷过来了。"

碧初忙扔下手里的东西迎出来,见老人颤巍巍走进屋,莲秀和吕贵堂左右搀扶。吕香阁跟在后面,拿着痰盒、手巾等物。

"爹!爹怎么走来了!这么早!"碧初忙移过一张安乐椅,让老人坐下。

"练练腿脚,好上路啊。"老人高兴地说,他穿着一件宽大的深紫色夹晨衣,稀疏的银须飘在胸前,看来精神尚好。

"爹走?"碧初忽然精神起来。

"告诉你一件事。"老人神秘地说,"昨晚上,西山游击队来人了,要接我往山里住,只要混出城门,路不远。是不是啊?贵堂。贵堂带进来见我的,是不是啊?"老人说着,不时问着吕贵堂,似乎需要他证明。吕贵堂连连点头,神色很不安。莲秀脸上犹有泪痕,却不敢擦。

碧初一时不明白是真是假,疑惑地望着老人。

老人继续说:"来人也是明仑学生,知道弗之,认得卫葑。说知道我一辈子奔走,推翻满清,参加辛亥革命,又主张联共,不容于蒋,愿望只有一个,想亲眼看见中国独立富强。他邀我到西山住,等着收复北平。抗战胜了,中国就能证明自己有力量生存于世界。"

"怎么去法?"碧初问。

"等你们走了。你放心走吧。等你们走了,会来接的。"老人用力地说。

这时莲秀撑不住,眼泪直流下来。碧初猛然明白了,老人是在安慰她,想象出万全之策来安慰她。她不知说什么好,叫了一声爹,就停住了。

吕贵堂大声说:"昨晚上是我领着人见了太爷的,谈得很好。三姑只管放心走,游击队神通大着哪,他们上上下下都能安排,这点事不算什么。"老人听得清楚,脸上露出满意的微笑。

"爹说的,我都信。"碧初只能这样说,这是老人最爱听的。

老人仔细看她,见她勉强笑着,很怕她哭,伸手拍拍她的手臂,要站起来,说:"我看看孩子们。还睡着?"

众人忙来搀扶,碧初先引到玮玮屋。玮玮脸朝里躺着,一床墨绿绸薄被一半在地下。他猛然醒了,坐起身望着公公发怔。

"玮玮好孩子,你们要远走高飞了。国家靠你们。干什么都要努力向前,不能后退啊。"老人说。

玮玮有些莫名其妙,跳下床站了,恭敬地说:"是。"老人见床头小几上放着那块圆石,拿起来凑到眼前看。

玮玮说:"刻了三回了。"

老人点头,说:"一会儿打出来我看。"

嵋和小娃在西里间,两人睡得正沉。嵋的脸红扑扑的,小娃连着咂嘴。老人站住,摆手不让惊扰他们,眼光在小娃身上停了许久,轻轻叹息。走到外间站住了,问:"峨呢?"碧初答还在学校。

老人点点头,众人簇拥着走出西小院。碧初跟着送至上房,看老人在床上坐好,才退出来。

"三姑,"吕贵堂跟出来,踌躇着说,"爷让这么说的,他老人家觉着好像真事一样。说来说去是为了让你放心。你放心地走了,他才安心。"

"实在也没有别的法儿了。"碧初心乱如麻,强压着悲痛,"我们走!只是若说放心,怎么能够!"

我们走!这是碧初的决定。她决定后即往玳拉处商量。其时庄先生已结束天津工作,早到昆明了。她们来往几次,商定取海道前往,先到天津乘船,行期定在六月初。

因为正院太空,老太爷计划搬到前院里小院,即玹子住的廊门院,吕贵堂父女搬到南房,不用的东西都堆在西小院。碧初主张乘几个用人还在,就开始搬,不然几个人住几十间房,阳气压不住。于是开始搬动,满院一片杂乱景象。不要的东西就给刘凤才、赵妈和上房要裁的厨子。还有些走了的南房客人回来要东西。

碧初自己带着赵妈收拾上路的箱笼,心神不定,不知此一去何时回来,老太爷能否等到团聚。再想,这样严重的民族存亡关头,哪里还能求得亲人们都在一起!比起多少人在战火中家破人亡,还算有个盼头。再想到即将见到弗之,心里又感到舒帖。这样一时悲一时喜,收拾了好几天。这天想起要给大姐素初带点衣料,原有几块织锦缎花色不好,还需添置些日常用物,要到东安市场一趟。嵋和小娃生长在明仑校园,很少进城,更少上街,到东安市场数得出次数,都要跟去。因邀玮玮同去。玮玮说,很快要离开了,去看看吧。

几天来一直阴雨,淅淅沥沥,到处湿漉漉,搬家具,收拾东西很不方便。赵妈忙里偷闲,做了一个小布人,红袄绿裤,怀抱扫帚挂在门上。每逢连雨她都要做这种小人,叫做"扫阴天儿的"。大家出来进去都拨弄一下,叫它摇晃着好扫去阴霾。

碧初笑说:"你这样忙,还做这个。"

赵妈说:"小妹喜欢这些小玩意儿,再做一个,往后还不知道能不能再做了。"

嵋看了一眼,说:"谢谢你,赵妈。"心里并不在意,只想着要去东安市场,要坐大船,到很远很远的地方,那地方长满了腊梅花,爹爹拿着一本书,坐在腊梅花下。

"扫阴天儿的"工作不努力,去市场那天仍飘着细雨。景山上云雾很重,像戴了顶大帽子,天空阴暗。碧初牵着小娃在前,嵋抓住玮玮的衣袖跟在后边。市场的道路很窄,路面是砖铺的,很多地方凸凹不平,还有积水,好像是古老乡村的街道。可是两边店铺灯光明亮,照着橱窗里各种漂亮的可爱的东西,有一种温暖从容的气氛。一个店里有这么多好看的五颜六色的绸缎,一个店里有这么多耀眼争光的珠宝首饰,又一个店里摆满硬木家具和瓷器。叫人不由得想慢慢走一走,细细看一看。小娃来时提出要吃栗子粉,告诉他春天没有,他把条件改为冰激凌。一间旧书店橱窗里印刷精美的英文画书吸引了嵋,她把鼻子按在玻璃上向里张望,那是《阿丽思漫游奇境记》。她读过这本书的译文,却没有见过这样好看的画。玮玮看着,评论说,那三月兔的表情真奇怪。

碧初在前面走,又回来找他们。书店里出来一位穿长袍的伙计,请他们进去坐坐。

"没有时间了。"碧初皱眉说。

伙计满面春风准确而麻利地拿出那本画书送到嵋眼前,话是对碧初说的:"这是有名的公司出版的。您瞧才卖多少钱?五毛钱!"五毛钱当时够买小半袋面粉,也不便宜。

嵋对价钱毫无概念,抬头看着母亲:"娘,贵的话就不买。"这时小娃也踮脚伸头在看,指着三月兔的滑稽模样,笑出声来。

"我说您哪,一本书几个孩子看,还不值?"伙计说。碧初笑笑,买下了。

"娘,再挑一本,带给慧姐姐。"嵋仰着脸儿请求。

"那就挑两本吧,还有颖书呢。"碧初说。

颖书是慧书的异母兄,这些关系,嵋许久以后才明白。当时又买了一本《阿丽思漫游奇境记》给慧书。玮玮挑了一本《金银岛》给颖书。由嵋郑重捧着,宛如得胜的将军。

他们又到一家熟识的绸缎店,戴瓜皮小帽的掌柜高兴地说:"孟太太,可老没见了。"又抱歉地说,现在不比往常,跑外的伙计少了,不然来个电话就行,怎能让孟太太自己来!问清要求,好几个伙计把各种花色的绸缎打开,铺平在柜台上。有的搭在自己身上,还搭在嵋身上比试,让碧初挑。掌柜也帮着发表意见。

　　在黯淡的灯下,各色铺展开来的绸缎发出幽雅的彩色光辉,满店堂喜气洋洋。他们沉浸在古老北平买和卖的友好艺术气氛中,几乎忘记北平已不属于他们。

　　忽然有人推门进来,一句听不懂的日本话,全店堂的人都愣住了。掌柜的身先士卒,忙上前躬身接待。来人是两个日本军官,还有一个显然是勤务兵。

　　"您来了!您坐这儿。"掌柜的敏捷地用袖子掸掸太师椅。

　　日本人傲然四顾,络腮胡的下巴抬得高高的。嵋连忙躲在碧初身后。碧初一把拖住了玮玮,把钱包给他,让他付钱,一面迅速地指定了两种缎料。那勤务兵凑上来看碧初买的什么,碧初目不斜视,自管拉了嵋和小娃往另一边柜台看料子。等玮玮付好钱,示意他先走,自己殿后。出店门后,大家不约而同快步走了一段,快到市场门口,才放慢脚步吐一口气。

　　嵋忽然觉得周围景物全都变了,那迷人的光彩没有了,她只想大哭一场。谁也不提吃冰激凌,谁也不想再慢慢走走,细细看看。

　　出市场门时,遇见几个服饰讲究的男女和几个日本人一起,说笑着走进来,趾高气扬,从眼角里打量着碧初等人。碧初一阵恶心,一手牵着小娃,另一手紧拉着玮玮,几乎逃一样回到家。峨看见那缎料说难看,谁也没有说话。

　　登程的日子越来越近。碧初本来考虑带赵妈走,因她已过五十,自己担心能否活着回来,决定不去。她最舍不得嵋,嵋也为她不去哭过,但很快就又高兴起来。

旅行的兴奋散布在孩子们中间,几个人商量着整理东西。除了小娃外,每个孩子都有一个"私房"箱子。峨和玮都是正式箱子,装自己的衣物,峏则是一个象征性的小箱,装自己心爱之物。箱中放了一个小圆砚台,一个铜墨盒,上刻着"自强不息",是小学奖品。两根仿铜木镇尺,雕工细致,上写着"少壮不努力,老大徒伤悲",是吕老人所赐。还有一个很漂亮的针线匣,绿绒底,满绣十字花图案,是弗之从欧洲带回的。再有些花花绿绿的玻璃球、缎带、丝帕之类。剩的地方有限,只能带一个玩偶,得在秀兰、丽丽和"小可怜"中选一个。她首先淘汰了丽丽,但对秀兰和"小可怜"则不能决定,不是因为秀兰更美,而是因它是玹子姐的,她不应负人之托,中途抛弃。玮玮却说尽可扔下,也许玹子还希望它和别的玩偶一起,在北平等她回来。峏便把秀兰放在自己床上睡一晚,对它说了许多亲热话,以示告别。

玮玮最不放心的是亨利。吕老太爷素不喜猫狗之类,小狮子不显眼,留给莲秀,亨利则不能留。刘凤才愿意养它,希望得些生活费。碧初原想送人,玮玮以为刘凤才养着好,等于替他养,狗还是他的。于是说好每月到莲秀处拿两块钱,由刘凤才养。亨利看见这一阵满院乱放着家具,很是不安,常常从院子里忽然冲到玮玮身边,把头放在他膝上。玮玮便抚着它,安慰几句。吃饭时它蹲在玮玮身边,抬头望着,张了大嘴喘气,谁也不说它没有规矩。

走的一天终于来了。

一早,吕老人先传过话,孩子们不用去见他。他准备等碧初一走,立即搬到前小院。这些天一直看着人收拾,精神似还好。因为上车时间过早,头天晚上,碧初带了峨,到上房来见老人。上房原就空荡荡,这时几乎全空了,只有老人和莲秀每日坐的椅子还放在老位置。进门正面横放了一张花梨木矮榻,是张夫人在时日常坐卧的,原放在东里间,吕老人偶尔在上打坐。这榻现在擦拭干净,一端的雕花扶栏上嵌着螺钿,闪闪发光。

"爹,怎么把这榻摆出来了?要搬前头去?"碧初温和地问,坐在莲秀递过来的小杌上。峨靠着矮榻的栏头站了。

"你走你的,就不要管了。"吕老人不耐烦,但立刻换了温和的语气,说:"怎么样?都准备好了?"碧初点头。

莲秀说:"太爷要在这边看经,布置几把桌椅,有时过来坐坐。"

"那也好,这里清静些。"碧初估计老人留恋这房间,不再多问。

老人曾说玹子明快有余,沉稳不足,要谨慎小心为是。这时看看峨,觉得对她很不了解,很难评论,想了想说:"到了云南,转学谅不困难,弟妹还小,你要多帮助家里。自己有什么事,多和父母商量。"

峨答应"是",没有别的话。

碧初拿一个古铜色锦面匣子,打开给莲秀看。内有两只金镯、四只金戒指,还有一些首饰,一个存折,上有五百元,留给老人度日。

碧初说:"爹不要我们奉养,我知道。原来也确不需要。现在是非常时期,谁也不知道时局怎样发展,将来的生活怎样,今天一别,又何时能见面。留一点东西,也让女儿稍稍安心。"

"虽是生离,犹如——"老人吞住不说,示意莲秀收下。这些东西,对莲秀是有用的。

他看着女儿显然清瘦下来的面容,略显红肿的眼睛,又慢慢说道:"我的朋友,只要知道你们都好,就是我最大的乐事。贤内助不是好当的,你要当心一点自己。"见碧初不语,便说:"游击队是可信的。我没有别的话了,彼此保重吧。"

碧初把盒子交过,仍坐在杌子上。莲秀过来,拉着她的手。她发觉莲秀的手已经变得粗糙,却从未听她说过有什么艰难。老人今后的生活,便靠莲秀了。碧初抚着那满是硬皮的手,心里充满信赖和感激。

"婶儿!"她站起来叫了一声,蓦地向莲秀跪下,"婶儿!你替我们姊妹尽孝心,拜托了。"说着要叩头。

莲秀大惊,早也跪下,扶住碧初,两人都忍不住热泪盈眶。

"娘你起来!"峨走过来扶起碧初,不满地说。她觉得娘这一跪简直有失体统。

"走吧,走吧!"老人平静地说。然后闭目垂头,表示不愿说话。

碧初走到门口才忽然想起,问:"婶儿有什么要带的?给老家写信了吗?"

莲秀摇头,勉强笑道:"小家小户的,老家没有人了。见了大姐,问好就是了。"说着从椅上拿起一个大红书包,绣满各色花朵,"这是件吉物,给峨带着。"说是件吉物的意思,只有莲秀自己理解。她每晚烧香时都把它供在香炉边,以为它是浸透了各种神佛关注的。

碧初携峨出了房门。夏夜是温暖的,芬芳的,但她们觉得北平的一切,连同这无所不容的夜,都已和她们隔得相当远了。

三

香粟斜街三号很快变了模样。南房住了吕贵堂父女,厨房院正式厨子都走了,全空着。前院住了黄秘书一家,因为人多,分房举炊,像是个大杂院,人们随时溢向南房和厨房院。正院无人,甬道关门上锁。吕老人和莲秀在廊门院,整天关着廊门,别是一番天地。在这小天地里,莲秀惊异地发现,自己忽然间做了全权主人。

莲秀二十五岁嫁到吕家,已经十五年了。十五年里,她的生活就是侍候老太爷。家庭中实际女主人是绛初,亲友们有什么事都对绛初说,而对她则总是交代嘱咐:"好好伺候,得细心啊。""小心扶着,别摔着。"有人说头最怕冷,有人说脚最怕凉,好像越能对她吩咐几句,便越是对老太爷关心。她总是赔笑答应。她从未敢和老太爷平起平坐,也不敢以吕家人长辈自居。只求两位姑奶奶不挑拣她,就觉得日子过得不错。

现在很多亲友都往南边去了,留下的也各自闭门不出。绛、碧走了一个月,除凌京尧来过一次,不见任何人出现。老太爷对她越来越依恋,一切都由她做主,不必考虑别人说什么。她先有些惶惑,然后觉得少了许多麻烦,再后来竟有些得意。她极少有这种飘飘然的感觉,居然在北平沦陷后感到,不免暗自歉疚。

半个月来,吕老人的咳嗽好多了,每天可以在院里散步,从东到西来回十趟,他认真地数着,坚持走完。然后站在西头,对着廊门喃喃自语:"游击队怎么还不来!"

他可能忘记了那是想象,他就依附在这想象上。这时莲秀就上前打岔,或问一个字,或问一句文章,或说些琐事。老人便把茫然的目光收回,依恋地停在她脸上。她那在阴暗上房里总是憔悴的脸,似乎滋润了些,一双扣子似的眼睛很精神。其实她十五年来没有这样劳累过。魏妈原来发愿一直侍候老太爷,一天家里来人,说媳妇死了,怎么死的不肯说,让她回去照顾孙子。她哭着辞了活,随来人走了,说是看看再来。可是一出城门,谁知还进得来不呢。

莲秀不愿降低老太爷的生活水平,尽量把饭菜调理细致,衣服还是每天换。幸有吕香阁随时帮忙,吕贵堂在外面跑跑腿。日子虽不宽裕,却还平静。她想,凑合一年半载,说不定能等到两位姑奶奶回来。

天越来越热了。一天黄昏,老太爷在院中闲坐,打量着这小院,偶然说起,每年这时候该搭凉棚。

贵堂接话道:"其实自己也能搭。这院子小,方便。每年用的柱子席子还有些,明天我来归置一下,咱们自己搭一个。"

莲秀在收晾的衣服,笑说:"还是他贵堂哥有本事。要不然真的搭一个?"她看着老太爷,老人微笑地看着她,分明是要她决定。

厨房里的香阁洗完碗,走出来一面接莲秀手里的衣服,一面说:"太爷和太奶奶兴致好,反正我爹整天闲着,我也能帮忙。"

她近来乖觉地把赵字减了,但心里仍和从前一样看不起这位太奶奶。

莲秀颇知香阁伶俐且有心计,从不和她计较。这时对老太爷说:"香阁是个上进的孩子,自己背了好些古文呢。"香阁还和黄家大儿子瑞祺学日文,莲秀没有说。

吕贵堂笑说:"也就是空闲时还能做点正事。"

老太爷点头,说:"背一篇听听。"

香阁放好衣服,把长辫子甩在身后,颇为得意地正要背书,忽听有人轻轻敲门,随即推门进来。"搬到这里来了。"来人说。

"缪老爷!"莲秀大声在老人耳边说,"是缪老爷。"她很感动,到底人家心里惦记着啊。一面扶老人,搬椅子,一面示意香阁沏茶。"屋里坐!缪老爷屋里坐!"

缪东惠态度还是那样从容,衣着还是那样清雅。先亲切地问过老人起居,和吕贵堂寒暄几句,又问莲秀一些日常生活的事,一面打量室中陈设。见靠东墙摆着那套旧沙发,靠西墙摆着八仙桌,上有掸瓶、酱油瓶、醋瓶、糖罐等,大概就是饭桌了,甚为简陋。连说:"吕老先生清德,众人莫及。"相让坐下,谈笑风生。

老人和缪东惠相识多年,许多见解不同,人是极熟的。一年来见他没有出任伪职,去年还为小娃送药,现又来看望,心里高兴。说些各家亲友情况,讲论几句佛经,满有兴致。

渐渐说到时局,缪东惠叹道:"战事起了快一年了,简直看不出希望!去年上海失、南京陷,现在武汉也吃紧了。只要是中国人,谁不中心如焚,五内俱结!可是大局已如此。现在最重要的是百姓,得让百姓生活安定。这一方面我是尽力而为。想想多少爱国志士,也是处处以百姓为重。凡事从这方面考虑就通畅得多。"他素来口齿清楚,现在也是抑扬顿挫。

老人听出话中有话,于是带笑说:"我终日枯坐斗室,老病相缠,外头的事,知道很少。有什么高见,便请直言。"

"如果我的话不合您的意思,也请务必考虑,为亿万生灵的利益考虑。"缪东惠诚恳地说,"今年元旦成立了华北临时政府,半年来遭到不少反对,炸的烧的打枪的撒传单的都有。据我看,这样的骚扰对百姓来说,只能是帮倒忙,只能使日本人更用高压手段。有人说,我们是幸而亡国,不幸就要灭种啊!我看有道理。若有一个能使政安民和的政府,不让日本人直接管事,老百姓少吃多少苦头!这样的政府必有一位德高望重的老前辈才能立得起来,其实只要挂名即可,不用做什么事。尝读史书,每服冯道为人。那才是忍辱负重啊!有些忠烈隐逸之士,不过得一己之名。那样不顾毁誉,肯真为天下苍生出力的,才是了不起!"

老人哈哈一笑说:"我无文才武略,怎比得古人!"停了片刻,用力看着东惠,"你的逻辑很奇怪。政安民和,是谁的天下?"他没有力气拍案而起,心里反觉平静,目光又有些茫然。

"我是真为大局着想——公若不出,如苍生何!"缪东惠努力说出了这句话。

老人微笑,端起茶杯举了一举,意思是送客。他的手猛烈颤抖,茶水泼洒出来。莲秀忙上前接过,看了客人一眼。缪东惠只好站起。

老人也扶着莲秀站起,笑着说:"缪先生无艺不精,何时又学了苏秦?这亡国救民之论,还请别处发表。"

缪东惠无奈,躬身告辞。到院中对莲秀说:"吕太太不知道,日本人决定要让老先生出山。我想先说一下,真弄到硬碰就不好了。"

莲秀听见吕太太的称呼先吓一跳,嗫嚅说:"还得倚仗缪先生敷衍。老太爷年纪大了,有些糊涂,怕是真不行。"

缪东惠苦笑道:"我这一阵子周旋各方朋友,费尽精神,背上各种骂名。我是尽心而已,尽心而已。"

到大门口,有汽车等着。车夫开了门,他且不上,又对莲秀说:"以后的事,很不好办,你们多加小心。"

莲秀送客回来,吕贵堂在廊门迎着,两人都有大祸临头之感。到屋内省视,原以为老人会发脾气,把缪某大骂一通,却见老人在里屋安静地靠在床上,把玩着那柄龙吞虎靠镌镂云霞的宝剑。

香阁冷冷地说:"一定让取下来,说挂在墙上看不见。"

老人似乎已忘记有谁来过,把剑一举,说:"可怜这剑,只挂在墙上。"

"现在没有刀剑长矛的了,都用枪炮。"香阁不以为然。

"不请长缨,系取天骄种,剑吼西风!"老人惨然一笑。

当晚老人翻来覆去不能入睡,要安眠药。莲秀拿一片药和一杯水来。老人服过,一会儿便着急,说还不能镇静,还要一片。

莲秀说:"这是祝大夫开的好药,力量大,一片够了。"

老人不依,到底又拿了一片,才安静睡去。

次日一早,老人要到正院瞧瞧。本来在上房布置了几件家具,作为习静诵经之所。自迁到廊门院,就没有再来。莲秀招呼贵堂先去打扫,自己扶着老人慢慢走来。

迁出正院时,到处都打扫干净。半个月不来,阶前青草已长到膝盖。砖缝中冒出各种杂草,满目荒凉。屋内刚洒扫过,有一阵清凉气息。那矮榻迎门摆着,旁边条几上设有笔墨纸砚和各种经卷,排列整齐。老人点点头,向榻上坐了,默然不语。过了一会儿,让把《心经》递给他,轻声念诵。

莲秀觉得老人又恢复以前的习惯,颇为安慰,遗憾的是不能接着看报了。吕贵堂往隔扇后面转了一下,对莲秀轻声说,后窗有漏雨痕迹,哪天他来修补。

吕老人念到"色即是空,空即是色,受想行识,亦复如是",抬头见莲秀站在贵堂旁边,两人身段相称,年纪仿佛,心中忽然一动。

莲秀过来问:"还点上鸡舌香吧?"

"还有吗?"

"还有些,预备在这里。"

那宣德炉原摆在案上的,香点上了,淡淡的香味散开来,充满房间。

老人微笑说:"这儿没有事,你们都走吧。"

"太奶奶要往前边操持事,我陪着爷。"贵堂说。

"不用。有人在旁边,心不静。"老人又拿起《心经》来念。赵、吕两人见老人似很平静怡悦,便离开了。

自此,每天上午老人都到正院习静,快到中午回屋。有时吕贵堂抄着文稿陪他,有时就是他一人。在无边的寂静中,回忆不觉成为良伴,有时老人竟怀疑那些经历究竟是否属于自己。

那劫衙的行径,想想倒有些后怕。当时他是清朝举人,和另外三位朋友参加了推翻清廷的同盟会。四人常一道研讨时局,砥砺学问,有阜阳四贤之称。其中一位年最长的刘子敏被捕,押在县狱。他和十几个年轻人买通狱卒,将刘子敏劫出。买通的过程中,狱卒曾对他说:"你也是各方都知道的人物了,不怕保不住功名吗!"

"民不聊生,国无宁日,功名越大,越令人笑!"他只简单地说,没有直接讲革命的道理。给钱,是主要的手段。几个人簇拥刘子敏上了备好的车,他匆匆向另一方跑时,那狱卒追上来。他以为要拼个死活了,不料狱卒竟塞给他一包钱,一面说:"还给你们一半,你们也要钱用的。"

那人后来不知怎样了,连面貌也记不清了。他连忙到约定好的地点,将钱交割清楚,留给刘子敏养伤。自己连夜翻越城墙逃走。好在城墙不高,由朋友帮助,用粗麻绳系腰,手持雨伞跳下去,丝毫没有受伤。那夜好黑啊,好像是向一个黑洞里跳,闭着眼睛向黑洞里跳。

拿雨伞是梦佳的主意。老人想起梦佳,总有一种温柔凄凉而又神圣的心情。他也曾寻花问柳过,但这种心情,只有结发夫妻之间才能有。结发夫妻!这形容多好!这是世间的最神圣的感情中的一种。可是他宁肯把结发妻子抛弃在惊恐、思念之中,远走他乡,隐姓埋名,从事秘密活动。他为了什么?难道为了有朝一日,为日本侵略者维持局面吗?

悲痛屈辱和无能为力的感觉侵蚀着老人的心,他勉强诵经以求安慰。在他为回忆所苦时,经卷能暂时平下胸中的波涛;在他诵经时,却常又忽然为回忆挟持而去。

他看《五灯会元》,看《坛经》,没有讲究,没有次序。大声念诵的只有《心经》。常念到"般若多罗密多是大神咒,是大明咒,是无上咒,是无等等咒,能除一切苦"时,便起反感,谁除了一切苦?然后自笑做不了佛门弟子,不免又沉浸在回忆里。

推翻清廷后,一九一三年四月八日第一届国会成立,吕清非当选众议院议员。那时吕家住在凌京尧家老宅的一个院子里。不久袁世凯专权,追捕一位激烈反袁的人士。清非曾留这人在梦佳卧房半月之久,最后这人平安逃亡日本。回想起来,真和戏台上一样。军警进来时,正有一位客人坐着。这人平素惯说大话,是个狂放不羁的人物,谁知一见这些武夫竟浑身哆嗦起来,站起要走。连说我是客人,偶然来的,偶然来的。因军警未发话,他就贴墙站着,不敢动一动。

为首的军警对清非说了来意,清非尚未答言,忽然东西两门开了,一边绛初一边碧初,那时俱都十几岁,声音清脆悦耳,同时请进搜查。军警们一怔。紧接着中门大开,张夫人出来,笑说各位辛苦,既然来了,必要彻底查清。随即闪在一旁,让军警进。为首的反倒有些迟疑。

这时碧初上前对母亲说:"云南派人送来十只云腿,五十瓶曲靖韭菜花。已经收下,打发来人去了。"这话提醒了那头目,吕老先生与滇军有亲戚关系,前几天报上登了严亮祖吕素初的订婚启事。他大概觉得有了枪杆子关系就不好办,多一事不如少一事。一般寒暄几句,说这是例行公事,连忙走了。那客人还在墙上贴着。

那客人的卑缩样儿还在目前,姓名却想不起了。二女、三女的终身总算所托得当。大女到严家是续弦,房中还有一妾,虽有了慧书,日子不一定舒心。只是照大女的禀性,未见得感觉到。

人要是都能不觉得就好了,那真"能除一切苦"了。我们不乏好男儿奇女子,中国,竟到了民族危亡的关头!中国人如同蝼蚁一般,任人践踏!怎能让人甘心,放心,心如止水呢!

老人每天习静,在《心经》与回忆中穿插,表面上生活很规律。不觉又过了半月。一天傍晚,夕阳晕红已褪,满院蝉鸣。莲秀给老人洗沐须髯,先用湿手巾擦透,再捧盆漂洗,最后用干手巾擦,根根银须在暮色中闪亮。老人捻须而坐,问莲秀近日贵堂抄稿来源如何。

"听他说益仁大学有些先生还在做学问,稿子有。只是大家都穷,物价涨了,抄写费反降了。"莲秀收拾盆盂手巾,看看老人,又说:"他也没有多说。"

"我想起来,"老人有些迟疑,"把以前的诗整理出来,可以看出这一段历史。"

"那当然好。"莲秀响应,"让贵堂帮着抄吧。"

"香阁呢?有事情做?"老人想想,说。

"香阁针线活不少,比裁缝便宜,做工又不差。"

说话间,有杂乱的脚步声,似乎不止一个人进院门来。

"吕老先生,有客人!"是黄秘书的声音。接着走进三个中国人,三个趾高气扬的中国人。两个官员模样,一个随从一类。

黄秘书一路鞠躬,"这位就是吕老先生。这位是——"再鞠躬。

这些人不理,就像没有这个人,板着脸对吕老人说:"我们是江市长派来的,请老先生出任维持会委员。"说着递过一张大红聘书,约有一尺半长,烫金字闪闪发光。

老人见来了伪员,纹丝不动,仍一手捻须,一手拿过靠在椅边的拐杖,挡住聘书,说:"请转告江朝宗,我是中国人,不任伪职。"

来人对老人的态度似有准备,并不争竞,用手摸摸桌子,把聘书放在桌上。又拿出一张请帖,说:"市府明天宴会,请光临。聘任的事,三天内见报。告辞。"随手把请帖交给莲秀,转身就走。

"扔出去!把这些都扔出去!"老人突然暴怒,用手杖敲地,大声喝道。遂扔了手杖,一把抢过请帖来撕,但纸太硬,撕不动,就向那几个人扔去,纸又太轻,飘飘地落下了。

那为首的人回头冷笑,又说一遍:"三天内见报。"

老人愤怒已极,挺直身子,把手杖用力向他扔去。手杖落地的声音很无力,紧接着是沉重的关廊门声。莲秀忙上前扶住老人,让他缓缓靠在椅背上。老人急促地喘息,莲秀为他揉胸捶背,轻声唤着"老太爷,老太爷,莫生气,莫生气"。一会儿,吕贵堂大步走进来,后面跟着香阁,莲秀才出一口长气。

吕贵堂一见桌上聘书和这番情景,已明白端的,心里真如火烧。等老人渐渐平静,先问莲秀:"是不是托凌老爷转缪老爷,想个法子拖一拖?"

"不用去!哪里也不用去!"老人高声说,"我有办法,你们不用担心!"

莲秀和贵堂交换着眼光,莲秀的眼光中有疑虑和担心,还有乞求和信赖。她有几分猜到老人的办法,却又不敢那样想。

老人似乎也猜到她的想法,忽然紧紧抓住她的手,用力说:"你不要管我的事!"他把你字说得很重,好像世界上除"你"之外,别人都可以管。

顺从是莲秀的习惯。她垂下眼帘,轻声说:"先到屋里躺下吧,什么都别想。"于是伺候老人到房中睡下。

都安置好了,吕贵堂忍不住说:"还是和凌老爷商量一下的好。太爷年纪大了,我又不懂上头的事,请太奶奶拿个主意。"

莲秀欲言又止。香阁在旁说:"怕太爷是要等游击队吧?"

贵堂看着莲秀说:"那是想象,怎当得真!"

莲秀眼眶红着,说:"你去一趟吧。北平城里,也没有别人可告诉了。"

贵堂嘱香阁在外间陪着,立刻去了。

不想贵堂一去,一夜未回。老太爷睡一会儿醒一会儿,自言自语,不知说的什么。莲秀叫香阁在后隔扇里搭几个凳子睡了,自己守着老太爷,等着吕贵堂。半夜香阁醒了,见爹还不回来,起身披衣坐着,轻声埋怨。莲秀想要安慰她,找不出话。两人相对,电灯光很昏暗,四周的黑暗好像正挤过来,随时可能挤灭电灯光并使她们窒息。

"莲秀,莲秀呢!"老人在里屋叫。莲秀忙走进去坐在床前。老人轻声说:"我没有事。你还不睡?"

莲秀努力推开心头的沉重,打起精神说:"我跟了老太爷这么多年,如今是生死关头,能不能听我一句话?不管怎样,活下来就是好,留得青山在啊。说不定这几天游击队就派人来。"

老人摇摇头。"那都是梦!都是痴人说梦!你不用担心,谁要寻短见?明天让贵堂找凌京尧去。"

莲秀不敢说已经去了,含糊应着:"也许凌老爷他们能帮着辞了。"

老人笑了一声,说:"你休息吧,明天的事不会少。"

莲秀躺下来,眼睁睁看着黑夜,不敢合眼,黎明时,刚迷糊过去,听见老太爷一声大叫:"你们滚!滚!"她吓得赶快跳下床。老人还在叫"滚!"一手压在胸前,无目的地挥动,像在推着什么。

莲秀俯身问:"老太爷!老太爷!怎么了?"老人几次挣扎才睁开眼,眼中满含惊恐,看见莲秀,舒了一口气。

"梦魇了?不怕,不怕。"莲秀像对孩子似的哄着。

老人下意识地摇头,一滴眼泪从小眼角流出来。"我得起来。"

老人说,"到正房念经去。"

"这么早!念经用不着这么早。"

"自己定好时间,不能错过。"老人坐起穿衣。梳洗了,也不肯吃东西,便要往正房去。走到外间,往四处看,问道:"那东西呢?"

"收在杂品柜里。"莲秀知道问的是聘书。

"以后退回去。"老人平静地说,脚步也很平稳,扶杖走出廊门院,没有回一次头。

前院黄家还未起来,满院静悄悄。开了甬道门,走过藤萝院,只见一片幽暗。

莲秀无话找话说:"天然的凉棚,只是太阴了。"老人不理,径直走去。

因这些天老人来念经,正院收拾出一条小路,旁边砖缝中蒿草及膝,在晨曦中显得颜色很深,草尖上露珠闪亮。老人目不旁视,专心地走着,拐杖清脆地敲着砖地,引起轻微的回声。

正房门开了,一缕微弱的阳光落在台阶上。阶边散放着几根木条。

莲秀希望老人回头看看那阳光,故意装着绊了一下,"啊呀"一声,说:"这木条可以搭凉棚。"

老人仍不回头,专心地走进正房。他靠着矮榻,手抚那嵌有螺钿的靠背,似乎很安心,微笑说:"你走吧。"又皱眉严厉地说:"你记住,我什么也不用!"

"爷说不用什么?"莲秀扶他坐好,便去整理条案上什物。先拈了三小块鸡舌香放在炉内,见所剩不多,又拈回两块,节省着用。四面看并无危险之物,想他安静一会儿也好,因问:"爷是打坐还是诵经?"拿起《心经》准备递上。

"你走吧。"老人摇摇头,眼光是茫然的,似乎看不见莲秀。

莲秀放回《心经》,理理他的衣服,说:"那我做了早饭就来接你。"

她走到门口,回头见老人正襟危坐,垂了双目,似已入静,忽然觉得莫大的悲哀侵上心头,一下子冲到老人面前,说:"我陪着你,行不行?"

老人并不睁眼,用力说:"你走吧!"

莲秀悄然站在一边,老人感觉到了,睁眼不耐烦说:"你走!"

莲秀不敢违拗,只好走出房门,下意识地看看手表,是五点五十分。

莲秀回到廊门院第一件事是生炉子。煤球炉子封不住,得天天生。香阁不在屋内,想是回南房或打听消息去了。她手上操作,心里很不安。

炉子生着,早上照例的事做得差不多了,见黄秘书透过烟雾,从廊门探头,说:"吕太太做早饭?"他走进来,低声说:"劝劝老太爷,应了吧。绝不可能让他老人家真做什么,猜着就是要一个名字。我们得保护他老人家。"

他的声音很低,莲秀觉得他的声音越来越远,忍不住大声说:"你不用这么小声音,老太爷不在屋。"

黄秘书一惊:"不在屋?在哪儿?"

"在哪儿!在哪儿!"莲秀心里似有重槌在咚咚地敲,"在哪儿?在哪儿!"她扔下正在搅拌的棒子面,撇下吃惊的黄秘书,冲出廊门,向正院跑去。

莲秀轻轻推开正房门,见老人端正地躺在矮榻上。她抢步上前,只见老人双目微睁,面容平静,声息俱无。

"老太爷!老太爷!"莲秀恐怖地大喊,想推醒他。可是永远做不到了。

等莲秀完全明白是怎么回事时,一下子跌坐在地下,两手捂着脸。她不敢再看这世界。室内的寂静束紧她,使她透不过气。这样坐着不知多久。

"也许能救活!去找大夫!"这一闪念使她猛跳起身,向门口冲击,几乎和大步赶来的凌京尧和吕贵堂撞个满怀。"你们来了——"她向后退了几步,差一点摔倒。吕贵堂忙扶住,随即和跑来的香阁一起,扶她坐在门口那把旧椅子上。她浑身簌簌地发抖。

凌京尧站在榻前审视,"吕老先生,我来晚了!"他喃喃道,伤心地想,来得早了,又有什么用呢。转身嘱吕贵堂速请位医生来。贵堂忙忙去了。

京尧见条案上有一张纸,用一个安眠药空瓶子压着,纸上写着核桃大的毛笔字:"生之意已尽死之价无穷",另有一行:"立即往各报发讣告!"这是老人的遗嘱了。

京尧一见这遗嘱,更明白老人是以一死拒任伪职,不禁百感交集,眼泪夺眶而出。身子不觉伏了下去,跪在榻前痛哭,又不敢放声,只好一手用力抓住短栏,勉强压着哭声。

莲秀见凌老爷哭,反镇定了,扶着香阁走过来,陪着跪下,一面拭泪,说:"凌老爷别哭了,老太爷就仰仗您了。"

凌京尧不答,只管哭,直到医生来到,才站起身。这医生在地安门大街开私人诊所,吕家人从未请他看过病。他按规程检查了遗体,宣布"没有救了"。拿起药瓶照着看,又嗅了一下,说:"这是平常攒下的?"随即询问地看着贵堂,意思是谁付钱。从贵堂手里接过钱后,叮嘱快些殡殓,天热,有了气味,日本人要追查的,便走了。

京尧强打精神和莲秀商量发讣告。贵堂先到榻前,磕了三个响头,站起来向门外走。他忙着去发讣告,这是老太爷用性命交代下来的啊!走到门口又退回来,想起讣告还未写。莲秀不知老人出生年月,说:"得问二位姑奶奶。"

京尧无法,想,越简单越好,就写了一句:"吕清非先生于一九三八年七月七日仙逝。未亡人赵莲秀。"由吕家父女抄写多份。

香阁伶俐地打了水来给京尧洗脸。京尧洗过脸,和贵堂立即分头去报馆。

莲秀用一条白被单盖住老人,她的手发颤,被单抖动着,她以为老人又呼吸了。掀开看过复又盖上,如此好几次。一会儿,黄秘书连同黄家人,保长,巡警都到了,并无人深究老人死因。大家张罗后事。

快到中午,京尧、贵堂先后回来,说讣告明天见报。京尧叫莲秀一起掀开被单,用手抹下老人眼皮。这时遗体已硬,抹了两次不下来,第三次才使老人"瞑目"。

莲秀悲苦地想:"老太爷盼着谁?不放心什么?"她答不出来。

她忽然觉得自己和老人从来就距离很远,就像现在一样远。她能了解他的一切生活需要,却从未能分担一点他精神的负荷,也从未懂得那已经离开躯壳的东西。她每天对着他的生命之烛,却只看见那根烛,从未领会那破除黑暗的摇曳的光。

只要有钱,沦陷的北平城还是方便,一个离开这世界的人所需起码的物件和人手下午俱已齐备。凌京尧认为最好等讣告刊出再让缪东惠等人知道,和莲秀、贵堂商量,应立即入殓,暂厝正房。等报过姑奶奶,再做道理。

牌位写好,香烛摆好,正房布置成灵堂。棺材放在正中,铺好了蓝绸枕褥。京尧忽然觉得躺在里面很舒服,望着棺木发呆。

"凌老爷,入殓吧?"吕贵堂低声问。

京尧用询问的眼光看莲秀,见她倚着香阁站着,一双扣子似的眼睛红肿了。遂想,她没有任何牵挂了,也许最好的归宿是寻自尽。立刻又觉得这想法很不该,抱歉地点点头。

莲秀示意香阁不要跟着,自己走到吕老人身旁,并未踌躇,和吕贵堂还有两个殡仪馆的人一起,抬起老人,放入棺内。

蓝绸棉被盖得严实,洗过的银白胡须齐整地摆在上面。老人似乎很舒服,他的嘴角略向上弯,像要睁开眼睛招呼谁,叫一声"我的朋友"!

殡仪馆的人举起棺盖。没有人要求慢一些,再看一眼亲人,没有呼天抢地的痛哭,满室沉默。

棺盖缓缓落下了,因要报姑奶奶,暂不上钉。

京尧环视四周,一种凄凉,直透心底。老人死了,世上有多少人了解他?他拼一死保住清白,其价值又是什么?世上又有多少人了解自己?自己的下场又是什么?不禁悲从中来,又一次痛哭失声,泪如泉涌。

莲秀沉默地跪下来。吕贵堂父女随着跪在稍后处。京尧明白,他们和自己一样,不过是些不相干的人。世事常常如此,由不相干的人料理最重要的事。可哭的事太多了,岂止吕老人之死!

京尧哭了一阵,心中好受一些。吕贵堂起身过来含泪劝道:"凌老爷节哀,凌老爷节哀。"想不出别的话。

京尧渐渐止了哭,又向灵柩深深三鞠躬。

上了香,化了纸钱,该做的事都做了。众人陆续散去。京尧等四人慢慢走出房门,看见院中青草踩折一片。那没有踩到的,仍旧欢快地生长。

棺 中 人 语

无边的黑暗。

我的躯壳处在狭小的匣中,可以再不受骚扰了。这黑匣保护着我,隔开了生和死。

路太长,也太艰险。我那第三只脚敲在地面的响声,诉说着它也已疲倦,难以支持一个衰老的身体。那就无须支持罢,我常想。

因为自己的存在已成为累赘,只有否定,才得干净。现在我用自己的手做到了,得到这片黑暗,这片永恒的遮盖一切的黑暗,什么也不用再扮演。

这否定是我常关心的。但是没有机会,没有一个由头。如今我利用这一着,不只否定了我的生,也否定了利用我这存在的企图。何幸如此!此之谓死有轻重之别了。重于泰山,远达不到,只可说重于我那第三只脚吧。

我常慨叹奔走一生,于国无补;常遗憾宝剑悬壁,徒吼西风。不想一生最后一着,稍杀敌人气焰!躺在这里,不免有些得意。确实想喊一声:"我的朋友!你们怎样想?"

黑暗聚拢来,身上似乎又渐沉重,片刻的得意消失了。京尧,不要这样哭。这不像个已过不惑之年的堂堂男子。女儿怎样?能闯过诸般辛劳吗?孙儿怎样?能做到无愧于一个中国人吗?我们的胜利,需要多少年?多少年?!我一辈子担心惯了,难道死,能改变一个人吗!

愈来愈重了,一生肩负的事都从四面八方赶来,挤在棺盖下,压在我身上了。

　　我好恨！我还没有顶天立地做过人，总在耻辱中过日子。如今被赶到这窄小的匣中，居然还会得意！

　　我好恨！没有了哭声，没有了叹息，不知过了多久。

　　时间不会停顿，而我是再也起不来了。

　　只好冷笑。连嘴角也弯不动了。

　　又是无边的黑暗。

第 六 章

一

尽管扫阴天儿的小人儿从早到晚拿着扫帚,孟吕碧初一行人等离开北平这天,还是下着小雨。天色阴暗,绿树梢头雾蒙蒙的。巍峨的天安门、正阳门变矮了,湿漉漉的没有精神。前门车站满地泥泞,熙攘而又沉默的人群显得很奇怪。人们都害怕随时会有横祸飞来,尽可能不引起注意。人来人往,没有喧闹,没有生气。谁也不看谁,像在思忖自己生长的地方属了别人这奇怪事。

一切都有秩序,和一年前的逃难情景大不相同了。孟家五人在车站上会着庄家三人。有两位英国朋友来送玳拉,在软座找好座位。一会儿,李太太金士珍带着三个孩子来到。一行共十二人,大家都有些兴奋。雨水在车窗上慢慢地流着,小娃扒在窗上,想看清楚外面,伸手去擦,玻璃外侧仍有雨水,他就耐心地看车窗。

"北平哭了。"他忽然大声说。

碧初坐在另一边,慌忙站起叫他到这边来。他不肯,又指着窗说:"北平哭了。"三位太太两位姑娘都皱眉,也不好呵斥。北平确是哭了,嵋心想。但她知道不好这样说,拿出画书让小娃看。小娃不看,还望着车窗。

北平哭了。古老的、凝聚着中华民族文化的北平,在日寇的铁蹄下颤抖、哭泣。车站漏水,滴滴答答,从房顶接出去的一个破旧的铁皮棚不断向下淌水。眼泪从北平的每一处涌出来,滴进人心。什么时候北平能不哭啊?嵋想,也许到我们回来的时候?

车开了。这个小旅行队伍的每个人都在想,我们会回来。

玮玮对小娃说:"我们会回来。"

斜对面的李之芹对玮玮笑,轻声说:"我们会回来。"

车厢里没有人说话,只听见车声隆隆,节奏愈来愈快。窗外的雨愈来愈大,雨声和着车声,给人波涛汹涌之感。这波涛催促着南去的人,快去!快去!而何时能够北归,要看你们的出息了。

"我们要回来的。"玮玮充满信心,拍拍小娃说。

"铁轨不会有问题吧?"金士珍低声说。见碧初和玳拉都不回答,又说:"我昨黑夜里梦见一节铁轨断了。"她梦里还有一朵花,插在铁轨上,她想不必和俗人说那么多。碧、玳两人仍笑笑,她们都不习惯在公众场合高谈阔论。士珍又和峨说话,峨素来对人总是淡淡的,更无结果。

到天津住了一夜,次日上船,船名"东顺号"。坐船对孟家孩子是新奇经验。那么大的怪物,装那么多人!小娃头一眼看见船,就几乎欢呼起来,嵋也很兴奋。船上迎客的人一见玳拉,就引他们上梯,去大餐间。到上面才知是房舱客人,大家又拖着拉着下来。

峨对李之芹说:"明白为什么叫大餐间了,就是吃西餐的意思。"

"是为外国人坐的。"之芹小声说。

"我不是外国人,我是中国人!"玳拉右手提着一个皮箱,往左边用力歪着身子,快活地说,向之芹眨眨眼。

他们拖着拉着在房舱里安置好了。每间四个床位。碧初带小娃睡下床,嵋在上床。两个孩子好奇地立刻俯在圆窗上向外看。

对面峨在上床,李之芹在下床。这是碧初安排的。峨怀着不与你们一般见识的心理,不声不响收拾东西。之芹抱歉地笑着,放好东西,就往另一个房间去。

这间里玳拉和无采住上床,士珍和两个孩子分用下床。

之芹悄声埋怨母亲:"怎么让庄伯母睡上头!"

士珍大声笑道:"我就说嘛!瞧我们姑娘说我了。"

玳拉忙说:"我方便,我上来下去的方便。"她那有资格穿旗袍的身躯,确实活动方便。

士珍见两个孩子站在当地发愣,吩咐之芹道:"领他们外头看看,怪碍事的!"一面拉开网篮找什么。

玳拉好心地说:"最好别出去,等开了船再说。"之芹便拉着弟妹挤在床脚讲故事。

无因出现在门口,敲敲门。士珍笑道:"瞧你们孩子这个规矩,门开着,还敲门!"

玳拉问:"你们那儿怎么样?"

"很好,"无因说,"妈妈有事吗?要我帮忙吗?"

士珍又抢着说:"孝顺!孝顺!你的孩子怎么这么乖!长得也漂亮!"她目不转睛看着无因,心里奇怪他怎么没有一点外国人样子,不像无采,一看就是混血儿。

无采爬下床来说:"我上哥哥那儿看看。"玳拉也走出房,让李家人在房里。

无因和玮玮与另外两个男客人在一间。碧初正帮玮玮理东西,玮玮站在旁边不知干什么好。一时安置好了,大家都到孟家房里,坐在床沿上等开船。

门外过来过去背着提着大包小包的人渐渐少了。一会儿,甲板上混乱的脚步响,拖拉的铁链响。"起锚了。"无因对峨说。他曾随玳拉到英国去,坐过大海船。"呜——"汽笛响了,船开了。

等到秩序正常,孩子们获准到甲板上去,已近中午。岸已经看不见了。船在茫茫的海水中劈着浪花前进。峫站在甲板上惊诧极了。海这样大!她忽然想,如果从空中看,在无边无际的水中,这只船一定是很孤单的。她伏在栏杆边,望着下面近乎黑色的海水,越往远处颜色越浅,从黑变蓝,大片的深奥的蓝,整个眼睛都装不下,直到天水尽头,尽头处变成一条灰色的线,那该是多么远!峫觉得自己的小身体简直承受不了这样的伟大,只好闭上眼睛。

"这甲板上没有椅子,没有遮阳伞。"无因想让峫坐下,可是这船和他坐过的不一样。他坐过的船上有舒适的座椅,鲜艳的遮阳伞,到处摆着鲜花。他觉得峫应该上那样的船。

"当然了,现在是战时。"玮玮说。他曾随父母到北戴河避暑,到过海滩。现在置身海中,觉得新奇。"好的船,都去打仗了。"这是玮玮想当然的看法。

"中国没有海军,也没有在海上打仗。"无因说。他不想驳玮玮,但总要说实话。

"是没有海军,也没打海仗,可是好的船应该都去打仗。也许它们已经去了。"玮坚持着这矛盾的说法。

这时头顶飘起了轻柔的音乐,他们抬头,原来鲜艳的遮阳伞在上面甲板上,露出两三个尖顶。栏杆空格处探伸出来的悬垂植物,在海风中轻轻摇曳。栏杆上俯着几个漂亮的外国人,正在指指点点地说笑。

原来一切美好的东西都在,只是他们没有进入那等级罢了。玮玮扭头看那无尽的海,不再抬头。无因觉得好的船没有去打仗,似乎对玮玮不起。他碰碰玮,表示同情。

"往那边看机器去!"两个少年跑开了。小娃想追,被峫一把拉住。

"你对弟弟很好。"站在旁边的之芹说,眼睛盯住自己的一双弟妹。

"我喜欢弟弟。"嵋说,"小娃是我的洋囡囡。"小娃向她噘嘴,表示抗议。

"我也喜欢我的弟弟妹妹。"之芹沉思地望着海,一手玩弄着胸前的辫子,"不过有时候他们很讨厌,非常讨厌。"

嵋忽然想到,如果小娃讨厌,现在已经没有赵妈可交了,为证明自己可以对付,拿出手帕给小娃擦汗。

之芹注意地看她,笑笑说:"你说话行动像大人,像懂事的大人。你姐姐怎么不管?"

"姐姐脾气不好,我该懂事些。只要她不发脾气,大家就都高兴。"

"只要别人不对我发脾气,我就高兴。"之芹自言自语。

这时之荃推了之薇一下,两人都摔倒了。之荃不肯自己起来,坐在甲板上哭。之芹去扶,拉起这个,躺倒那个,甲板上人都往这边看。嵋忙牵了小娃,回舱里去。

晚上各人早早回房。半夜时分,忽然有人在远处敲门,有说话吆喝之声。这群人一间间房过来,原来是查票。他们到玳拉房里盘查最久,不明白外国人何以坐房舱。无因闻声过来帮忙解释。后来查票的知道是教授夫人,才退去。玳拉耸耸肩,对无因苦笑。

李太太说:"你这是自找罪受。我要是你呀,早回英国了。"

"倒霉的事,英国也有。"玳拉说,见无因穿着睡衣,忙道谢,说:"快回去睡罢。"

李太太又评论:"没见娘还谢儿子的,也就是你们礼多。"

无因退出,因毫无睡意,便到甲板上来。黑夜沉沉,海水似乎窒息了。轮船行过处翻起浪花,像是海的唯一开口。

"海底下有什么?"他凭栏站立,向黑暗中探索。天、海和黑夜,结成巨大的实体,在他面前,蕴藏着无限的奥秘。他忽然感到孤独和渺小。孤独,他很熟悉。虽然他有一个少年应有的一切,还有超乎普通需要的智慧教育和多方面的文化教养,那是科学家的父亲和外国继母给予的。但他的内心是孤独的,封闭的,从不向任何人打开,也没有这愿望。

渺小则是新的感觉,使他很惊异。他不仅觉得自己渺小,也觉得人的力量渺小。不禁有点悲哀。

忽然一阵脚步声,黑暗中几个人拖着一件长东西走到对面船舷,轻声喊一二三,把这个东西抡起,抛下船去。落水声被轮船前进的声音淹没了。

"在这里干什么?"几个人用手电照着船头,只见玮玮在那里,背后是一片黑暗。无因忙走过去和玮玮一起。"你们是那外国人家的孩子?请回房间去。"说话人带广东口音,因他们和外国人有关,后面的话客气多了。

两个少年站住不动。那些人下舱去了,有人说了一句:"死人有什么好看!"

那是一具尸体了。无因的悲哀加重了。海底有什么?海底有尸体。看来海也是无力的,它无法拒绝强加于它的东西。轮船大声驶过,犁破了海面。难道它乐意吗?海是什么?海是容纳一切的。尸体是什么?尸体是失去了生命的。而生命又是什么?

玮玮同情那葬身鱼腹的人。那人是谁?世界上再没有他了,他的家人再也找不到他了,会伤心的。

真可怕。他说出来:"死,很可怕。"

"确实很可怕,彻底消灭了,连空气都不是。"无因说。海会不会彻底消灭？他用力看着海和夜,仍是黑沉沉一片。

"我想,勇敢的人应该死在战场上。"玮玮说。

"可是不打仗也会死人,没有日本人的话,中国人也会死。"无因说。

"总不至于这样草率轻贱。"玮玮恨恨。

是的,死不能草率轻贱,生更不能!生命是什么?生命是尊贵的,高尚的,无可替代的。无因想到这些形容的字眼,却没有得到一个完全与之相等的名词。

次日早饭桌上有人悄声说,昨夜统舱死了人,扔到海里了。这人是偷上船的,没有同伴,无人查问。可不能让香港方面知道,不然以为是传染病,全船消毒,麻烦大了。无因和玮玮交换眼光,都找话和嵋说,不想让她听见。

到上海时,这支小队伍中又掀起一阵感情的波涛。在上海只停几小时,不准下船。港口船只云集,岸上高楼矗立,船上、岸上到处是太阳旗,还有别的国旗。碧初等随众旅客在甲板上,忽然有人说:"快看!"只见在上海南面,蓝天下飘着一面旗,青天白日满地红,看得清楚。那是四行孤军被囚在闵行以后,每天要升起的旗,是沦陷区唯一的升起的中国国旗。它是再没有皇帝统治的自由中国的象征,中华民国国旗!

"八百壮士!"玮玮轻喊一声。八百壮士死守四行的精神,和每个中国人的心是相通的。碧初的眼睛潮湿了,玳拉抚着她的手臂。她们率领的小队伍自然肃立,向远方的旗行注目礼。

正在这时,上来了一小队日本兵。

众人不约而同垂下了目光。碧初、玳拉和士珍悄悄把峨与之芹拉到身后。大家很紧张,没有人看那些兵,也不敢再看那面勇敢的旗帜。

日本兵靴声噔噔地列队走到船尾去了。一个军官在玳拉面前停住,看看她,也走过去了。峨轻嘘一口气,她记得架在头上的刺刀,心里很恨,又因有这经验,自觉有点了不起。这些情绪纠缠着,成为最简单的一种情绪,就是讨厌之芹,讨厌她忽然拉住自己的手,手心黏黏的全是汗。峨有洁癖,她瞪一眼靠在身边的之芹,想要抽出手来。

碧初回头,立刻转身扶住之芹:"李大姑娘,你怎么了?"之芹摇摇头。

金士珍也来扶住,说:"就你事儿多!"

玳拉说她大概要晕倒,几个人连扶带抱,让她进房睡下,只见她脸色惨白,直出虚汗。金士珍慌了,不知怎么好。碧、玳二人商量,先让她抿些糖水,又找出多种维他命捣碎灌服了。

过一会儿,她脸色恢复过来,渐渐好了。之芹的脸色渐好,士珍的脸色就不大好看。若是在家,就要发作埋怨,说女儿照应不好自己,怎么帮着照顾弟、妹和家?岂非大大的失职!

之芹没有起来吃晚饭。峨吃饭中间还去看她,折了一只纸鸟,说:"李姐姐喜欢蝴蝶,我不会折,你就想象这是蝴蝶吧。"说着用手一拉鸟尾巴,鸟翅扇动了一下。峨格格地笑。

之芹微笑,接过纸鸟,捏捏峨的小手,轻声说:"快去吃饭。"

峨跑开了,一会儿又来,拿了一小碟苹果片。之芹坐起来,略吃几片,觉得好受多了。

这时金士珍已吃完饭,用餐厅的小毛巾擦着嘴走进来,大惊小怪地说:"孟妹妹心眼儿真好,这么招呼之芹。之芹真不争气,上路本来就艰难,还生病!也太娇气了!"

"李姐姐就是有点儿晕船,一会儿就好。"峨辩解地说。士珍撇撇嘴,大有嫌她多管闲事之意。峨对之芹笑笑,自去吃饭。餐厅里人大都散了,桌上全是用过的盘碗杯箸,又脏又乱。

碧初温和地说:"饭都凉了,吃馒头吧。"舀了一勺刚添上来的热汤给她。

峨慢慢把馒头泡在汤里,忽然抬头问:"为什么有些人是那样的?"

"世界不是方壶,你慢慢就知道。"碧初温柔地鼓励地微笑。

玮玮已带小娃到甲板上转了一圈,走来坐在峨旁边,说:"无因提议,明天一早,起来看日出。"

"小娃跟着我吧,怕起不来。"碧初说。

峨低头慢慢搅弄着泡软的馒头,一滴眼泪落在碗里。

次日清早,无因兄妹和玮、峨一起,到甲板上来。无因引他们到右舷,说:"这是东边。"

夜色正在淡去,显出海上一层薄雾,像一层纱帘。渐渐地,这纱帘也消失了,大海清楚地显露出来,没有遮掩,也很平静。但是再没有遮掩也觉得有看不清楚的地方,再平静也觉得有一种汹涌的力量,只因为它是大海,太大了,太深奥了。这几个小人儿怀着崇敬的心情,凭栏远望。

"也许我将来要研究海洋。"玮玮轻声说。

"你不是要飞吗?"无采说,"我来研究海洋。你的飞机在海上飞的时候,我就大声叫你。"

无因问:"峨,你呢?"

峨望着远方说:"我要研究人,研究为什么人和人那么不一样。"

"我们先研究天下为什么有日本鬼子这种东西,先把他们打出去!"玮玮也望着远方。

天尽头处出现一片通红,从天上直映到海里。海上是一条笔直的灿烂的路,跳动着五彩霞光。天边的红在变化,粉红、浅红、朱红、绯红、大红、红得透亮红得发白的红,好像一个极大的熔炉,正要倾出它的成果。红色中心的边缘处透出浅紫、深紫以及难以形容的各种颜色,慢慢洇开来,染在天边海上。孩子们兴奋极了,两个男孩伸长头颈,两个女孩踮起脚尖,强烈的光照得他们睁不开眼睛,不得不时时转脸看着别处。

"出来了!太阳出来了!"玮玮兴奋地大叫。嵋赶快睁眼,看见天边从诸般绚烂中正涌出一个通红的球。这球往上一跳,像有人拍了它一下,紧接着又一跳,离开海面挂在天边,静静地望着深沉的大海。

耀眼的朝霞仍在变幻着绮丽的色彩,变成一片粉红。奋勇前进的船和船上的人都沐浴在粉红色的光辉里。

孩子们透一口气,发现碧、玳、峨等人就在旁边。小娃站在凳子上,此时跑过来拉住嵋的手。两个母亲向他们微笑。姐姐本来感染了大自然的生动神色,看见他们,就把脸一绷,扭过头去。

玳拉对碧初说:"我想起拜伦的诗剧中有一段描写太阳落山,说太阳是物质的神,最主要的星,极上权威的主宰。太阳的气魄真了不得。"

"Which mak'st our earth endurable and temperest the hues and hearts of all who walk within thy rays!"无因自然地念道。

"Sire of the Seasons! Monarch of the Climes!"玮玮也接上一句。

玳拉惊异地望着玮玮:"你连曼弗莱德都念过了?"

"玹子念过,我跟着看看,只记得这两句,并不懂。"玮玮答。

无因忽然问嵋:"你猜我正想着什么?"

"太阳会不会死。"嵋抬起鲜艳的小脸儿,快活地答道。

无因感谢地一笑。朝阳渐渐灼热,在甲板上投出凌乱的人影。人们移动着,影子也在变幻。

"下午就到香港了。"有人说。

二

三天以后,碧初等人又在从香港到海防的轮船"大广东号"上的房舱里了。这次上船,少了庄无因,他留在香港进暑期学校。玮玮住在上面一层,和一个陌生人同屋。碧初颇不放心,开船半天,已上去看过几次。这次乘船不再是新奇经验,各人自寻排遣。碧初和之芹各织毛线,小娃玩随身带的积木,峨躺着沉思。嵋看一本从香港旅馆里随便拿到的小说,不好看,便扔了书,回想这几天在香港的情况。

"香港真讨厌!"这是嵋的评论。记得到的那天,烈日炎炎,照着拥挤的旅客。不知为什么,"东顺号"不能靠近码头,得换乘小船登岸。说是小船也不很小,像小敞厅,没有座位。嵋一手紧拉住母亲衣襟,一手提着自己的小箱和全家的盥洗用具,只看见人的背和各种箱笼。她头疼,但不愿声张。上岸后庄家有英国朋友接走了,他们和李家人乘车到旅馆。小娃说:"真奇怪,这旅馆不会动。"嵋也觉得地不动很奇怪,原来在船上不觉得,到岸上才知道有差别。现在的"大广东号"很平稳,仍不觉得动,可能再上岸才觉得。

那天头真疼,真像要裂开来似的,到旅馆不久,忍不住吐了。喉咙也疼,晚饭的一碗面只能喝汤,不想吃。于是受到姐姐的攻击:"真是暴殄天物!"其实她自己也吃不下。那天晒得太厉害,北平哪有这样毒辣的太阳！北平的太阳多好！北平的太阳是透过各种遮挡照下来的。高大的槐柳阴凉,还有席棚呢!

第二天好多了,想跟娘上街买东西,峨还要乘登山电车。可不让我去,只好在房间里走走站站。从窗中看对面高楼,几乎可以摸得着,街上的人小如玩偶,忙忙地不知为什么。我靠在一把大椅子上,很希望进来个小偷或强盗。真的,想想还有点遗憾,没有人来把我抢走。那才好玩！李姐姐来看我。她还是不大舒服,还得照看那两个讨厌的小孩,还得照看我。她妈妈和娘一起出去了,我知道娘和姐姐都不欢迎,只是没办法。

我靠在椅子上睡着了。娘回来了,大家拿着大包小包的东西。有我的两件衣服,那盒子很好看。一件白上衣蓝裙子,一件桃红色的什么东西。我不理他们,娘揽着我在椅子上坐了一会儿,和我抵头,试我的额头热不热。娘很累。我又庆幸没有坏人来,不然娘该多伤心呢。小娃把别人送他的糖全给我,我不要。他说给存着。

第三天无因无采来接玮玮和我到山顶去,坐汽车去的。又看见海了,海水好亮啊！海边有人游泳,花花绿绿的太阳伞摆满海滩,有很多外国人。玮玮说,这里不是日本人的,可也不是中国人的。那条卖吃食的街真热闹,桌子都摆在街上。开车的人说旁边一座楼是饭馆,外国人常去,当地人叫它鬼楼,我和无采笑了一阵。

到了山顶,风很大,我们靠栏杆站着,看这繁华的小岛。可惜不属于我们中国了,历史书上说的。玮玮昨天来玩过了,他说还是今天有意思。无因说,有一位英国数学教授在这儿开一个月的暑期班,他准备参加。他说数学是一切科学的根本形式,劝玮玮和我都留下,他们上学,我只管玩,然后一起走。我才不留在这儿玩呢,我要和娘一起去找爹爹,爹爹在龟回等我们。这时登山缆车轰隆隆爬上来了,像一条爬虫。无采建议坐一回。大家坐好了,前面座位的人忽然回头说:"你是孟家二小姐吧?你叫孟灵己。认得我吗?"

原来是掌心雷,穿得很时髦,油头粉面。

他说他从长沙来了好几个月了,不想到昆明上学了,要留在香港。他在长沙住在一所空宅子里,不知中了什么邪气,大病一场。他从前见我不大理的,这时不喘气地说了一大篇,我只好耐心注意听。电车从绿阴中穿过,很快到了山下。

掌心雷邀我们去吃冰激凌,我们不去。他说晚上来旅馆看望,便和朋友一起走了。我们先笑他的名字,又笑他说话的神气。缆车又上山了,可以看见大海!海似乎在往后退,退得很慢。这里的海是亮灿灿的蓝,宝石一样的蓝。可我还没见过蓝宝石。

无因给我们买冰激凌。风太大,弄得无采和我满身都是冰激凌,黄一块,白一块。我们想笑,但是风吹得透不过气来,笑也笑不出。

我们又去庄家住处,无因一路劝玮玮哥和我留下。庄伯母说,只要玮愿意,上暑期学校没有问题;嵋留着没有意义,也没有人照管。无因才不再提这事。玮玮也不愿意留,他愿意和我们在一起。

那些商店真好看,据说全世界的东西都有。其实北平也有全世界的东西,还有全世界没有的东西。无采要买铅笔,我们走进一家小礼品店。我随便看着玻璃柜,忽然发现一只镯子,乳白色的,躺在玫瑰红的衬垫上。那是一片弯圆的芦苇叶,叶尖上有两个亮晶晶的小虫,翅膀张着。

"萤火虫!"我不觉叫起来。

玮玮说不大像,比真的好看多了。

萤火虫不好看,可是会发光。溪水上的那一片光,能照亮任何黑暗的记忆!

无因说:"如果谁给嵋画像,就画她坐在小溪边,背后一片萤火虫。"

一片萤火虫。

"就像去年七月七号那天傍晚,你和小娃在方壶外面那样。"

"这是狄安娜,这是阿波罗。"我指着两个虫说。无因微笑,他很少笑,一笑就像萤火虫一样亮。

"那天我们本来要到方壶去看萤火虫的。"玮玮惋惜。

那些亮晶晶的小东西,今年还在小溪上飞吗?

玮玮哥和我都觉得玹子姐会喜欢香港,可惜她没有来。

嵋在床上滚了一下,船身好像在晃动。这船和"东顺号"不大一样。从舷窗看去,天似乎很低,大海依旧是平静的,是不是有鱼群撞到船上了?

小娃的积木倒了。他很耐心,倒了再搭。

昨天晚上掌心雷果然到旅馆来了。姐姐很高兴。他们有许多共同的熟人,他又说起长沙的生活,荒凉的大宅子,主人逃难去了。上课时日本飞机轰炸,有的先生还是照样讲。他不喜欢那种生活。香港生活安逸,他有亲戚,可以念书,做生意也好。他问娘和姐姐的意见。娘很客气地说:"这样大的事别人很难拿主意。现在是国难当头,总要共赴国难才好。"

"不能共赴国难也不能逃之夭夭!"姐姐不那么客气。

掌心雷脸有些红,连着把眼镜托举好几下,又说他也许要去昆明,要看这里生活情况。后来姐姐说他很实际,实际得不像中国人。

今天早上无因到船上送行,他一人留着,一点不怕。我们都站在甲板上,他送我一个漂亮的纸盒,装的竟是那只萤火虫镯子。

送我的吗？我简直不敢相信。

送你的。无因没有笑容。庄伯母说,他可以自己安排他的费用。大家都说这镯子好看。我举着它看海,一片蔚蓝上有一个乳白的圈,萤火虫似乎在海上一闪一闪。别人喜欢镯子,只有我们几个人了解那萤火虫,包括小娃。

小娃都哭了,他了解最深刻!

峨从上铺探身看小娃,船身猛地向一边倾斜,她一下子滚到墙边,小娃的积木哗的一声倒了。

"娘!"她和小娃同时叫起来。

"可能要起风暴。"碧初凑到舷窗上看,天色很黑,海水也很黑,像沉着面孔。这时是下午六点,夜,照说还不该来。

忽然房门开了,金士珍站在门口,大声说:"狂风起来了,乌云压来了,海浪比香港的楼还高。"她鬓发散乱,一件半旧阴丹士林布旗袍歪歪扭扭裹在身上,衣领敞着,两眼有一种兴奋奇怪的光,"海浪上站着牛头马面,小鬼夜叉!我看见了,我都看见了!"

之芹忙起身要她坐下,低声恳求道:"别说了,快别说了。"

船仍在晃动,士珍站立不稳,一下子扑到碧初身上。碧初忙站起,就势捺她坐下。小娃赶快爬到上铺挨着峨坐,玳拉和无采率着李家两个小的也过来了。

这时船上茶房走来说客人最好都在自己房里,免得乱了秩序。不能开晚饭了,真刮起大风,盘碗都搁不住的。预备有面包,一会儿送到各房间。

之薇、之荃都要在这屋和之芹在一起。之芹苦笑道:"孟伯母庄伯母不要笑话,我母亲想象力太丰富。"

士珍似听不见这话,还是念念有词。忽然指着船外说:"拿刀的这人我熟,拿绳子的这人不认识。"

碧、玳两人好说歹说劝她回房,渐渐安静下来。这边之芹忽然呕吐,俯在脚盆上,抬不起头。客人中呕吐的很多,只听见一片哇哇的声音,此起彼落。峨说有点难受,但没有吐。

一会儿果然送来了香肠面包,无人取用。碧初惦记玮玮在上层,要上去看。船越摇越厉害,她向前走几步又退后几步,只好坐在床上。

"开门,大家开着门!"茶房用广东话大声嚷。他从餐厅走过,从一边猛地滑到另一边,摔倒在地。另一个茶房也摔过来,撞到他身上。幸好是人,不是桌子。餐桌本有铁钩扣在地上,有几个钩子坏了,桌子在厅中滑来滑去,撞在墙上,发出沉重的声音。

舷窗外一片漆黑,浪头浇上来又退下去。船剧烈地摇晃,每次倾斜似乎都在三十度以上。各人在自己铺位上有节奏地滚动着,倾听着巨大的风雨波涛的声响。

碧初说:"不能织毛活,也不能看书,背诗好不好?"

嵋立刻响应。"春江潮水连海平,海上明月共潮生,滟滟随波千万里,何处春江无月明!"嵋细嫩的声音朗朗地压过了船外风雨。小娃不时打断她,碧初不时提醒她,房间的气氛是安静平和的。

《春江花月夜》背完了,小娃接上:"松下问童子,言师采药去,只在此山中,云深不知处。"碧初在下铺望着床板大声称赞。

"娘,挑最长的背。"嵋从上面探出脸儿来。她不等母亲说话,开始背《长恨歌》,峨也偶然懒懒地插一句。之芹很羡慕,用心听着。她服过镇晕药物,浑身有些发软。

电灯忽然灭了。嵋正好滚过去碰在小娃身上,两人咯咯地笑。"真讨厌!"峨说。

碧初心知什么机器坏了,有些害怕,镇定了一下,拉着床栏站起来:"你们继续背诗,我得看玮玮去。"

这时有人在餐厅一头喊:"预备救生衣!预备救生衣!"声音凄厉,一直喊过去了。

之芹与峨都坐起身,碧初忙用手电找救生衣,每个房间四件,她不声张,发给四个孩子每人一件,自己往屋外走。

"我一定得去看玮玮。"她低声说,几乎是自言自语。

"娘,我跟你去。"峨与峭都要下床,又滚到床里去了。

"你们不要动,听娘的话,千万不要动。看好小娃,我一会儿就回来。"碧初严厉地祈求。

她用手电照着,拉住床栏,门拉手,门外扶手,到了餐厅。餐厅空无一人,一头点燃一盏汽灯,可以看见奔跑的桌子。碧初观察片刻,小心不让桌子碰上,拉住墙上可以拉的任何东西,一步步挪向楼梯。她很快掌握了规律,船向自己这边倾斜时赶快走几步,向对面倾斜时,便拉住墙上钉住的一道扶手,小心站好。楼梯在对面,她乘着一次船的倾斜,松手滑过去,正好到楼梯下。她什么也来不及想,赶快攀登。楼梯上全是水,滑下来两次,终于上去了。

甲板上的景象真吓人,黑暗里波涛压顶,高不可仰,山崩一般落下来,几次就浇得她浑身透湿。每次船歪过去,甲板似乎已浸在海里,随时有落海的可能。她胆战心惊,小心翼翼地拉住扶手。好在玮玮房间离楼梯不远,在一次船身向里倾斜时可以走到。

"什么人在甲板上?快下去!"一个水手熟练地跑过来,用手电照着,先用广东话,又用不熟练的普通话说:"你发疯了!快回房间去。"

"到这间房看看孩子。"碧初吃力地拉着栏杆,走进过道。"玮玮!玮玮!"她叫,推开房门。

玮玮正躺在床上,忙跳起身,一道电光闪过,看见湿淋淋的碧初。

"三姨妈!"他抢步抱住碧初让她坐在床上,"怎么上来的!"

碧初看见他已全副披挂,穿好了救生衣,放心地一笑。

同房客人坐起来说:"这风暴难得遇见!"他的广东普通话很难懂,"我走这条路已经十几年了,第一次遇见这样大的风暴!我,做药材生意的。"

"三姨妈怎么没穿救生衣?"玮玮用毛巾擦碧初的头发。碧初笑笑未答。

"在甲板上走要当心!"那药材商人说,"你放心,澹台玮是好少年,很聪明喽。"

"玮玮,"碧初定神拉着玮的手说,"你要好好照顾自己。如果有救生艇,轮到你就上。不要惦记我们,拉扯太多,反而不好。"玮玮迟疑地点头。

碧初从衣襟里拿出一个小皮包,里面有一百块钱,递给玮玮,帮他放在救生衣口袋里。按了按口袋说:"你千万听姨妈这句话。我和庄伯母一起,还有两个姐姐,不用人照顾。你不要分心。"

那药材客人微笑道:"不会出事的,这是'大广东',这船大!要是'小广东',早让风吹得上天喽!"

"但愿如此。还请先生多照顾他,谢谢您。"碧初向药材客人欠身。严厉地对玮玮说:"我下去了。你不要管我,两个人彼此照应反而容易乱,我已经走惯了。"说着敏捷地走出房门。

一道电闪为她照见船舱边的扶手,她等着船向里倾斜。玮玮追出来,在她身后,不敢做声。船向里歪过来,她稳当地走到楼梯口,下去了。高耸的波涛落下来,砸在船上。雷声滚滚,就像绕着这条船。药材客人把玮玮拉进房间,说:"只有等着,只有等着喽!"

碧初回来时顺利多了。这时电灯已经亮了,昏惨惨一点光。她估计玳拉也没有救生衣,想到茶房间去要两件。走过玳拉房间,见之芹在里面和玳拉说话。

"我想李太太可能有病,把之芹找了来。"玳拉见碧初过来,苦笑道,"她一定要跪在床上,摔下来,还跪着。这不,头上摔破了。"她的北平口音比碧初地道。

金士珍仍跪在床上,两手拉住床栏,左额角有一点血痕。之芹叫她,也不应。两个小孩缩在床角,大睁着眼睛。

之芹无奈说:"我母亲有她自己的想法。庄伯母只当没她这个人,随她好了。"

不想这话士珍却听见了,跳下床揪住之芹的辫子,打了她一巴掌。

这时船又歪向一边,众人摔作一团。之薇吓得哭起来。碧、玳二人忙站起,珍、芹还坐在地上。之芹愣了一会儿,站起来又去扶士珍。

士珍推开她,自己站起,指着她说:"你这没良心的小狐狸!别人不知道我做什么,你也不知道吗!我这是为全船人求命啊,当没我这个人?没我这个人,你们都试试!"

众人都愣了,不知该怎么办,实在也站不稳,碧初只好说:"好了好了,还是各自躺着吧。"又问玳拉救生衣够不够,玳拉说她带了一个游泳圈,不用救生衣了,原来还以为可以游泳呢。

不想士珍一见这游泳圈,抢过来套在颈上,仍是念念有词。碧、玳二人懒再理论,各道安置。碧初带了之芹回房。

之芹没有哭,倒向碧初解释:"我妈是热心肠的人,就是信神信得太迷,行为显得古怪。"

碧初道:"任何人迷上什么都古怪。明白这一点,也就不觉得古怪了。"之芹感激地望着她,两人各自躺下。

船还在有节奏地摇动,除了风浪和餐桌撞墙的声音,房舱里很安静。风暴还没有过去,惊恐已经过去了,人们似乎习惯了。嵋和小娃没有想到怕,因为太困,有些迷糊。峨像弟妹一样觉得一切都可笑,他们笑时她却要干涉。其实她自己认为,那撞墙的桌子最可笑,看它们滑来滑去,她几乎要笑出声来,在摇滚中随时用被角遮住脸,掩住笑声。

后半夜,之芹忽然大声呻吟。碧初正眼睁睁望着暗黄的灯光,闻声立刻坐起,问道:"怎么了?"之芹不答,仍在呻吟。

碧初下床去看,见她双目微睁,额角渗出冷汗,一手抚胸,一手紧紧攥拳,似乎在忍受极大的痛苦。看着不像晕船,脉搏细而急促。

碧初俯身问:"是不是哪儿疼啊?"

之芹指指心口,勉强说:"疼,疼得厉害——"

"在家也疼过?"碧初问,急忙搬出小药箱找药。

之芹点头,努力说:"心脏有病——"

碧初找出苏合香丸,想去问李太太,想想决定不去,把药塞入之芹口中,"嚼碎,慢慢咽,别呛着。"她轻托之芹的头,让她吞药。峨、嵋都坐起,同情地低头下看。

过一会儿,之芹安静了。大家躺下,约一小时左右,她又呻吟起来。碧初不敢再给药,拿一片人参给她含着,要去告诉李太太。她走出房门,忽然发现走路容易多了,桌子碰不到墙,就又滑回去。这说明船稳多了,风暴要停息了,她大大松一口气。不觉倚在房门上休息一下。她太累了。

"三姨妈!浪小多了,咱们平安了!"玮玮从楼梯口跑过来,情不自禁地叫着。他还穿着救生衣,像个小水手。

"好孩子,脱了救生衣,还放在手边。"碧初慈和地望着他,示意他进房间去。自己到玳拉屋里,见李太太和两个小孩已深入梦乡,发出均匀的鼾声。玳拉却未睡,正站着琢磨船身晃动减弱多少。两人商量,叫醒士珍也无用,还是过这边来。

她们到这屋,见之芹已经好些,正对玮玮说:"不知道什么时候能回北平,我很怕回不去了。"

玮玮坚决地说:"怎么会回不去!就是打上几年几十年,也会回去!"又转文道:"岂不闻大难不死,必有后福?李姐姐身体会好起来。"

一丝微笑飘上之芹嘴角,惨白的脸微微晕红了。她含着参片,渐觉恢复。大家又松一口气。

船行越来越平稳。风暴过了,太阳出来了。船上忽然涌出许多人,甲板上,过道中,餐厅里,人们都面带笑容。

"可捡了一条命!"

"不知沾谁的光,船上有大命人。"

"沾轮船的光!换只小船早不行了!"

快到中午时,果然有消息说,昨夜风暴中,有两只小轮船沉没。

大海的力量是神奇的,不可捉摸的,可不能惹它发怒啊。嵋又到甲板上来,站在栏杆边时,心里充满了崇敬和畏惧。海可以温柔,可以咆哮,可以平静,可以沸腾。因为它自己蕴藏着力量,它的丰富和千变万化是人们不了解的。

又过了一天,船抵海防。人们登岸后先觉平稳,稳得奇怪。嵋和小娃摇动身子,脚下却丝毫不动。小娃用力迈着脚步,好像要踩动陆地。嵋则轻轻地走着,生怕给陆地增加太多分量。

大家很快习惯了这平稳,现在面临的是安南海关的检查。海关人员粗暴地把旅客的行李打开,翻检一通后扔到一边,自个儿整理去!三家的箱笼不少,三位太太看见前面的人打开箱子,衣物横飞的光景,暗暗皱眉。

还好弗之托了中国总领事来接,把他们的箱笼挑出,没有检验。庄家母女要乘内燃机火车直接到昆明,由这里的朋友接走。仍是孟李两家到旅馆住下。

碧初对士珍说:"最好带之芹仔细检查一次,看到底什么病。"

士珍说:"这孩子从小病就多,心也重,上医院的次数也数不清了。说实在的,这一年她又上学,又做家里事,累得不轻!原来的一个用人走了,现在没有这份儿开销呀。"

她说话时爱抚地看着之芹。下船以后士珍一直很清醒,无人问她在船上是怎么了。

之芹还是很不舒服,但她忍耐惯了,不说出来。听见大人谈话,她忍住眼泪走开去要洗之荃的衣服,可是没有力气,只想躺着。晚上忽然剧泻,神色甚为委顿。士珍着急,说这样子怎能上火车,由旅馆请了医生来,给了些止泻药。

次日清晨,孟、李两家大小九人上了入滇的火车。这车通往云南境内碧色寨,再换小火车到龟回。车很空,人不多,有几个安南人,像是小贩一类。座位顺着车壁围成一圈,当中放行李。

峨嘟囔:"这哪儿是人坐的车,是货车!"李太太倒没有说话。

车开了,车门大敞,无人来关。近车门处风很大,大家都往里面坐。峨还是负责照管她自己的小箱和全家盥洗用具,她把它们放在大箱子上,和一些小件行李在一起。大家一路上听说,安南小偷很有名。他们技艺高强,金银钱钞,衣帽鞋袜,小至一条手帕,无所不偷。在河内一次饭间,孩子们的遮阳帽全部失踪。现在玮玮故意坐在离门不远处,好包围他们的行李。

滇越铁路在山谷中沿红河铺设。河水在万丈崖底急促地流着,在山中盘来盘去,发怒般打着漩儿,漩涡相连,简直看不出水流的方向。车行几个小时,很少见江水有平静处,总在奔腾咆哮。山上是亚热带特有的浓密的、湿漉漉的绿,显示着抑制不住的活力。

"猴子!小猴子!"玮玮在车门口叫。只见一群猴子在树枝间游戏,有的跳来跳去,有的抓住藤蔓一荡很高。孩子们高兴地为它们鼓掌。

快到中午时,兴奋的情绪逐渐低落,大家都很累。座位硬得像要戳进肉里,孩子们坐立不安,但谁也没有埋怨。直到晚上,火车停了,车站上有人招引住店。

碧初等拣一个衣着干净的人,随着走了许久,住进一家店。大家筋疲力尽,有的坐着,有的躺着,都不吃饭。一时之芹又泻了几次,晕得抬不起头。碧初摸她,额头火烫,和士珍商量是否回海防去,到玳拉处想办法。

"不要紧的。"士珍有把握地说,"她抗得住。到碧色寨就好了,我有办法。这孩子,净让人操心!"张罗着给之芹吃些止泻药,自己静坐一旁,似在作法。

嵋为了安慰之芹,把那只萤镯放在她枕旁。之芹微笑,轻声说:"装好了,别丢了。"

嵋收起那镯时,见上面有两个通红的小虫,拂落了,把镯仔细放入小宝箱中。再一看,之芹枕边有好几个虫,自己床上也有,气味难闻。问了碧初,才知是臭虫。

"臭虫很漂亮。"小娃说。

次日中午,车快到边境车站老街了。大家都蒙蒙眬眬,半闭着眼。

"怎么?做什么?!"碧初忽然叫起来。只见一个头上缠着头巾的安南人一手提起一只箱子,扔下车去。那是孟家人装换洗衣物的,看上去颇为讲究的箱子。就在碧初叫声里,他又顺手抓起嵋的小箱,随即纵身跳下车去。

"小偷!""扒手!贼!""抓住他!"孟、李两家人大声叫嚷,同车的安南人不闻不问,平静地坐着。

嵋追到门边,被玮一把抓回。她正好看见那贼翻身爬起,对她招招手。这里地势平坦,跳车不会滚下山谷,看来这是久惯此道的车贼了。

嵋哭了。她那珍贵的装着美好记忆的小箱子落在一个贼手里!"

娘!"她转身扑在碧初怀里,把眼泪涂在母亲衣襟上。

"不哭,好孩子。哭没有任何用处。"碧初冷静地抚着她,"只要人没有损伤,东西是身外之物。"

玮玮安慰说:"纪念品也可以换新的。"

小娃说:"那人大概太饿了,没有饭吃。"

"这贼算识货,你们家的东西好,贼看上了。"金士珍说,听去有点幸灾乐祸的味道。

车里渐渐静下来。在轰隆轰隆行车声中,车角有呻吟之声,是李之芹躺在那里。

"你怎么了?哼什么?"士珍推开靠在身上的之荃,往车角走去。

"不舒服——"之芹吃力地说,"晕得很。"

"晕车吧?不是不泻了吗?"士珍回来找仁丹。嵋站起身,一手用娘的手绢擦着泪,一手拉着娘的衣袖,跟着到之芹身边。

之芹又是冷汗满额,一件月白竹布旗袍,颈下已经湿透。面色惨白,双目紧闭,口鼻似乎都不在原来地方。嵋吓了一跳,躲在碧初身后。

"李家大姑娘,你是心口疼?"碧初俯身问,解开她的衣扣,顺手拿过峨的薄披肩盖在她身上。

之芹轻微地点头,用力睁眼想看看四周。她自登旅途就不舒服,一直忍耐支撑,现在实在忍不住,也不想努力支撑了。

"还是吃救心一类的药吧?好不好?"碧初和士珍商量,一面命嵋把药箱拿过来。

苏合香丸在之芹嘴里打转,半天咽不下去。后来咽下去一小半,吐出来一大半。参片也咽不下去,大概舌头咬破了,嘴角流出血来。士珍代她拭了,觉得严重,不知如何是好,大声哭道:"你再忍忍,快到碧色寨了,到了就有办法。"一面拉嵋过来,"叫她!她喜欢你,叫她!叫她等等!"

嵋也想哭,拉着之芹的手叫:"李姐姐,你等等!"她不懂等什么,自己添话:"你等等,我们给你捉蝴蝶去。"

之芹睁开眼睛,看了嵋一下,用力问:"澹台玮呢?"

玮玮忙走上前说:"李姐姐,到了龟回,我们捉顶好看的蝴蝶给你。"

之芹脸上似乎掠过一丝笑影,用力说:"你们很好——很美——"

她攥住嵋的手,越攥越紧。碧初想让嵋走开,轻轻抚着之芹,但嵋的手抽不出来。

嵋有些怕,仍轻声叫:"李姐姐,你等一等!"

之薇、之荃在那边哭起来。之芹的手忽然松开了。

"你们哭什么!姐姐病得要死啦,还哭!"士珍大声呵斥。峨拉着这两个孩子,望着这边摇头,意思是不用吵,她管着呢。

之芹闭上眼睛,表情仍是痛苦的,它留着,永不会再改变了。

她细瘦的身躯下渐渐透出一片湿痕。生命已经离开她,这身体,再没有主宰的灵魂了。

离她最近的是峎。峎靠在碧初身上,怔怔地望着横在面前的之芹的身体。母女两人都觉得胸口上有东西顶着,这东西艰难地化成热泪。待泪流了下来,碧初才想起把峎拉开,坐到一旁。

"怎么了!我的孩子!你怎么不等等!这叫我怎么和你爹交代!"金士珍伏在之芹身上嚎啕大哭,一面跺脚,"你怎么不等等呀!尊神在碧色寨等你,等着救你!你连这点福分也没有!"

她哭得很伤心,之薇、之荃跌跌撞撞地走过来,惊恐地拉住她的衣襟,一边哭,一边学着跺脚。

碧初一手拥着小娃,一手揽着峎。峨和玮站在旁边,他们也哭泣,但声音很低。两组高低不同的哭声,再也唤不醒这正当妙年,对人生充满憧憬而在奔驰的火车中撒下了躯壳的姑娘。李之芹,终于没有能踏上自由祖国的国土,没有能看到蝴蝶泉。那等在碧色寨的尊神,竟没有这点本事,到两百公里外来救她。

三

龟回本是滇南较繁荣的小城,兴建滇越铁路时,城中人士拒绝由本地通过,于是铁路绕道而行。碧色寨成为大站,得到一切交通发达的好处。龟回落得安静,保持着古朴的风格。这城很小,站在城中心转个圈,东西南北四座城门近在眼前。城门却也雉堞俱全,且甚为讲究。城南一个小湖,雨水盛时,大有烟波浩渺之概。几条窄街,房屋格式不一,有北方样式的小院,南方样式的二层小楼,近城处还有废弃的法国洋行,俱都笼罩在四季常青的树木之中。满城漾着新鲜的绿色,连那暮霭,也染着绿意。

在朦胧暮色中,孟樾一家和来接的朋友走过十字路口。抗战以后,已来了不少外乡人,还是有人围观。"又来了!又来了!"孩子们用云南话大声叫。他们大都戴一个沉重的镀银项圈,挂一把小锁,好锁住他们,留在人间。一个绣花的肚兜,显出慈母的功夫,下面却光着,露出自然的伟大。

李家人留在碧色寨办丧事。孟家人还没有从死亡的阴影中解脱,他们阴郁沉默,慢慢拖着脚步。亲人团聚的欢喜抵消不了那种毫无救援,听任死神支配的恐怖。

尤其是嵋,方壶和香粟斜街的日子,都隔在一具遗体的那一边。她已经不是原来的孟灵己了。在碧色寨车站上,碧初曾领她去洗手,用肥皂洗了好几遍。这也许能洗掉什么不洁净的东西,却洗不掉她的经历、她的感受、她为李之芹大姐姐的悲伤。她有一种无法说清的情绪,似乎不是为之芹,而是为她自己,为爹爹和娘,为所有的人,想要大哭一场。

嵋没有哭,只是低头拭泪。孟家人都有坚强的自制力。玮玮轻拍她的头,她便抬起眼睛,浓密的睫毛上挑着半圈小水珠,像碎钻石般亮晶晶。

玮玮很难过,为了所经历的一切,也为了嵋。他低声安慰:"来接的钱先生说,城外有一个洋行大花园,我想里面有萤火虫。"

萤火虫的小灯笼又能亮多久呢?它们累不累?嵋吃力地迈着步子。他们原以为下了火车会上汽车,最好来个马车。直到那位笑眯眯的钱先生催他们走,才知道路是要自己用腿走的。街两旁站着许多人是做什么?他们知道李之芹这个人吗?她再也不能走了。嵋牵着玮玮的袖子,跟着大人一步步走到芸豆街,他们的家在这里。

芸豆街小院的建筑是凹字形两层楼。孟家住楼下,楼上是钱明经夫妇。那位叫钱明经的笑嘻嘻的先生以精明著称,有人说他的名字顺序应颠倒过来。这座房子,便是他找下的。他们已经来了几个月,一切俱已就绪,有余力帮助孟家人。因估计碧初等在车上未必进午饭,楼上预备了点心。

楼上三面廊子,雕花木壁,做工尚称细致。东厢是钱家客厅,四扇隔扇大开,空气流通,斜阳的光辉照着室内雅致的陈设。室中央摆着硬木圆桌,四周是同样的圆凳,一色细花雕饰。圆桌上摆着温热的甜粥和果酱煎饼。

"你们不像逃难来的,哪儿来的这些东西?"碧初再看摆在两头的太师椅,大理石靠背,螺钿镶嵌扶手,不禁走近去仔细端详。"什么年代的?考证出来了吗?"

钱太太郑惠枌道:"这都是房东的家具。明经喜欢,和房子一起租下了。只有客厅这几件,别的房间什么都没有。"

"这对椅子我看是顺治年间的。保存得多好!"钱明经得意地说,"这里离个旧锡矿近,有些做锡生意的商人成了财主,咱们的房东就是一位。还有好东西,他运到昆明去了。"

"东西少些好,"弗之说,"省得收拾。尤其不能要考究的东西,哪有那精神照管。"

"这里是未经开发的处女地,没有人搜罗过,准能找出古董来。"钱明经兴致勃勃,笑嘻嘻的。

"你还有这闲心啊?"惠枌略有些嗔怪。

说话间,大家落座吃粥。明经介绍道:"这里有一家甜粥小店,也算得县城中的闻名去处。主人姓雷,人称雷稀饭。你们尝尝,和北平口味不一样。"

大家尝粥,都说很好,但都吃不下。明经见孩子们闷闷的,便说:"别看龟回是小地方,原先海关设在这儿,检验滇越铁路的货物,有不少商人来往。有一家很大的洋行,现在关了,学校就在那花园里头,还有一个跑马场呢。过几天我带你们去玩。"

"我还没骑过马呢。"小娃正啜粥,以为坐的还是家中椅子,向后一靠,哐的一声,翻倒在地。碧初忙去抱他,大家都慌忙站起。小娃很想哭,但见这么多人都看着他,拼命忍住。

"孟合已很勇敢。"明经看着他。

"你怎么知道我的名字?"小娃挣出娘的怀抱,仍端正坐好。

"在方壶见过你们,不止一次。"明经笑道,"只有澹台玮没见过。"这种郑重的称呼,孩子们听了很高兴。他又专对玮说:"我见过你父亲,只见过一次。"

"爸爸的伤全好了,他们就要到昆明去。"玮玮说,按按口袋里的信。那是父母的信,弗之交给他的。他预备一个人静下来好好看。

"柳夫人现在哪里?"碧初问。

"现在昆明,可能要到重庆去。"惠枌答。

"哪个柳夫人?"峨在人多时很少说话,这时好奇地问,"是唱歌的吗?"

"是歌唱家柳夫人,她是钱太太的姐姐。"碧初答,又对惠枌说:"我们家的孩子都喜欢音乐,可是没有这方面的天赋。"

"我上星期到昆明开会,听说惠杬找不到钢琴,子蔚帮着在一家教堂里借到了。"弗之说。

峨听得钱郑惠枌是柳郑惠杬之妹,不觉看她几眼。见她着一件暗蓝色布旗袍,周遭用花布镶细边。鹅蛋脸儿,眉目清秀,不及柳夫人妩媚,却有一种飒爽之气。

惠枌见峨打量她,因笑道:"我是学画的,也学过些乐器。现在是家庭主妇,主管我们两人的生活。"说着向明经颔首微笑。又向碧初说:"内地生活费用便宜多了,火腿两毛钱一斤,鸡蛋一毛钱一百个。活下去很容易。"

明经说:"看她多熟悉市场,足见是个好主妇。只是这里文化落后,风气闭塞,书籍缺乏。到县图书馆看看,什么书都没有!"

弗之道:"学校的图书大都运到昆明了。在龟回上课不是久长之计,还要搬家,搬到昆明。"他对碧初抱歉地一笑,"你看,你刚到,又说搬家的事。不会马上搬,还得几个月。"

碧初道:"国家有难,搬几回家算不得什么。"

"给你找了一位女仆,这儿叫帮工,一会儿就来。"惠枌道。

正说着,钱家的帮工王嫂带来一个妇女,说是姓张,就叫张嫂。碧初和她谈了几句,留下做事。孟家人遂都下楼。

楼下正房里空荡荡,只有几张木板,拼起来,就是床了。弗之在厢房暂住。一张行军床歪斜着支在当地,窗下一张未上油漆的白木案上书稿凌乱。奇怪的是一面墙边放了许多大大小小的饭碗,一摞一摞,排了两排。

"这是怎么了?"碧初笑问,"要开饭馆?"

"你们来了,要吃饭啊。"弗之理直气壮。

碧初仔细看时,好些碗都是用过的,没有洗。只好忍着笑,分派打扫收拾,说:"比我想象的好多了,我以为得住草棚呢。"

"问题是没有办法吃饭写字。"峨冷冷地说,"总不能席地而坐吧?"

"爹爹能想到预备几张床和饭碗,就不简单了。"碧初说,"应用的东西,慢慢再添置,不用忙。"

"抗战期间,一切从简。"玮玮刚看到一张《新滇日报》,报上有几个结婚启事,都有这句话。

峨瞪他一眼,不再说话。

以后孟家人回想起龟回的生活,都觉得像是激流中间短短的一段平静温柔的流水,让他们绷紧的心弦松弛一下。脚踏在中国自己的土地上,头上没有日本统治的压力,那种自由的感觉,是没有当过"亡国奴"的人感觉不到的。尽管因为语言不同,习惯不同,有时会生出背井离乡的惆怅,那小县城色彩浓郁的民俗,亚热带景色的诗情画意以及家人的团聚使他们常处于欣悦的状态。外来人的经济情况优越得很。云南省自己发行的滇币有新旧之分,一元新币换十元旧币。中央法币一元换十元新币,相当于百元旧币。有的卖鸡鸭蔬菜等生活用品的摊贩还用旧币。外来的人等于平白加了数十倍工资,难怪钱明经可以兴冲冲准备搜拣古董了。这种经济优势当然不能消除所有不便,对于碧初来说,首先没有得心应手的下人使唤,样样要自己操心。弗之与峨,是做惯老爷和小姐的,想不到帮忙或不肯帮忙。倒是峒和玮,常常问:"娘,有事吗?""三姨妈,有事吗?"当然也帮不上忙。

对于孩子们来说,这里的生活打开了新的天地。这里没有明仑校园或香粟斜街三号的高墙,使他们不知人间烟火。芸豆街小院和龟回县城的生活是相通的。

每到赶集时,卖菜的,卖果子的,卖竹制品草制品的,各种叫卖声不断传来。孩子们随时受到云南语言的熏染。最初大家都奇怪声音何以如此之近,再一想,整个县城没有多大,随便走到哪儿,都很容易。出门不用经过几重院子,跑几步就到街上。真像捉迷藏,原来躲着的街道,忽然冒出来了,横在眼前。街上店铺有限,内容简单,但他们觉得很有趣。雷稀饭老板早成了熟人,见了他们总要邀请:"进来坐下子嘛,给你家盛一碗!"那稀饭在大锅里冒着小泡,透亮的,黏黏的,好不诱人。但他们总是说谢谢,从不接受邀请。稀饭老板又会大声称赞:"先生家的公子么,懂礼数!"

最吸引他们的,是雷稀饭旁边的一家书铺,卖书也租书。最多的是武侠、侦探和公案小说,诸如《七剑十三侠》《青城十九侠》《福尔摩斯侦探案》《亚森罗蘋侠盗案》,还有《施公案》《彭公案》等。来看书的大都是城里的居民,他们对迁来的学校中人有一种敬意,就像湖台镇居民一样,总是对玮和嵋笑,自谦地说:"我们瞎看看。"有一次,玮玮做主,借了一部书,名叫《芙蓉剑》,以后又借了续集《凤凰剑》,都是以宝剑为信物的武侠加言情小说。嵋看得很起劲,晚上还在昏暗的煤油灯下看。

"嵋,你看什么?"碧初一手拿着正在折叠的衣服,一手来拿嵋的书。"这是什么?剑仙侠客?"碧初近来有时要发火,自己也觉得,便有意识地克制自己。她放下衣服,停了片刻,才把书大略翻了一下,仍还给嵋,拍拍那黑得发亮的头,说:"现在该睡觉了,自己关灯。"

第二天,碧初向玮、嵋宣布,他们得每天随弗之到学校去做功课。玮对嵋耸耸肩,嵋对玮闭一下眼睛,其实两人都很高兴。他们习惯于规律的生活和不断获取新知识,闲散长了并不舒服。

"我做什么?娘,我也要去!"小娃拉拉娘的衣襟。

"你吗?天天走去走回,你行吗?"碧初抚着他的手,低头商量。

嵋马上帮助小娃:"让他去吧,我会照顾,还有玮玮哥呢。"

碧初向玮玮抱歉地一笑,说:"你多管着些,你当总司令。"

总司令啪的一声立正。小娃高兴地大声笑了。

明仑大学有注重体育的传统。办军训,上早操,都比别的学校积极。龟回这里,宿舍集中,场地方便,每天升旗跑步,是体育课内容之一,由当地驻军一位连长任教官。不少学生懒得早起,叫苦连天。弗之素起得早,常来参加升旗仪式。他喜欢看鲜艳的国旗冉冉升空,让蓝天衬托着,迎接新的一天,觉得晨风孕满希望,朝霞大写憧憬。学生们不很整齐的步伐,显示着青春的活力,和祖国的力量。

校园的年轻人中增加了三个孩子。他们有时随弗之早来,但从不到操场,只远远站着。第一次看见国旗从绿阴中升起时,玮玮高兴得跳将起来,又赶紧肃立,等国旗升到杆顶,才大声叫嚷:"又看见了!又看见了!"嵋和小娃也高兴地拍手。他们曾亲手烧了国旗,现在,又看见了!

大花园里纠缠扭结难以抵挡的茂密植物中,有一排平房,其中有弗之的一间办公室。窗下一张白木长桌,没有油漆,三人每天在桌前学习。弗之请来一位教逻辑的先生教玮玮数学。嵋和小娃则仍是背诵诗词古文,念简单的英语,写大字小字。

每天下午,他们在校园里探险。循着青石板铺的宽道,走过五十米长的蔷薇花架,绕过园中的主楼,走上一条窄道,因为植物太茂密,就知难而退。以后胆子愈来愈大,把一条条窄道都试过,有缝可钻就挤过去。有一次,他们沿着一条弯曲的小道,踩着侵到路上的枝蔓叶茎,走进一块凹地,只觉鲜艳明亮的色彩扑眼而来,原来是一片荒花在四面绿墙中跳动。繁茂的花朵上飞舞着大大小小的蝴蝶,他们还从未见过这样多的一起飞舞的蝴蝶。

三个孩子呆呆地站住,看那花朵,看那蝴蝶。蝴蝶的颜色在阳光下变幻着,带动花朵的颜色也在变幻,如同片片流动的彩云。四周的绿为这变幻的彩色稳住阵脚,好像在说:"看吧看吧,难得有人看见!看吧看吧,难得有人看见!"他们同时听到也想到:要是李之芹大姐姐在就好了,她该多高兴!但是谁也没有说出来。

他们站了一会儿,玮玮见隐约有一条小路向一边的小丘上伸去,便引峨和小娃爬上小丘。他们推开眼前密密的枝条,眼前的景色使他们大吃一惊! 他们发现自己站的地方相当高,下面是一个形状不规则的大潭,水色墨绿,深不可测。周围树木纠缠在一起,阴森可怕。那黑色的水中,似乎就要跳出什么妖魔怪物。

"我怕!"小娃拉住玮玮,小声说。那些蝴蝶和花已经让他害怕,这潭水更神秘了。

峨也害怕,但她不说。她似乎觉得李之芹姐姐住在这潭水里,这时正从水底向上升起。照说李之芹不可怕,可她还是怕。

"这气氛——"玮玮喃喃地说,"回去!"便率领他的兵急忙向原路逃走了。

这次探险后他们有几天没有到园中漫游。小娃不大舒服,不能到学校。峨接连梦见之芹站在潭水上,周围上下飞舞着蝴蝶。玮玮则想乘这时没有小娃累赘,再到那潭边去看个究竟。虽然碧初一再告诫不准胡行乱走,他还是说动了峨,再做探险。

玮和峨这次有意避开那蝴蝶纷飞的热闹,走了一条新路。这路很细,旁边的树木却高大,走一小段便似乎进入森林了。路向下斜,愈来愈潮湿,峨拉着玮的上衣后摆,有些战战兢兢:"玮玮哥,你说这儿有蛇吗?"这园子里蛇多是有名的,他们还没有遇见过。

"不知道。没有遇见就别想它。"玮玮说,顺手从路边拿了一根木棒。他们很快进入一个小峡谷,两边土丘,丘上参天的大树,遮天蔽日。不少树根露在泥土外面,像是有力的筋肉。路仍下斜,转过豁口,那潭黑水猛然呈现在面前。

这次他们站在低处,离潭边很近。潭水平静得吓人,似乎下一秒钟就会冒出一个大龙头或是别的什么。潭水四周的土丘上各种植物形成一圈围墙。他们屏息静立,忽然听见对岸有窸窣之声。

"蛇来了!"峨低声说。

玮玮想:"要是蛇,还好办。"他怕是什么没有见过的东西,又希望是。他们定睛望着对岸,不敢动一动。

"啊咿——啊咿啊——"一阵啸声从对岸传出,紧接着从茂密的植物中走出一人。玮玮先不觉得那是人,拉着峨想跑,脚却钉住了似的。再细看时,原来是李涟先生。

"终有一死!终有一死!"李涟衣着邋遢,神情疲惫,大声自语着沿潭边走来,忽然发现了两个孩子:"你们怎么到这儿来了?当探险家吗?"

"您怎么来了?找李姐姐吗?"峨几乎说出来,忙咽住,抬头望着玮玮。

玮玮说:"我们来玩,打扰您了。"

"这儿不错,很好玩。这是黑龙潭,我起的名字。"李涟微笑,"我到这儿躲一躲,亲近自然。也有学生来这儿看书。还没见小孩子来。"

"蛇!蛇来了!"峨大叫。只见潭边草丛里,两条蛇笔直地竖着上半身,嗖嗖地窜向潭的另一边,随即隐在草丛中不见了。

"不用害怕,这园子里没有毒蛇,据说如此。"李涟安慰道,又说:"害怕也不要紧,那不是最坏的感觉。"

"您说最坏的感觉是什么?"玮玮好奇地问,"是痛恨?是悲伤?"

"最坏的是那种让人难受的感觉,"李涟似乎在考虑,慢慢地说,"是厌恶。"他忽然打起精神,说话节奏快了一倍,"还有黄龙潭、白龙潭呢,都比这个潭小。今天你们该回家了,下回我带你们玩。"他点点头,矫健地登上土坡,一下子就不见了。

"他去找蝴蝶了。"峨辨别着方向。

这时黑龙潭似乎已经不那么神秘,一缕缕夏日的阳光从树枝间隙照下来,也少了些阴森。但两个孩子却觉得心里沉甸甸,逃一样离开了。

孟家人根据"食不言,寝不语"的古训,不准孩子们在饭桌上多说话。只是晚饭后,大家一起闲坐时,才争相发言。这天晚饭后,峮说了黑龙潭探险经过,并学说李涟的话。

弗之对碧初说:"李先生怪自己没有去海防接,总想着如果去接了,不至于的。"

碧初说:"千说万说,若不是日本鬼子打来,李大姑娘何至于这样。"停了一下,黯然道:"也怪我没有坚持留在海防治病。"

弗之摇头,道:"有李太太在,你怎么管得了。"

"孤魂万里,真是可怕。"玮玮忽然说。他从阴森的黑龙潭想象着荒无人烟的林莽和在林莽中飘荡的游魂,由衷地替李之芹害怕。

"子蔚来信,这星期要来龟回,商量学校再次搬家。"弗之对碧初说,"七月中旬在昆明举行转学考试,我看峨可以随子蔚先去昆明。"

碧初沉吟片刻,说:"二姐他们大约下旬到昆明,或者玮玮也一起走,都先到大姐那儿住。"

孟家到龟回后,素初曾遣人来问候,要接孩子们去,但他们都不愿去。

玮玮说:"我想晚点,好不好?"他想着那大园子里还有许多隐秘处没有去过。

"跑马场还没去呢!"小娃叫起来。

"再商量吧。"碧初说。只有峨不说话。

过了几天,萧澂来到龟回。当晚在孟家吃饭。他还是那样潇洒,穿着依然讲究。到后特地到厨房看碧初,称赞正在拣掐豌豆苗的峨"真能干",给峮和小娃带来糖果,向玮介绍昆明飞机厂的简况。大家把萧伯伯喊得震天价响。峨尤其高兴,自告奋勇要炒那豌豆苗,碧初含笑答应了。

子蔚带来最重要的消息是中央政府陆续从武汉撤退。我方为阻挡敌军,六月份在花园口炸开黄河堤,大小淹了十七个县,有灾民百余万。政府又封锁新闻,最近才透露。这一年来,人们经历了不少撤退,很明白抗战的艰巨与持久。但中央政府——抗战的领导核心——的迁移总是大事,让人心头沉重。

弗之沉默片刻,评论说:"中国兵法里有火攻水攻,但要得当,若借不来东风,岂不烧了自己。"

"还有关于你的事。"子蔚背着手,来回踱步。

弗之推推厚重的眼镜,定睛看着子蔚颀长的身材。

"也是关于我的事。"子蔚站住了,踌躇道,"关于你有一种说法。说你和那边有联系,至少是思想左倾吧。这些议论你早知道了。还有亲属问题,说是老太爷已往那边去了。真是无稽之谈!"

"株连攀附是中国人的老习惯了,我们不必计较。"弗之笑道,"我的思想则在著作中,光天化日之下,说左倾也未尝不可。无论左右,我是以国家民族为重的。我希望国家独立富强,社会平等合理。社会主义若能做到,有何不可。只怕我们还少有这方面的专家。当然,学校是传授知识发扬学术的地方,我从无意在学校搞政治。学校应包容各种主义,又独立于主义之外,这是我们多年来共同的看法。"

子蔚点头道:"学校的工作是教和学。若无广博全面的教,不受束缚的学,不能青出于蓝。现说关于我的事。到昆明后学校做长时期打算,教育部要派人协助建校。有人建议由我来任教务长,这实在很可笑。"

弗之听了,感到不被信任的不悦,微微一笑。若卣辰在,定会睁大眼睛,奇怪国共合作还分思想倾向。其实斗争无处不在,我们都是书生,有些呆气。子蔚多谋,且善于掌握分寸,是很好的人选。想到这里,恳切地说:"这建议我同意。"

"我不同意。"子蔚坚决地说,"我不像你那样认真执着,鞠躬尽瘁。我还要听音乐,打桥牌。秦先生仍以为你最合适。我们应该坚持。明仑以后困难很多,你年事长,声望高,工作方便得多。"

"这点工作,在你不过谈笑间的事。"弗之笑道,"听歌聆唱之余便打发了。明仑难得集中了这么多第一流的头脑,怎样能让大家自由地充分发挥能力,是最大的事。"

子蔚微叹道:"听说本地有些人以为明仑设备差,不让子弟上。可是青年争相报名,比报本地学校的多多了。当然因为有这些头脑。"他想到弗之博闻强记的本领,曾戏称这头脑相当于北平图书馆。又想到各系的学术泰斗,想到对中文系教授江昉的议论,因说:"对江昉江先生也有议论,说他学鲁迅,又学得不像。"

"岂有此理!"弗之大声说,随即克制,放低了声音,"春晔的性格我很了解,他绝没有一点软骨头,这确实像鲁迅。但他不想学谁,他是一派天真烂漫。其实我不赞成鲁迅的许多骂人文章,太苛刻了。"他推推厚重的眼镜,修长的手指在夕阳的光线中有些透明,慢慢地说:"我们有第一流的头脑,也有第一流的精神。"

"要有所作为,还得先求生存。"子蔚道。

"这是中国知识分子的悲哀。"弗之慨然道。

他们互相望着。

晚上,弗之向碧初说了子蔚的话。碧初在铺床,转过脸说:"真的,爹怎样了?他常幻想游击队会来接他,是不是真来了?"

"估计不会。"弗之沉吟道。

碧初默然半晌,说:"子蔚这样坦率很好。其实你早该辞去行政职务。年纪渐长,以后怕吃不消。"她铺好床,先躺下了。

"我的抱负是学问与事功并进,除了做学问,还要办教育,所以这些年在行政事务上花了时间,到昆明就辞掉好了。现在书已快写完了,真是大幸。"

弗之说着,奇怪碧初早睡,走过来看,才见她精神不好,容颜惨淡,因安慰道:"这不是什么大事,有人议论,总免不了的。"

"我不是为这个。我是有一种大祸临头的感觉——不知爹怎样了。"碧初的声音很轻。

"不要瞎想,爹那里谅不会有错的。今天菜很好。你太累了,太苦了。"

"苦日子还在后头呢。"两滴清泪,流下碧初苍白的腮边。

四

约两周后,峨与玮随萧澂到昆明去了。此后一个月,孟弗之终于完成了他的四十万字的大书《中国史探》。在颠沛流离中能够完成一部著作,实在是大幸事。这天他一早就在小房间里通读最后一章,十点多钟,他读完全稿最后一句,放下笔,深深吐一口气,心里充满了兴奋感激之情和一种解脱之感。这部书中倾注了历史学家孟樾对历史、社会、人生的看法,在那第一流的头脑中酝酿多年的精深思想,化为文字固定在纸上。他感谢所有支持他的人,最主要的是碧初。

"我写完了。"他想跳起身大喊一声,他当然没有。正好碧初从窗前过,他敲敲窗:碧初侧脸微笑,手中鲜嫩的云南苦菜映着她憔悴苍白的面容。她没有停步,向厨房去了。

"太累了。"弗之想,心里很抱歉。他想和妻子说这句话,但他没有进厨房找妻子的习惯。钱明经记得一副坊间对联:"自古庖厨君子远,从来中馈淑人宜",认为贴在孟家厨房最为合适。

书的印刷出版,早有安排,也是明经介绍的。原来弗之没有想到,龟回小城十字形的两条街上,竟有一个石印小作坊。已经说好了,书一脱稿,即可送去。

张嫂在院子里,他又敲敲窗:"请太太来。"一会儿,碧初来了。

"你太累了——写完了。"他轻声说。

"写完了?"碧初苍白的面颊上飞起红晕,她很兴奋。丈夫的事业的进展也是她的成功,也是她的家庭的成功。"我没有什么。你才真不容易啊!"她微笑,俯身看那手稿。光滑的手臂放在白木案上,使得那枯槁的白木显出润泽。

无论繁重的家务怎样消磨了精力,她还能为丈夫的著作真心高兴。弗之觉得这更不容易,伸手把她掉在颊边的一绺黑发捋上去。"我想现在就送去。"

"得好好包起来,怎么拿呢?小娃长大,就好了。"碧初说着,敏捷地拿来了旧报纸,灵巧地叠着、包着,把大摞稿纸包成两包,再蒙上包袱皮,捆扎停当。

弗之穿上长衫,一手提起一包掂了掂,碧初轻轻一笑,道:"你这样子像去走阔亲戚的穷师爷。"

"那可不能拿着稿子去啊。"弗之点头,提着稿子走了。

小作坊在城的东门边,地势低洼,路边杂草丛生。若不是预先知道,很难想到这里有印刷设备。

老板见弗之进来,奉如天神下降,把桌凳擦了又擦,吩咐学徒用水吊子在炭炉上烧开水。沏好茶,又忙着说话:"孟先生在龟回,谁人不知哪个不晓！大学校搬来,是我们的福哟！不然这一辈子,你说是见得着咯？"张罗半天,才容弗之说话。弗之说明来意,他又兴奋地说:"荣幸得很,荣幸万分啊。"很快谈妥,印两百部,印费三十元。老板原说需时两个月,弗之说学校要迁往昆明,一个月印出最好。

"你家的书,不敢怠慢哟。赶一赶,赶一赶。"出于一种朴素的对知识的敬仰,老板大有赴汤蹈火之意。

一切顺利,弗之交过稿子,老板恭敬地捧过,又说些云南风土人情。弗之告辞时,他忽然说:"慢得,慢得。我这里有件东西,请孟先生过目。"

老板转身捧出一件东西,蒙着绿锦套子,放到桌上打开。是一个红漆砚匣,漆色很深,锃光发亮,侧面略有断纹。打开匣子,露出一块椭圆形的砚台,一边微有压腰。砚石纹理细腻,上端有一个乳白色圆点,圆点中又有一点淡青。衬着这圆点,镂出几缕流云,云下面雕出个蓄水小池。摸起来只觉光滑如婴儿肌肤,若磨起来,必然温润出墨无疑了。

"好砚台！"弗之捧着这砚,不由得赞叹。

"这是一方宝砚。"老板说,"名为烘云托月。你家看铭文。"

弗之翻过砚台,见后面刻着几行小字,字迹秀丽,刻的是:"巧匠如神,斲兹山骨。雨根乎云,唯龙嘘其泽;水取诸月,故蟾舍其魄。方一滴于金壶兮,恍源淖而委沙;迺载试臣隃糜兮,用浮津而辉液。愧余磨之未抵夫穿兮,犹得摩挲以当连城之拱璧。"最后刻着:"蛟门为莲身先生勒铭。"莲身必是砚主了。蛟门是谁？弗之稍一沉吟,想起这是康熙年间进士汪懋洪的别号,其诗词书法,俱称于世,无怪字迹这样飘逸潇洒。那么这砚至少已有三百余年了。再看砚匣,边上有四个中楷:"蛟门铭研",几处闲章,一作"三昧"、一作"雪缘"、一作"商鼎汉樽之品"。有小字云："莲身先生不知何许人也,于光绪卅三年丁未十月得此砚于昆明,温润绝伦,洵为妙品,名为烘云托月。"署名邹清。看来这邹某得砚后,专作此匣保护。

弗之看了,不觉感慨道："这样为主人钟爱之物,怎么流落出来!"

老板说："此砚当前主人衣食不周,想脱手,要求个明主,也是宝剑归于勇士之意。"

"主人什么人?"

"不必提起。"

弗之便不再问,说好售价五十元,这是一笔大数目了,老板很高兴,定于次日到孟家取款。当下弗之用包袱布包了砚台,慢步回家。

弗之走进院子,见李涟从客厅迎出来,神色不安地说："五个学生得疟疾,两个高烧昏迷,诊所没有金鸡纳霜了。有人叫学生跑摆子,有人叫士珍驱赶疟鬼,我又不好阻拦。"其实看样子是已经阻拦,而且引起过内战了。

"学生当然不会信这些。"弗之匆匆放下砚台,和李涟一起大步走到学生宿舍。他很想让李涟问一问李太太,为什么不能驱赶攫取之芹姑娘性命的恶鬼,莫非因为是在外国,鬼不服管教?

"是照看园子的老头儿来找的。不知怎么的,她和当地人颇多联系。"李涟大声叹息。

"李太太没有到学生宿舍去吧?"弗之问。

"没有。我不准她去!去了学生会把她打出来。"果然已经阻拦过了。

因学校搬迁费时太多,今年暑假很短。宿舍很拥挤。三个学生正在疟疾发作期,一个冷得上牙磕打下牙,另两个处于高烧昏迷状态,一个无意识地呻吟,一个一声不响。还有两个不在发作期,神色委顿,靠在床上,有一个手里还拿着微积分习题。

"孟先生！李先生！"诊所的医生和几个看护的同学见了弗之和李涟,都很高兴。医生是昆明人,马上报告,因为无药,毫无办法。他有几个草药方子都已煎服,没有止住发作。

同学们望着弗之,年轻的脸上充满了信任。那发高烧一声不响的学生选过弗之的课,大概姓孙,是一位极为英俊的青年,也极聪明,这时满脸通红,五官似乎都肿着。弗之几乎要喊一声:"亲爱的孩子！"

他摸摸这同学的头,说道:"文涟,你看是不是谁到昆明去一趟？去取药。"

"当然好！"李涟振作起来,"我去！真的,我去！"

弗之本想钱明经门路多,现李涟要去,可能也想逃避内乱,未为不可。"事不宜迟,火车时间过了吗？"

"还有半小时,赶得上。到碧色寨住一晚。"李涟很有精神,"我不回家了,我有车钱。"说着便请医生开药单。

医生也精神大振,说:"来得及,摆子打几回不碍事。"他迅速地开了所需药品。李涟急忙走了。

弗之摸摸同学们薄而硬的被褥,蚊帐大都破了,大洞小洞,正好给蚊子出入。记起刚从长沙迁来时,他曾到过这宿舍,遇见两个学生争一个靠窗的床位,互相说不好听的话,他把两人都责备了几句。后来钱明经说,学生听他劝说,还算给面子,明经自己决不管这些事。弗之想,这些年轻人,比峨大不了多少,都远离父母,不像在北平时,有舍监、工友等精心照顾。他以前也从不到学生宿舍的,现在怎能不管。

"这蚊帐可以缝一缝,免得进蚊子。"他自己从未动过针线,却想学生可能高明些。

"就要离开龟回了,凑合着过。"一个满脸稚气的同学说。他正伏在床边,钻研一本很厚的外文书。

"孟先生,"另一个年纪稍大些的同学走过来说,"我们毕业了,下星期便要离校。想请您在纪念册上题词。"

"可以。"弗之说,"找好工作没有?"

"有人到重庆,有人到昆明。我到战地服务团。"他又微笑地重复说,"我已经毕业了。"

在长沙时,有学生辍学参加战地服务团,"匈奴不灭,何以学为!"他们有理由。当时弗之曾在早操时讲话,劝同学留下来读书。

"现在我不会反对。"弗之也微笑。

"可能还派我们回华北去,那儿需要人。"学生平静地说。那工作当然是艰苦而危险的。"我叫吴家榖。"因为妹妹家馨和孟离已是朋友,他不止一次到过方壶。

弗之并无印象,默然片刻,点头道:"过两天到我办公室来拿字。"又对同学们说,"虽然要离开,蚊帐还得带着。蚊子是龟回的,蚊帐不是龟回的。还得请这里的蚊子别给昆明的通消息。"大家都笑了,那正发寒战的同学也咧咧嘴。

弗之又到别的宿舍看了一转,出校园时托门房老头去李家告诉一声。这时天已正午,进城的路两旁是郁郁葱葱的灌木,缺少树阴,太阳直晒。他脱了长衫,拿在手上,只想快点回家。快进城门时,见一个高个儿木棍似的女人吃力地提了一个木桶,歪歪斜斜走来,盯住他看,随后笑道:"这不是孟先生吗?您这身短打扮,可认不出来了。"弗之仔细看,猜着大概是李太太。她自到龟回后,从未往孟家来过。

"叫人给李太太送信去了,文涟到昆明去买药,三两天就回来。"弗之有点紧张,以为她要大发雷霆。

"那好!他张罗他的,我张罗我的。"李太太不动声色,"我煮了一桶草药水,治摆子,也有预防作用。"说着把桶提在弗之面前。药汁上盖着一张荷叶,荷叶边上聚集着混浊的泡沫。

"李太太这是——"弗之不知她要做什么。

"给同学们送去。"士珍有几分自豪,"我在北平就在医书上看见过,这种草药治摆子,这儿百姓也说。城墙边上就有。"说着提起桶往前走。

弗之只好转身跟着。心想,巫和医本有联系,李太太热心肠,想救人,不知这药有毒没有,怎敢让学生饮用!到校园门房,便让士珍休息,命老头请医生来。

一会儿,医生来了,见了这一桶浑水,皱眉说:"草药我已经试过几种了,没得用的。弄不好——"

未等他说完,士珍随手抓起一个碗,舀了半碗药水咕咚咚喝下,然后说:"怕有毒吗?我喝这碗你们看!"弗之不由得有些佩服。这药水至少无毒,因和医生商量,是否可用。

"快送进去喝吧!疟疾鬼怕这种气味。"士珍要来拎桶。

她一提疟疾鬼,弗之和医生不约而同都不想用这药。

弗之说:"李太太很辛苦了,煮药送药为同学,这种精神,各家太太们都该学习。这桶水放在这儿,一会儿赵医生会分派。"他的语气和婉,但很坚决。士珍还要说话,弗之又说:"孩子太小,李太太还是回去照顾孩子。宿舍里还有赵医生,你不要操心了。"

"那么你们快点让病人喝。"可能士珍认为药水送到校门可算尽到救人之责,没有多纠缠,自己回去了。

弗之和医生提桶到僻静处,把药水倒在草丛里。只听呼啦啦一片响,离草丛相当远处蹿起三四条蛇,竖着上身向远处滑走了,两人都吓一跳。

"倒没有闻见特别的气味。"医生说。

"大概疟疾鬼闻得见。"弗之说。

三天后,李涟回来,带回许多药品,击败了疟疾鬼。又一个星期一,弗之到学校参加升旗仪式。

规定时间已过,操场上学生不多,没有排队。年轻的体育教员跑过来说,这几天换了一个教官,常常迟到。说话间,那教官慢吞吞走来。他衣领敞开,帽子歪戴,一手拿国旗,一手拿着一根云南特有的长水烟袋,懒洋洋走到旗杆前。

不负责任!弗之生气地想。低声批评道:"你迟到了。"

"你说哪样?"那兵大概有点醉意,立刻沉下脸来,把国旗扔在地上,"老子见不得!"

弗之不禁大怒,大声喝道:"你失职!你怎么把国旗随便扔!你是教官吗?"

"连长派我来的。我是排长!陈排长!怎么样嘛!老子这边收容你们这些难民就不错!"排长接连说了些粗话,一面挥舞那根烟袋,几乎打着弗之的肩。

几个学生上前护住,几位先生也走过来。弗之且不理论,命学生升旗,大家肃立。

升旗后,陆续有学生蹑手蹑脚进入队伍。弗之讲话。他说:"抗战已经一年多了。敌人想速战速决,三个月吞并中国,他们没有办到。因为我们的民族觉醒了,终于认识到团结的重要,共同投入抵抗外侮的战斗。这次抗战,是我们民族的转折点,我们的生机!同学们知道折筷子的故事,一只筷子容易折断,一束筷子折不断。每个人负起自己的责任,贡献出自己力量,哪怕这力量极微薄,合在一起,便不可挡。前一阵有同学病倒,好在现在都已痊愈。我到宿舍去,看见同学们在重病中做习题,没有桌椅,就在床沿上摊开书读外文,真是非常感动。大家历尽艰辛,万里跋涉来学,我们教师拼着老命来教,无论环境怎样艰苦,我们会把学校办好。孟子说,天将降大任于斯人也,必先苦其心志,劳其筋骨,饿其体肤。同学们经过这些磨练,在这民族存亡关头,一定能担当起救亡重任!"接着讲了迁往昆明的决定和具体安排。最后说:"在战争中能办学校,是前方将士创造的条件,可以说,学习的每一分钟都是前方将士的血肉换来的。我们读书不忘前线。必要时,我们也要奔赴前线杀敌!现在,我们的责任是为国家培养各方面专门人材,这是国家的需要。希望大家努力。"

讲话后,学生跑步。弗之不想和陈排长纠缠,往办公室走去。一阵脚步响,那人追了上来。弗之不知他要怎样,停步沉着地望着那剽悍的面容。心想,他也许参加过或将要参加残酷的战斗,也许在战场上很勇敢,也许不懂国旗的意义,更不懂教育的意义,看来彼此太不理解了。

"啊哈!你是孟先生,孟老先生!"不料陈排长换了面孔,满脸赔笑,一手整整衣领,"听说了,听说了。你家是严师长的亲戚!"说着递过长烟袋,"吸一口,赏个脸,多美言!"

如果这人真用烟袋劈头打来,弗之倒觉得好得多。他以严师长亲戚的身份而存在,真是莫大的侮辱。

"我不是!"弗之一字一字地说,推开胸前的烟袋,大步向前走去。

陈排长愣了一下,大声嚷着什么,转身走了。

朝霞在南湖上映出一片通红,显得沉稳而欢快。垂柳和茂密的灌木丛固守堤岸,镶出一道绿锦条。几只野鸭扑拉拉掠过水面,飞不高又落下来。四顾无人,弗之感到莫名的悲哀和孤独。

远处传来学生的歌声:"枪在我们的肩膀,血在我们的胸膛。我们来捍卫祖国,我们齐赴沙场!"这是同学们常常唱的,今天特别雄壮悲凉。

弗之在办公室处理些公事,领过薪水,时近中午,便回家去。快到蔷薇花架,听见有人说捐款多少。原来有人募捐。

树上挂一个小黑板,树下摆一个小桌,桌旁立一个大牌子,上写:"先生同学们,为前方将士筹募药品,请伸出支援的手!"几个同学在收钱,写收据,其中有吴家馼。

"听说九江陷落时,很多士兵生病,拼了命,力量也不大。"有人在捐钱,和同学交谈。

"天气热,营养不好,生着病,怎么打仗!"中文系两位先生说,各捐二十元。吴家馼把捐款人名写在黑板上,姓名不断更换。

弗之默默看了一会儿,微笑着点头招呼,拿出钱夹交了二十元。

小桌边聚集的人愈来愈多,一个职员也刚领了薪水,毫不迟疑地捐了五十元。吴家馼感动地说:"还要养家,少捐点吧。"

"家眷没有来。"那职员笑笑说。

弗之已经走开了,回头见黑板上写了他和那职员的名字。"也许不该买那砚台。"他想。

他走了一段路又回来,拿出薪水的大半一百五十元捐出去。吴家馼等人没有表示,他们认为孟先生该多捐。弗之看见黑板上数字,心里舒服些,他这时想的不是前方将士,而是不能愧对自己的名字。

"孟先生,您回家?"弗之又走开了,吴家馼追上来说话。

"你要的字写好了。"弗之打开随身携带的蓝格布包袱,拿出一张字交给吴家毂。并说:"九江陷落,黄梅也失陷,武汉在撤退。你们还往那边去?"

"战地服务团就是要到前线去。"吴家毂看着校园中葱茏茂盛的植物,说:"这一段日子是艰苦些,却是人生的宝贵经历。以后的日子更会艰苦。报国之志得偿,也算不虚此生。我们永远忘不了母校。"

"好,为国保重。"弗之说,走了几步又回头问:"你是哪一系的?"

"原来是生物系,到长沙后转中文系了。"吴家毂肃然鞠躬。举起纸幅打开,上面写着:"不入虎穴,焉得虎子!"

嵋和小娃从树丛间跑出来,依在弗之身边。夏日的植物染绿了他们的单薄衣服,染绿了两双黑白分明的眸子。

"他走了?"嵋问。

"我们也要走了。"弗之回答,亲切地看着两个孩子。

第 七 章

一

不像西南高原的气候总是温暖和煦,到十月中旬还是花繁叶茂,北平的四季是分明的,分明到使人惊异节气的准确。过了立秋,暑热纵然号称秋老虎,却必透些凉意,更让人不好对付。之后是处暑,言暑气至此而止,自然凉爽宜人。到寒露时分,阵阵秋风,染黄了满城碧树,人们便得到准备棉衣的警告。

吕老人逝世后,第三天,市里来人强将灵柩运走火化,以后赵莲秀卧床两个多月。她不是想躺着,只是没有力气起来,一种孤单和负疚的感觉压得她起不来。一直依赖着的大树倒了,她这藤蔓该向哪里缠绕?她不用再张罗老太爷的衣食,照顾老太爷的起居,她的生活没有了目的,没有了中心内容。而她自以为没有照顾好老人,有负姑奶奶重托,那种自责更使她身上有千斤重,似乎还是痴呆好过一些。每天吕贵堂父女给她吃便吃,给她喝便喝,她没有任何反应。

时间是医治痛苦的良药,莲秀并不需多么大的剂量。强劲的秋风渐渐揭开了蒙罩她心神的帷幕。秋风从残破的窗纸间吹进,在屋里打转。她靠在床栏上,从什么也不觉得,渐渐觉得凉风从肩头掠过,吹动放在床头的报纸。

这几份刊有吕老人去世讣告的报纸,一直在莲秀床头放着,已经蒙上一层灰尘。莲秀不知道这讣告在一定范围内引起的同情和议论。相识的人传说着老人的忠义气节,不胜慨叹。她也不知道四天后报上还登过一则小消息:"北平市政府拟聘吕清非为委员,吕不幸确于七月七日凌晨猝死。"这消息使那些从未听说过老人名字的人也知道其死和被迫任伪职有些关系。也有说是日本人直接下毒手的,还有日本人强迫喝毒药的绘声绘色的传闻。

老人去世后第三天,日本人确实来过,来开棺验尸。莲秀似乎是怕回忆起那情景才躲避在痴呆的境地两个来月。日本人中国人各两名,是缪东惠陪着来的,他们看了死亡证明,到灵堂观察一阵,缪和他们低声说着什么。

一个日本人用生硬的中国话问莲秀:"棺材里有什么?"

莲秀愣住了,答不上来。

"棺材里有什么?"那日本人提高了声音。

"没有什么。"莲秀说。

"她的意思是,除了吕老先生遗体,没有什么。"站在莲秀身后的吕贵堂不得不说话了。

日本人怀疑地看看莲秀,和缪东惠说了几句。缪向莲、贵二人苦笑道:"他们要开棺。"

莲秀头上嗡的一声,日本人竟敢惊扰死者!老太爷有知,莲秀挡不住啊!来的四个人各自拿出口罩戴上,他们显然有准备。

两个中国人移开棺盖,一股刺鼻的怪味散出,使得在场的人都透不过气。衣冠楚楚的缪东惠面色惨白,直向后退,退到矮榻边,一手扶着榻背,一手拿出丝手帕捂住口鼻。两个日本人向前,举着一张照片,认真地看了,点点头。莲秀依稀觉得老太爷的胡子在闪亮,脸上还有惨然的冷笑。贵堂走了几步,把挂在矮榻上的手杖递给她。

"惊扰老太爷了,都是莲秀的错!"莲秀自责地想。她不知会受到什么报应,恐怖地倚着老太爷的手杖。

中国人盖好棺盖,随即传达日本人命令:棺材不能搁这儿,太不卫生,立刻火化。缪东惠似乎赞成,连连点头,又关照地对莲秀说:"吕太太,搁着可不好,要惹祸的。"

日本人走后,莲秀和吕贵堂商议,都认为老太爷灵柩不能烧。三位姑奶奶还不知道,把个人没有了,尸骨无存,太说不过去!商定了下午去禀报凌京尧。不想中午就来了一辆卡车,几个伪军,由保长领着进来,要移棺木去火化。

"你们不能抬!"莲秀扑上去伏在棺木上,"还没有告诉姑奶奶呢!"

"什么姑奶奶!"一个小头目问,"你是吕家什么人?"

莲秀又答不出,只是抱住棺木不放。

贵堂连连对保长说:"随他们便,吕太太没说的!"

香阁和黄家人一起跟进来,忙上去拉,几个人用尽力气,把莲秀拉开了。

堂屋里一片沉默,只听见钉棺盖的声音。

向外抬灵柩了,这回莲秀站住不动,她已经没有一点力气挣扎喊叫。眼看灵柩抬出堂屋,她向前迈一步扑地跪倒了。她的一切都装在棺木里,抬走了。

"惊扰老太爷了,都是莲秀的错。"莲秀在飒飒秋风中回醒过来,最先的明白的思想仍是这句话。她看着一切依旧的房间,也明白她的生活中,再没有老太爷了。

吕香阁掀起门帘,端着一碗粥,走到床前,两手捧住碗,不肯放下。吕贵堂随着进来,随他进来的还有风,摇着他的旧灰布夹袍的下摆。那天他本来要跟着棺木去领骨灰,跟到大门口,保长喝住了他。他们什么也没有得到。

"手冷吧?"他关心地问女儿,又关心地问莲秀:"今天怎么样?"

莲秀不觉得自己怎样,却忽然看见了贵堂的破夹袍,里子破了,耷拉下一块布。香阁倒是穿着件雪青色毛线衣,放下热粥碗,还不断搓着两手。真的,怎么没想到为这父女二人准备棉衣呢?

老太爷有好几件薄棉袄,可以给贵堂穿。那古铜团花缎的太老气,驼色的合适些。薄棉裤哪条好?藏青的还是深灰的?莲秀想着,觉得自己并不很衰弱,想要下床。坐起身时,忽然惊恐起来,又靠回去。怎么能有这样的念头!把老太爷的东西私自给人!两位姑奶奶不在家,谁给她这权力!

"香阁,你们这阵子辛苦了。"她温和地说。说几句关心话似乎还在她权限之内。

"赵奶奶好了,比什么都强。"贵堂很高兴,端起粥碗递过来。莲秀接了,心中十分感激。暗想以前总是自己站着,给老太爷递东西,现在居然有人给自己递东西,不要折损了福分。

"今天什么日子?"她啜了一口粥,随口问。

"今天是霜降。"贵堂答。

可不是,真该冷了。见莲秀似要下床,贵堂到外间去了。香阁搭讪地说:"您就下来?头晕吗?"

莲秀摆手,慢慢走到桌旁坐了。总觉得香阁身上的毛衣眼生,因问:"这是你自己打的?"香阁不说话。

一时香阁出去了,吕贵堂代答:"是黄家给的毛线。这一阵子,香阁和黄瑞祺常在一起说话。小伙子在他们一家亲戚的杂货铺里帮忙,有饭吃。黄家人对香阁也很好——黄太太话里话外,有求亲的意思。"

莲秀觉得这样的事很陌生,就像香阁身上的毛衣一样。她下意识地转身看着摆在条几正中的观音菩萨,半天才想起这是老太爷过世后,她从角落里请过来的,因为这是她唯一的依靠了。以前老太爷自己诵经,却不喜礼拜神佛,偶像都得藏着。

"好久没有上香了,菩萨不怪罪才好。"她想着,站起来要烧香。贵堂不禁伸手要扶她,伸出手又赶快收回。莲秀倒不觉得,站起来两脚发软便又坐下。

"先坐着,不忙活动。"贵堂看着别处,一会儿也出去了。

"爹,你说黄家的事干什么!还得我愿意吗!"香阁在外间说,声音不大,但很尖。

"你愿意不呢?我看这是好事。你有了着落,我也放心。"贵堂的声音很浑厚。

回答是一声冷笑,这和香阁以前的赔笑很不一样。以前倒没有注意香阁会这样笑。

"拿钱来,我上街买咸菜去。"香阁的声音。

"今天买点新鲜菜吧,别光吃咸菜了。赵奶奶好些,可以吃东西了。"

又是一声冷笑,笑声延长到屋外,大概香阁接过钱,走了。

这些都有点奇怪,莲秀不懂。她慢慢起身把观音像擦了一遍,又躺下了。

过了几天,莲秀好多了。她急于做一件事,到后院礼拜过往神祇,包括狐仙在内,为另一世界的老太爷求平安。

晚上房间里真静,香阁不知哪里去了。九点多钟,莲秀决定到后园去。现在不必像老太爷在世时那样,得找个借口,现在愿意上哪儿就去,愿意留多久就多久。她忽然有一种自由的感觉,这简直比前几个月的得意还不可恕。

莲秀费力地从箱子里翻出一条很厚的大围巾,不自觉地走到镜子前,披上围巾,还没有看清自己的模样,忽然觉得一阵惶恐,怎么有心思照镜子!她不敢正视镜中的人,踉跄几步退到房门前,离镜子远远的。

门外脚步声响,不止一个人,没有贵堂。

"不要紧的,赵老太睡着呢。"是香阁的声音。怎么总是听见香阁在说话,莲秀不明白。

"说实在的,我很恨这地方,恨北平城,包括我爹和赵老太!"香阁的声音很轻,但很尖,尖得扎人。自老太爷过世后,香阁变多了。

"你恨的我也恨。"是黄瑞祺讨好的声音,"你愿意的我也愿意。"

"我就愿意走,上哪儿都行。最好明天就走!"香阁轻轻笑着。

"只要跟你在一起,上日本也行!"

"好像有人请你上日本似的!冲你那几句破日本话!你上回说什么剧团招演员,广播电台招唱歌的,好的送日本上学,真选到我,我就去。"

"给日本人做事,总不好吧?"黄瑞祺的日文是这一年在高中学的,他没有想到会对谋生有用。

"我知道我是中国人,中国人也得吃饭,也得活。我不像孟家、澹台家的小姐,什么都现成,我得自己奔出路。你在杂货铺卖东西,不也是顺民?"似乎是黄家孩子捅了她一下,她哎呀一声,说:"我去找那位凌老爷,他和那些演戏的人熟。"

"你爹不会同意。"

"管不了那么多,他有本事让我上后方也行呀。他在这儿过得不错,有赵老太。你没看出来,他们要好着呢。"

香阁的尖声尖利地扎进莲秀的心,她心里立时成了乱糟糟一片,说不清是惊是怒是羞是怨。她想分辩,想质问,却说不出来。腿软得站不住,一手扶着门框,一手撑着门边的木椅,连发抖的力气都没有了。

香阁走过来掀起门帘,薄薄的红唇轻轻向下一撇,说道:"赵奶奶起来了?瑞祺哥到我这儿拿点东西。"遂一甩帘子,招呼黄瑞祺往后房去。黄瑞祺略带歉意地看看莲秀,脚下随着香阁进了后房。

莲秀猛然站直身子,从门旁取下后院甬道钥匙,几乎是冲出房门。身后传来一阵笑声。她忍住眼泪,踉跄地摸出廊门院,定了定神。"幸亏有菩萨可以告诉,幸亏有菩萨明鉴。"她断续地想,加紧脚步走过几层院子。开甬道门时,见门是虚掩的。莲秀无心考究为什么,只急速地进了后院,靠在就近的一棵树上,哭出声来。

一弯残月照着荒凉的后院,蒿草比去年更高,小楼比去年更旧,在幽暗的夜光中呈现为幢幢黑影。这熟悉的气氛使得莲秀心安。她哭了一阵,忽听见声响,是一只野猫噌地蹿上墙头,不见了。泪眼蒙眬中,只见小楼里有一点红光,渐渐化成几盏很亮的小红灯,一排挂在檐前。一会儿,这些灯飘飘摇摇聚成一盏。拭泪再看,又没有了。

"菩萨惦记苦命人。"莲秀一点不怕,反觉得在世上不那么孤单了。说实在的,两个娃娃背地里说话算什么!这些年在老太爷身边变娇气了。她慢慢走到平素烧香的大石前,往一个凹处一摸,香炉还在。

她没有带香火,只好摆上香炉,悄然站着,一时想不起该祝告什么。过了一会儿,才在心里念诵,求老太爷在那世里过好日子,求几位姑奶奶各家平安。关于自己,她平素总求免灾免病,为的伺候老太爷,现在她还有什么理由这样求告?求菩萨清查自己?她想起老太爷在《心经》里夹着一张纸条,上写着"莲秀择人自嫁,万不可守"。这纸条凌老爷也看了。她感激老太爷没有忘记安排她,可是也得对得起老太爷,对得起这么多年的情分。他为国捐躯,总不能有损他的颜面。记得老太爷常说吕贵堂老实可靠,还有几分内秀。怎么想到吕贵堂!她心里很乱,不觉害怕起来。

忽然响起脚步声。"赵奶奶,是我。您别怕。"是吕贵堂,从小楼那边走过来。

莲秀猛地站起身。她这时最不愿见的就是吕贵堂了,可是又从心底感到安慰。贵堂站在大石那边说:"实不愿打扰您烧香,又不放心。我在门边上等着,送您回屋去。"

莲秀想说:"你走,不用管我。"见吕贵堂低着头,身材不高,却还是比她高许多,不算结实,却显得那样牢靠,不由得一阵心跳。这世上,除了这个人的关心,自己怕是什么也没有了。

冷冷的月光照着这两个人,各站在大石一边。

吕贵堂心里说:"真对不起老太爷,我是禽兽!可我怎么敢欺心!再说现在什么世道!只是赵奶奶太孤单了。"他自己并不孤单,他那耷拉着半幅下摆的夹袍口袋里,有一封信,一封无比重要的信。

莲秀心想:"若是我没到过老太爷身边,能遇到这样的人就好了。现在怎么也不能给老太爷丢脸,让人背后说!"这样想了,自己又害怕又委屈,倚着大石哭起来。

"您好好哭一场,别闷在心里。"贵堂走近了,见她裹在大围巾里的双肩十分单薄瘦小,心中充满怜惜。他很想抱住她,彼此可以在冰冷的深夜里得到温暖。为什么不呢?真的,为什么不呢?他向前一步,立即猛省地后退,停了一下,说:"还是我先回去?"

那也好。莲秀想这样回答,可是说不出。她很想靠着他的肩痛痛快快地哭,因为她和他是平起平坐的。她从没有敢靠着老太爷的肩。

她慢慢抬头,忍着哽咽拭泪,泪眼蒙眬中见小楼里又漾出一串红灯,定睛再看,又没有了。

贵堂见她往小楼看,忽然拉着她的手臂:"走吧,回屋去。"

莲秀一怔,恨不得跟着他走,不管走到哪里,像香阁她们说的。可是脚下却定定地站住不动。

"我是说,夜凉了。"贵堂松开手,抱歉地说。他心中的一点柔情急速退去,露出坚硬而多棱角的现实。

两人默然不语,秋风呜咽,吹起了大围巾的穗子和破夹袍的下摆。

"香阁和黄瑞祺刚刚在屋里说,他们想走。"莲秀想起香阁的话,不由得口吃起来,"还说要去找凌老爷。"

"我也正想往凌家去一趟呢。"贵堂似乎有点高兴,"不瞒赵奶奶说,我也想走。本来该守住爷的阴宅,现在无需守了。到后方去,不能当兵打仗,可以当个文书什么的。"

莲秀看了他一眼,扣子似的眼睛在黑夜中闪了一下。

"您是不是也走?投奔三姑去。您本来就是那边的人。"

扣子黯淡了,莲秀摇头。"你们都走才好。"她迟疑着,没有说出香阁的想法,她没有这种习惯。"我可不能,我得留在这儿。这是老太爷过世的地方,还有老太爷的东西。"

"到底是老太爷调理的人。"贵堂想。他们谁也不再看谁。不再存在的老太爷,像一堵坚实的墙,把两个有血有肉的人分开了。

又一阵秋风,大围巾的穗子和破夹袍的下摆又一次飘起,蓬蒿弯出了波纹,发出深深的叹息。

二

　　两个月来,东总布胡同凌宅发生了很大变化。生活的恶浪压顶而来,把凌宅的优裕舒适砸得粉碎。凌京尧自己的精神和肉体也被撕成片片,再也合不成原来的京尧了。

　　缪东惠得到通知要到吕宅验棺时,本来建议请凌京尧同往,日本人说不必了。缪回来后即着妻子去告诉岳蘅芬,让他们小心行止,不可惹怒日本人。

　　"听见没有?"待缪太太走后,蘅芬顿时发火,目标当然是京尧:"早就说吕家去不得。虽说是老交情,吕老先生的色彩太重。几个女婿都是有地位的人,还不够人注意的!我都明白这道理,你不明白!"

　　"你意思是说人死了也不闻不问,让赵莲秀一人管?"京尧冷冷地说。

　　"吕家亲戚朋友还少吗!我们算什么正经亲戚!"蘅芬说着,自然地想起卫葑,怒气有些转移。"走了的,也不知去向,哪里像个正经人家子弟!说不定要给我们家惹祸呢。"

　　她这样说时,绝未想到凌家会真有一天遇上祸事。她以为对于他们这样的人,一切都会逢凶化吉。

　　七月中旬,凌宅大门前开来一辆小汽车,下来几个人,请凌先生警察局走一趟。

　　京尧上车时很平静,脑子发木,学问阅历这时都不起作用,只想着"是福不是祸,是祸躲不过"这句老话。

　　日本警官乌木阳二是在缪家见过的。这人会说中文还通法文,和京尧曾大谈一通梅里美和波德莱尔,头头是道。这次见了,京尧觉得那两位法国作家很倒霉。乌木板着脸问了三个问题:吕老人的死因,卫葑的去向,京尧本人有什么抗日活动。抗日竟问到自己头上来,使京尧觉得有些可笑。他几乎想说,心里未尝不想抗日,但行动是绝对没有。不料乌木拿出一张照片,是一九三二年他导演《原野》的剧照。阴森的树林里有一个路碑,上面写着"九一八"。

京尧愣住了。当时全体演职员为布景中这路碑很兴奋,它能说出大家不能说的。那字是鲜红的,照片上看不清。

"森林里要记里数。"京尧想了一下,说。

"书上没有。"

"书上不能写出舞台设计。"

"为什么是九一八?"

"设计舞台的朋友这样写的。"好在他已经离开了。

"你是教授,也是导演,好好导演自己生活。"乌木平静而冷淡地说,示意他可以走了。京尧以为送他去监狱,不料是回家。

家人见了,难免痛哭。他知道这不过是个序曲。他想对蘅芬说,留着点儿,后头还有戏!却不忍让雪妍听见这话。

和蘅芬比起来,雪妍显得镇定得多。她疑惑地说:"咱们家也算得'顺民'了,怎么抓您去?"又迟疑地问:"想必受了卫葑牵累?"

"没有的事。"京尧微笑,"几个学校走的人多了,我说他跟学校走了,他们不查考。"

"那究竟为什么?"两双相像的明眸盯着他。

"我想得出的只有一个大原因,"京尧说,"因为我们是亡国奴!"

过了几天,他们知道了具体的原因。乌木阳二带了两个人亲临凌宅。当面约凌京尧出任华北文艺联合会主席。

"我不行。"京尧立刻回答。

"愿意做的人其实不少。可是我们认为只有凌先生合适。"

"我不行!"京尧以极大的努力克制自己,没有说"我不做",而是有礼貌的"我不行"。

乌木阳二没有任何表情,略一扬手,两个随从立刻亮出一副手铐,铐住京尧双手。

"你被逮捕了。"乌木阳二用法文说。

比捻死一条虫还容易!真应该离开北平,当初怎么会以为沦陷了的北平还能住!来不及了,来不及了。京尧心里在呻吟。

"夫人小姐处我们通知。"乌木阳二微笑道。

于是京尧在日本军官的微笑里,进了北平市第一模范监狱。

不知监狱怎样就能得到模范的称号,京尧为此纳闷。第一次审讯很简单,乌木阳二没有出现,换了一个人。在日本军服下,每一个不同的人,都变成一样的工具。京尧机械地回答了一般的问题。第二次审讯时,乌木阳二出现了。他用法文说,有证据说明京尧留下来负有特殊任务,是国民党方面的。

"从来没有注意过谁是国民党。"京尧有些诧异。

"那你知道谁是共产党?"

"看不出有必要的联系。"京尧觉得简直不可思议。

"这联系很简单,只要你答应我们的请求,我们不咎既往。"

"我不做!"京尧愤愤地说。

乌木阳二怜悯地看了他一眼,扬扬手。

经过地狱的煎熬还能有完整的灵魂吗?让每个人来试试!京尧第一次受刑时心中充满愤怒,最多不就是死吗!他大发脾气,跺脚大骂。几条壮汉连踢带打把他推倒,一团红红的灼热的东西在他脸前一晃,他刚悟过来那是烙铁,两个膝盖处已经剧痛难忍,一阵焦糊气味散开来,那是他的血肉的气味!他想,再也走不了路了,我也无需走路了。

等他躺在牢房的稻草上,从昏迷中醒来时,他最先想到的是死。想到吕清非真聪明,能准备好死的手段。他这时唯一的办法是撞墙,可是他没有那么大力气撞死。这墙真脏!他想到家中的墙,各个房间饰有不同的花纹,房间里闪耀着妻女的容光。他那锦绣丛中生长的妻女,不知为他哭得怎样了。尤其是雪妍,她还年轻,她不该哭泣。可自己再没有办法,没有力量照管她们了。

一点清醒很快又被昏迷驱走。他觉得自己正在一个没有尽头的狭窄的黑洞里穿行,四面伸出刀枪剑戟扎得他疼痛难忍。他还是得努力钻过去,黑暗中这里那里突然闪出妻女光润的脸,他只能断续地想:"顾不得许多了。顾不得许多了。"

这可怕的黑洞,怎样能钻出去?怎样能摆脱呢!

几天之后是水刑。京尧给领到一个很大的桶旁,桶中装满染有血污的脏水。京尧先觉得恶心,不知那些人要怎样。猛然间鼻子给夹住了,紧接着头朝下脚朝上给按进了脏水桶!拎出来后就有好几双皮鞋脚在身上踩,水和血一起从他的身体里向外喷!然后再浸再踩。京尧只剩下一点意识,觉得自己不知是什么东西,反正早已不是人了。

水刑之后好几天他什么也不能想,那黑洞更狭窄了,简直透不过气。他一定得钻出来!稍清醒时,他为自己大声哭了。他觉得自己很可怜,这些苦有谁知道?谁同情?谁怜悯?他试图绝食,那些菜根粗粝,他本不要吃的。绝食两天后有人来强迫打针,然后带他到一间大房子门前。

门打开了,里面是铁丝网,十几只猛犬在里面跑跳,互相撕咬。

它们听见开门,血红的眼睛一起盯住京尧,它们认得出谁是囚犯!

我不怕死,可是怕自己变得血肉模糊的那一刹那!我不怕死,可是怕那些尖牙利爪!我不怕死,可是——我受不了!

"我们成全你。"押送的一个中国人说。

铁丝网就要打开了,猛犬都拥过来,伸出鲜红的长长的舌头。有人在京尧背上推了一把。

"我投降!"凌京尧不由自主地举起两手,喊出声来,用的是法文。

乌木阳二很快到了。目光中还是那几分怜悯。他用法文问,是否今后能听皇军指挥,共图东亚共荣大计。京尧全身发抖,机械地点头,努力向后退,躲开那些恶狗,随即晕倒了。

不再回牢房,也没有回家,而是先到一个简陋的小医院养伤。缪东惠来过一次,悄悄地说了一句:"想不到你走在我前头!"前头后头又怎样?京尧麻木地看着他,心想,这样的楚楚衣冠,在恶狗爪下会是什么样子。

养伤时,他常常想起巴黎墓园中,波德莱尔的坟墓。诗人的半身像塑在石架上,手托着腮向下看,下面是石雕的诗人自己的平躺的身体,闭着眼睛,已经死去。京尧曾不止一次在那里徘徊,思索生和死的问题,心里沉重不堪。这时想起那坟墓,眼前出现的是自己的尸体,是撕得粉碎的、认不出是凌京尧的一团血肉,那怎么能雕得出?也许有人会有办法。

他渐渐好了,体力恢复多了。医院特准家里送吃食。看到送来的他平素喜爱的鱿鱼汤,禁不住呜咽。他的身体似乎已经从黑洞里钻出来了,他的心却永远留在了那里。微带酸辣的美味的汤咽下肚时,竟觉得还有些值得。他为这念头惭愧万分。

寒露前,凌京尧获释回家。蘅芬和雪妍的眼泪把他全身都浇湿了。可是这至情的眼泪纵如滔滔东海,也洗不去他身上的疤痕,心上的重荷。他沉默了几天。一夜,把事情对蘅芬说了。蘅芬倒不很吃惊,她最先的反应是怎样对雪妍说。

秋风愈加凉了。地锦叶子落了一平台,草坪不知什么时候早变黄了。凌家三人,晚上常在京尧卧房外的起居室里厮守着,倾听屋外秋风的脚步。一个晚上,雪妍见父亲身体好多了,十分温婉地提出了那问题。

"爸爸!"她叫了一声,"爸爸答应了什么?"她本没有哭,一说话,滴下泪来,"爸爸,我们走!我们走吧!"

答应了什么?答应了把灵魂永远抵押在黑洞里!还来问我!京尧很委屈,很恼怒,他不想克制自己,厉声说:"梦话!废话!"他受了这么多折磨,他的心塞满了痛苦和耻辱,他也得发泄出来。"风凉话!"他又加了一句。

"爸爸,是我不好。"雪妍从未受过这样的呵斥,吃惊又自责地半跪在榻前,一手抚着父亲的膝,觉得母亲的眼泪滴在自己头上。她一点不怪父亲,知道他发怒的原因其实不是自己。遍体鳞伤的可怜的父亲,雪妍愿意分担你的一切痛苦,可是你究竟答应了什么?答应了什么?

雪妍的神情是温婉的,目光却是执拗的,最温婉的性情往往有最执拗的一面。她要知道父亲为生还付出的代价。

"雪雪!"蘅芬拭着红肿的眼睛,轻轻拉她,"不要说了。雪雪,爸爸以后会告诉你。"

京尧感谢地看了妻子一眼,他回来后这一周,蘅芬从未责备他。结婚这么多年,他第一次觉得妻子是爱他的,而他实在不值得任何人爱。他想像以前一样拍拍雪雪的头,但他甚至不敢抚一抚她的手。他只看着妻子,用尽平生之力,说出了:"拿烟灯来!"

蘅芬揽住吃惊的雪妍,轻声说,我们不能瞒你。现在只有这个办法。爸爸有内伤。而抽鸦片是符合日本人心意的。

阿胜很快端了烟盘来。明亮的玻璃圆灯罩和镶着一块碧玉的景泰蓝烟枪使得京尧阴暗的脸色透出一点亮光。他好像找到了依靠,心上平静了许多,唇边浮出一丝苦笑,伸手去拿烟枪,自语道:"久违了!"

雪妍用手遮住眼睛,她不忍看。随即爆发地扑过去,拽住烟枪,哭道:"爸爸为什么这样伤害自己?原来戒烟多受罪,怎么能又抽!"

京尧立刻又激动起来,这是我唯一的自由。我要保护这点自由!就是女儿,也不能管我!我不需要别人管!他慢慢坐起身,看见那双可爱而又执拗的眼睛透过泪光在询问:"你答应了什么?答应了什么?"

"雪雪,你不要管我,"京尧的声音很温和,但不是友好的,"爸爸不值得你管。"

"如果我有一个不值得管的爸爸,那我怎么办呢!"是迷失在黑洞里的微弱的哭声。

蘅芬拿过烟枪放在盘子里,抱住雪妍的头,呻吟道:"有我呢,有妈妈我呢。我的孩子!"

"把那张报给她看!"京尧颤颤地指着一个小螺钿柜子。蘅芬迟疑着,不情愿地走过去取出一张报纸,颤颤地递给雪妍。

  益仁大学法国文学教授、著名戏剧家凌京尧出任华北文艺联合会主席。

这两行字像枪弹一样跳入雪妍眼帘,把她打昏了。她觉得天旋地转,但她很快镇定下来,慢慢地说:"是了。我只要知道事情真相。"

"那你知道了。"京尧伸手去拿烟枪,手颤得拿不起来。

雪妍直直地坐在靠垫上,定睛望着烟枪。

"瞧你!连这个都不会拿!"蘅芬又开始了责怪。

烟枪攥在暴露着青筋的手里了。雪妍知道,一切又都按照凌宅的方式进行了。自己属于什么方式?总之不属于这里。嫁过的女儿不好总住在娘家的。

三人都不说话,但房间里的空气比大声争吵还紧张。这时阿胜怯怯地来报,有吕贵堂父女二人来访。

还有人敢来,还有人屑于来。

"现在还见客!又是吕家人!"蘅芬说。京尧看着自己手中的烟枪在颤抖。

"请进来,到这里来。"雪妍吩咐。她从不在父母面前吩咐下人,那应该是父母的事。但这时她必须说话了,说得很坚决。

看见无人反对,阿胜退下去。一会儿吕贵堂父女进来了,带着秋天的寒意。

"凌老爷,凌太太,贵堂打扰了。"吕贵堂深深鞠躬,香阁跟在后面含糊地叫了一声,站到雪妍旁边,好奇地望着室中的一切,包括三个主人。雪妍默默捡起报纸递给贵堂。

吕贵堂揉揉眼睛,再揉揉眼睛。凌老爷是读书明理人,是好人。现在该是什么人了?这是什么地方?他忽然很害怕,真不该带香阁来!

"我真的不知道。原打算跟随您往后方去——"话一出口立刻觉得不合适,嗫嚅道:"我意思是——贵堂意思是——"他不自觉地按按长衫口袋,惶恐地想,那信怎么才能交出去。

"没有关系,"京尧手中的烟枪还在颤,"我不会告发的。"

没有人说话。京尧平静了一些,用烟枪指着椅子示意吕贵堂坐下。"赵奶奶可好?后来有什么事吗?"

"没——没有什么事。都好。都好。"贵堂回答,红了脸。

蘅芬疑惑地望望他,这时电话铃响,是乌木阳二打来的。京尧一拿起电话筒,口气不觉颇为恭顺。那边先问身体情况,后建议约请一些文化界人士开一次茶话会。又说有一个好消息,请京尧往日本参观。

"去日本?"京尧反问一句。

"就是参观游览,增加了解,没有别的事。下个月怎样?"

"一切听阁下安排。"京尧用法文说这句话。

"听见没有?叫我去日本一趟。"京尧放下电话,神色十分疲惫。忽然笑了一声,说:"你们都去内地,我去日本!"

"您若是要人服侍,我愿意跟去。"吕香阁鼓起勇气说。大家都吃惊地看着她。"我愿意去内地,也愿意去日本。我就是不愿意呆在北平。"凌家富丽的陈设促使香阁如此表态,她必须冲出廊门院,去打开自己的天地。

"我看北平很好。当我愿意去日本吗!"京尧干笑一声,对着蘅芬说。

贵堂十分尴尬不安,不知怎样才好。香阁这样冒昧!他求助地望着雪妍,踌躇着不知该怎样称呼,凌小姐还是卫太太。那温柔的让人看了心软的脸上堆满悲哀,更使他惶惑。

"到客厅去坐坐。"雪妍说话了。

贵堂又按按长衫的口袋,有希望了。他询问地看了京尧又看蘅芬,鞠躬后还不敢走。京尧不耐烦地挥手,父女二人才随雪妍出去。

厚重的玻璃门轻轻关上了。房间里的烟灯点燃了。火苗在灯罩里显得平稳而舒适,等待鸦片烟膏送上来。

三

"雪雪,你恨我吗?"干哑的声音,是从烟灯上飘过来的。

"雪雪你来!"声音遥远而有力,是从山山水水的那边传过来的。

一昼夜后,雪妍坐在廊门院的旧椅上,耳边萦绕着这两个声音。

她两手插在鸽灰薄呢大衣口袋里,摸着一个已经很皱的信封,是吕贵堂昨天到凌家时悄悄交给她的。信封上写着她的名字,那熟悉的亲爱的笔迹!她一见这笔迹,就觉得灰暗的世界亮了起来,自己有了依靠。信封内有一个纸条,上有四个字:雪雪你来。

雪雪你来!

她听见这召唤,任何艰难险阻也挡不住她奔向他身边。她来了。她不自觉地移动穿着黑色半高跟鞋准备跋山涉水的脚,碰着了随身带的小蓝箱,到底提着它走出自己的家了。一年来她总在理这箱子,绸单夹棉,换过了四季衣服。她曾不止一次提到父亲面前,准备立刻随他走。而总是又回到自己房间,悄悄地哭泣。现在箱子在脚前,父母亲已陷进泥沼,任何的召唤也拔不出了。

雪雪你来!

这召唤来得太晚了。昨天吕贵堂带来口信,要她到香粟斜街三号见李宇明——她和卫葑结婚时的伴郎,一起上路。信来早一些也许能使父亲离开陷阱?现在连自己的去向也无法说明了。这一昼夜间,她屡次走到父母房前,只想再看看他们,也许再争吵几句,但都没有进去。蕙芬来看她时,觉得她可能需要散散心,同意她到吕家看望赵莲秀,并住一晚。

可以看出来,家里又要宾客盈门,母亲是有几分高兴的。可怜的以应酬为生的母亲!她习惯了在衣香鬓影中周旋,习惯了在这栋房子里走来走去发号施令,习惯了她从小没有离开过的一切。她离不开,雪妍却要离开了。雪妍怀着悲痛,怀着期冀,又一次理过小蓝箱。这时,阿胜来请她去父亲房里。

京尧点着了烟灯,没有烧烟,正定定地看着那火苗。雪妍开门,他抬头苦笑,说:"雪雪,你恨我吗?"

雪雪,你恨我吗?

那是诀别的辞句,临终榻前的问话。雪妍走过去抚着他青筋暴露的手,没有回答。她不能审判自己的父亲。那素来自由自在心不在焉的父亲躺在烟灯旁,简直像一个无助的婴儿,她实在放不下他。他的痛苦是巨大的,是母亲不会经受也无法分担的。她心里汹涌着一种感情,恨不得把他抱走。

"我对不起你。我们没有时间了。"他就得下楼去听人宰割。他很忙,被宰割的忙。"我怕见不着你——雪雪,你恨我吗?"

父亲素来白净的脸上笼罩着一团黑气,久不见笑容了。自己走后,谁来做父母之间的媒介,把他们彼此认为属于异国的语言翻译明白?谁还能使得父亲发出会心的畅笑?其实,自己就是留着,也做不到了。一个亡国奴的身份,能把人压死,闷死,就算不直接死于非命的话。

父亲心里是明白的,明白时间不多了,他其实也会明白我的去向。雪妍很想说,怎能恨您呢,我的父亲!但她哽咽着说不出。

京尧慢慢站起身,拍拍她的头,取了靠在榻边的手杖,走出房去。他瘦多了,身子在驼绒袍子里晃荡,脚步很不平稳。雪妍想追过去扶,听见阿胜说"走好"的声音,便立住不动。双扇玻璃门关了,父亲干哑的声音留着。

雪雪,你恨我吗?

雪妍知道该恨谁,但她似乎生来缺少这种感情。她提着小蓝箱走下仆人楼梯,迈出家门时忽然转回,在客厅后面的一个备用小间向里张望。

她要再看看母亲,向她告别。厅里三个大花吊灯都亮着,照着错落陈设的数十盆菊花,满堂辉煌,客人已经不少。她一眼便看见母亲穿着亮蓝地洒细白纹薄呢旗袍,像是笼着轻纱,罩一件蓝白相间的横条毛衣,脸上堆笑,轻倚在钢琴上,和几位艺术界人士谈得似乎很有趣。倚琴是蕙芬心爱的姿势,虽然她从不弹琴。雪妍希望母亲转过眼光,向她这边望一眼,但母亲迎到门口去了。进来几个日本人,抬着脸看厅中一切。母亲那从容大方又有几分讨好的态度,使得雪妍掩住脸。

她还得再看一眼父亲。他不知缩在哪个角落。忽听见鼓掌,父亲从菊花丛中,迟疑地、畏缩地出来了。他缩着肩,驼着背,和母亲一起,双双站在一个日本人前,像在忏悔,像在由那人重新证婚,像是一对被捕入笼的小老鼠!

雪雪,你恨我吗?

雪妍忍不住泪,转身急速走出后门,上了车,又不断回头望。她在这里度过了二十三年的家,已经没有什么可依恋。这栋房子依旧,而真正的家正在消失,就像薄暮中的房屋在视线中消失一样。

莲秀一阵咳嗽把雪妍拉回那张旧椅。莲秀很抱歉,她知道凌家小姐的心悬两地的痛苦,不愿打扰她,寒暄过后就由她坐着出神。放在旁边的茶换了两回,雪妍并未觉察。

"又一个万里寻夫。"莲秀想着,心里漾过一点羡慕和悲哀。她咳得满面涨红,雪妍站起身给她轻轻捶着,"香阁呢?不在这里?"

"大概在黄家和黄瑞祺在一起。"莲秀觉得这是好事,她很愿意香阁及早有着落,"那孩子人不错,够好了。"

雪妍不知道黄瑞祺是谁,不好评论。心想,不管怎样兵荒马乱,人还是要活下去。只问:"怎么这样咳!吃药没有?"

"贵堂买了——是让香阁买了药——我也没吃。"莲秀勉强回答,有些尴尬。

雪妍不好说话,仍坐着沉思。天已黑下来许久了。秋风吹着落叶,沙沙的响声和着阵阵寒意透进屋里。雪妍心上的两个声音在厮杀,一声"雪雪,你恨我吗?"又一声"雪雪你来!"前一声的凄惨撕割着后一声的幸福,锥骨钻心。

莲秀为表示亲热,一会儿摸摸雪妍衣服厚薄,一会儿摸摸茶杯冷热,每个动作都伴随一阵咳嗽。

"吕贵堂怎么还不来!"雪妍忍不住问了。

"这可不知道。他在南屋,没事不上里边来的。"莲秀转过脸去,恰见吕贵堂出现在门口。

雪妍惊喜地站起,没有多话,即随贵堂走过几重院子,进了后院。满院枯树荒草,十分凄凉。

贵堂有些神秘地低声说:"这后院您没来过吧?李先生在这儿住过好几次了。"转过枯树,见楼门紧闭,悄然无人。贵堂上前轻叩三下。

门轻轻开了,一位商人模样的年轻人站在面前,手里拿着一件什么东西。

"李宇明!"雪妍叫出来。

屋里很暗,雪妍却觉得李宇明很明亮。他是从卫葑身边来的,这就够了。

"卫葑很好。"李宇明忙先说这句话。这几个字使得雪妍盈盈欲涕,她有多少关于卫葑的话要问啊。

宇明接着说,他们知道她的处境,要她尽快去。后天要送一批药品,她如愿意协助,可谓一举两得。这当然有风险,但他相信会成功。

"你知道吗?"宇明略带顽皮地说,把手中的东西向上一抛又接住,那是一只网球,在台阶旁捡的。"我们那时候称你为圣母,圣母总该是平安的。"

"我并不怕。"雪妍迟疑地微笑了。不只能登上去见卫葑的路程,还能协助工作,这多好!多少能代爸爸赎一分罪吧。"只是,你们不怪我吗?我父亲——"

李宇明自豪地一笑,他确信自己掌握了政策:"你是你,凌京尧是凌京尧。"雪妍听见父亲名字后面没有任何称谓,光秃秃的很刺耳,不觉脸色微红。

宇明有些抱歉,他没有办法,只能这样说。他放下网球,尽量清楚地交代了有关事项:明天清晨,在前门车站,他穿海蓝色绸大褂,带黑色皮箱。雪妍只需行动跟随,不可显出是一起上路。吕贵堂希望他的女儿也走,正好作为女伴。

"香阁吗?"雪妍眼前浮起香阁俊俏伶俐的样儿,想起她要离开北平上日本也行的话,略感不安。随即抱歉地看着贵堂,说:"她这么想走,现在走成了,该多高兴。"

"此一去还靠您调理她。往后慢慢地让她投奔三姑去。"贵堂远远站着,恭敬地说。

"你还没有问目的地是哪里。"宇明提醒,望着雪妍苍白的脸。

"是卫莳所在的地方。"雪妍不假思索地说,大理石般的脸上泛起淡淡的红,在昏暗中现出朦胧的光艳。是的,只要是卫莳所在的地方,至于那地理上的名词,她并不关心。

"第一站是安次县,卫莳可能就在那里接你。你是回去探母病的。如果我出事,你别理会,只管继续走。"宇明说。

"你会出事吗?"雪妍关心地问。

"不会的,我想能逮住我的人还没有生出来。"宇明自信地微笑。

雪妍急忙在满布灰尘的木桌上轻敲三下,这是女学生的规矩。她们以为说不怕什么常常会惹来灾难,敲三下木头可以化解。

宇明懂得这游戏,心里很感谢。他想了一下,说:"我不得不说,你得在报上登一个脱离关系的启事。"

"有必要吗?"雪妍声音发颤。

"有必要。对你,对卫莳,对凌京尧,都有必要。"见雪妍不语,又说:"药已在吕家了,你带几盒就可以。"

"香阁还可以带一点。"贵堂还想说"我也愿意走,也可以帮着运药品",但踌躇着不敢说。自己文不能出谋划策,武不能舞枪弄棒,也许是添累赘。

宇明高兴地和他握手,一副代表伟大势力的样子,口气有些居高临下:"谢谢你,那启事你可以送到凌家,让他们发。我得感谢小刘好眼力。"小刘去年到孟宅送信,对吕贵堂怀有信心,介绍宇明来的。

于是吕贵堂什么也没有说。

李宇明送雪妍出来,很觉轻松。他从雪妍带药想到孟太太吕碧初销毁文件,心中对妇女充满敬意。这些圣母!孟太太的安详温和总使他安慰,不然他也不会把文件藏到孟家花园。眼前的雪妍显出女子的真正德性：似乎软弱，却有承受力。她的雅致衣着也使他满足又惘然。那朦胧的鸽灰色引起他遥远的久已忘怀的梦。这才是女子，这才是人类美好的那一半。

"澹台玹有消息吗？"新郎新娘早已分开，伴郎伴娘更不在话下了。宇明开玩笑地想。

"五婶走时说，澹台家也要到昆明去，现在不知怎样。五婶一家总该到了。"

李宇明转脸看着小楼，夜幕掩盖了它的破旧。"这小楼是个好地方。你知道吗，我没敢上楼。等胜利以后，再来好好看看什刹海。"他说着俯身在落叶中捧起一抔泥土，深深一嗅，"新鲜极了，好闻极了——人，总是要回归泥土的。"

雪妍觉得他很累，大概卫葑也是这样累。"雪雪你来"的声音充塞在她心中。她就要来了。一年来，她像个被遗弃的孩子，在无垠的沙漠中等着盼着，没有出路，没有方向。现在有了明天。明天她就可以登上驶向卫葑的车了。她要抚慰他，守护他，抱着他的头，用催眠曲摇着他。如果有疲劳，让她感觉，如果有疾病，让她承担，如果有危险，让她遭受。她的脸这样光辉，使得宇明很感动。

回到廊门院，雪妍发现香阁已经在准备行装，那红红白白的俊俏面庞堆满喜悦。她什么时候知道走的好消息？刚刚是去和黄家儿子话别吗？莲秀竟一点不知道，真有些莫测高深。

"凌家姑姑！"香阁的声音好脆，"你的衣服要是搁不下，可以搁在网篮里。"她带一个装得半满的小网篮。贵堂拿来十盒药品，有金鸡纳霜、阿司匹林等，要往网篮里装。

"呀！这不行。哪有药搁在网篮里的！"香阁笑着接过药，交给雪妍。

雪妍先是不解地望望吕贵堂，一面接过药盒，随即明白了，香阁怕带药惹麻烦。

"一人五盒!"吕贵堂坚决地说。

"不用了,就放在箱子里好,"雪妍忙说,"我的箱子有夹层。再说,探母病带点药也可以的。"她有卫荸在那里,应该由她担负风险。香阁离开了黄家儿子,牺牲已经够大了。

香阁有几分得意地拿过箱中放不下的衣服,细细审视一番,因为都很普通,有点失望,但还是仔细折叠装好。一会儿把网篮收拾好了,又理一个印花布小包袱。摆弄整齐后,两只伶俐的眼睛打量着雪妍,走过来说:"我帮帮忙?"

"不用了,我可以。"雪妍已经收拾好,有两盒药装不下,就放在手提包里。

"其实手提包最安全,黄瑞祺说一般不看女人的手提包。"香阁笑着说,对父亲满面愠色视若不见。

"那就好了。"雪妍说,"你的朋友随后也去吧?"

"他?"香阁习惯地撇撇嘴。这动作很俏皮,很好看,很适合她。"他爱上哪儿上哪儿。"

雪妍温柔的脸上透露着不解。

"我们谁也不拴住谁。我们都还小。"香阁快活地说。

还小,这真是莫大的幸福,雪妍想。"你很放得开。"

"往后你就知道了。以前谁也不知道我。我爹怕我当汉奸,才这样忙着让我走。你很惦记凌老爷,我知道。我可一点不惦记我爹,有人惦记他。"香阁的口气很放肆,眼光活泼泼乱转。

雪妍很不舒服。香阁的眼光似乎有两层,外面的像狗,里面的则像狼,温顺罩住凶狠。她不敢多看,也不敢多想。她没有多少时间了,她得写脱离关系的启事。在北平的最后一夜,一切都这样陌生,树叶的沙沙声也和自己窗前的不一样。将来会怎样?不管怎

样,她有那召唤,最亲爱的人的亲爱的声音,召唤她奔向自由国土,属于自己的国土。她慢慢写出一行字:

　　凌雪妍启事:现与凌京尧永远脱离父女关系。

　　写了觉得不妥,又写另一个:

　　凌京尧与凌雪妍脱离父女关系。

　　这样可以让父亲少担干系。不过反正是脱离关系了,还有什么干系可言!看着这两张纸,雪妍觉得头晕目眩。在黯淡昏黄的灯光下,面前隐约有一盏巨大的烟灯,发着乳白色的光,烟灯上渐渐显出父亲的脸,忧愁地望着她。

　　雪雪,你恨我吗?

　　不恨不恨!不过一定得脱离关系!你从开头就太软弱了,亲爱的父亲!要烧着你了,快躲开!妈妈,救救他!

　　雪妍着急地想伸手拿开烟灯,却一阵冷汗,身子软得不能伸手。

　　烟灯没有了,赵莲秀正在她身旁,一面抓住她的手掐着虎口,一面急促地咳嗽,脸上带着歉然的笑容。扣子在闪亮,是泪光。

　　"好了,好了,别这么折磨自己了。不写也罢了。"莲秀好心地说。

　　雪妍在床栏上靠了一会儿,看手表已是深夜两点。"你还没有睡?"

　　"烙五张白面饼给你们路上带着。"这是莲秀所有的白面了。"说实在话,凌小姐是有福分的人,有地方可投奔,还有这么多牵挂。"

　　雪雪!你来!

　　我来!真的,能走,是现在中国人的莫大福分。北平城实际只剩下一具躯壳,凌京尧也只剩下他的形状了。在刺刀下,在烟灯旁,往这古老、庞大的躯壳上涂抹些"文化",也许会骗得一些人把灵魂放在烟灯上烧吧?雪妍忽然拿起笔来,坚决地又写一遍:

凌雪妍启事:现与凌京尧永远脱离父女关系。

她把永远两字描了又描,然后装进信封,放在案头看了一会儿,倚着床栏,让大滴眼泪安静地落下来。

后面房里,忽然响起一阵笑声,是吕香阁在梦中笑。笑声很脆,很清亮,在黑夜中飘浮,发出丰满的回音。

笑声过去了,哭泣停歇了,连压制不住的咳嗽也暂时停息,无边的黑暗吞噬了一切。

天亮了,几缕朝霞的光染在香粟斜街三号门前的白影壁上。影壁前落叶随风团团转,胡同一片寂静。两个纤细的身影从大门里出来,踏着落叶迎着朝阳走去了。

间曲

【南尾】乱纷纷落叶滚尘埃,冷清清旧天街。瘆人心一壁素白,刺人眼朝霞彩。恨深深一年时光改,凄惶惶割舍了旧楼台。问秋风何事吹痛离人泪满腮。　　道路阻雾迷关隘,衣衫薄影断苍山寨。把心儿向国托,身儿向前赶,魂儿故土埋!且休问得不得回来!

一九八五年四月五日开笔
一九八七年十二月二十六日书成

后　记

　　这两年的日子是在挣扎中度过的。
　　一个只能向病余讨生活的人，又从无倚马之才、如椽之笔，立志写这部长篇小说《野葫芦引》，实乃自不量力，只该在挣扎中度日。
　　挣扎主要是在"野葫芦"与现实世界之间。写东西需要全神贯注，最好沉浸在野葫芦中，忘记现实世界。这是大实话，却不容易做到。我可以尽量压缩生活内容，却不能不尽上奉高堂、下抚后代之责。又因文思迟顿，长时期处于创作状态，实吃不消，有时一歇许久。这样，总是从"野葫芦"中给拉出来，常感被分割之痛苦，惶惑不安。总觉得对不起那一段历史，对不起书中人物；又因专注书中人物而忽略了现实人物，疏亲慢友，心不在焉，许多事处理不当，亦感歉疚。两年间，很少有怡悦自得的时候。
　　别的挣扎不必说了，要说的是：我深深感谢关心这部书、热情相助的父执、亲友，若无他们的宝贵指点，这段历史仍是在孩童的眼光中，不可能清晰起来。也深深感谢我所在单位中国社会科学院外国文学研究所的理解和支持，否则，还不知要增加多少挣扎。
　　小说第一、二章以"方壶流萤"、"泪洒方壶"为题在《人民文学》一九八七年五、六月号连续发表。当时为这部小说拟名为《双城鸿雪记》，不少朋友不喜此名，因改为《野葫芦引》。这是最初构思此书时想到的题目。事情常常绕个圈又回来。葫芦里不知装的什么药，何况是野葫芦，更何况不过是"引"。

又一年年尽岁除，《野葫芦引》第一卷《南渡记》终于有了个稿子。不过想到才只完成四分之一，这四分之一也许竟是浪费纸张和编者、读者精力的祸端，又不免沉重。

不管怎样，只能继续挣扎上前。

一九八七年十二月二十六日